KB244086

아침을 여는 감동명언 365

하루 한 줄 마음산책

하루 한 줄 마음 산책

문예춘추사

삶을 살아 보면 알게 된다. 어느 누구의 삶도 쉽지 않다는 것을. 불이 꺼진 방 한구석에서 홀로 눈물 흘려 본 사람이라면 안다. 누군가 내미는 따뜻한 손과 그가 건네는 한마디 말이 얼마나 큰 위로가 되는지를.

이 책에 실린 이야기들은 그런 것들이다. 눈에 눈물이 가득 고인 사람에게 위로의 손짓을 건네며, 비록 그 바람에 눈에 가득 고여 있던 눈물이 툭 하고 터질지라도 기꺼이 손을 내밀어 닦아 줄 수 있는 따뜻함이 있다. 주저앉아 일어서지 못하는 사람에게는 함께 뛰어 줄 준비를 하며 그를 일으켜 세우고, 한 발 한 발 터벅터벅 걷는 걸음일지라도 끝까지 함께 걸어 줄 수 있는 마음이 있다.

짧지만 큰 힘을 가진 이야기들이 있다. 어떤 구구절절한 사연보다 깊이 있고, 누군가의 충고나 조언보다 더 오랫동안 마음에 새길 수 있으며, 차가운 바람이 부는 한겨울 내미는 핫초코 한 잔처럼 꽁꽁 언 손을 녹일 수 있을 만큼의 따뜻함이 어려 있는 그런 이야기들.

우리보다 앞서 인생을 꾸려 나갔던 수많은 명인들이 남긴 한마디와, 우리의 삶을 돌아보고 앞으로의 시간을 만들어 가는 데에 도움을 주는 이야기를 통해, 상처받은 마음을 도닥이고 내일을 긍정하는 힘을 얻고 우리의 하루가 조금 더 깊이 있고 따뜻하게 채워지기를 소망한다. 오늘 내가 만나는 누군가에게 건네는 한마디가 우리의 삶을 바꿀 수 있다.

1월

오래 살기 원한다면 잘 살아야 한다.
어리석고 사악한 마음이
당신의 삶을 갉아먹을 테니.

If you wouldst live long,

live well, for folly and

wickedness shorten life.

벤저민 프랭클린
Benjamin Franklin

삶은 공짜로 받은 선물

새로운 하루에는 새로운 마음을 담아야 한다.
We need to put a new state of mind into a new day.

_아우구스티누스 Augustinus

일신 일일신 우일신日新 日日新 又日新이라는 고사성어가 있다. 이는 '날로 새로워지려거든 하루하루를 새롭게 하고, 또 매일매일을 새롭게 하라'는 뜻이다.

우리는 매일 주어지는 하루를 소중히 생각하지 않는다. 그것이 더없이 소중하고 대단한 선물이라는 것을 깨닫지 못하며 삶 자체에 대해 고마워할 줄 모른 채 세월을 보내 버린다.

삶이 아무 조건 없이 주어진 보물이라는 사실을 모르고 아무렇게나 보내는 것은 사는 것이 아니라 죽은 것과 마찬가지이다. 또한 살아가면서 하루하루 발전이 없다면 어제와 다를 것이 무엇인가. 아주 귀한 보석과도 같은 선물을 받고도 그 값어치를 모르거나 내팽개친다면 그것 또한 참으로 어리석은 일이다.

오늘 나에게 주어진 삶이 얼마나 소중하고 값진 것인지를 깨닫는 순간부터 나의 삶이 달라질 수 있다. 하루 24시간, 1년 365일을 얼마나 잘 활용하는가는 온전히 나의 몫이다.

변화를 불러오는 칭찬의 힘

칭찬은 인간의 영혼을 따뜻하게 하는 햇빛과 같다.
칭찬이 없으면 우리는 자랄 수도, 꽃을 피울 수도 없다.
Praise is like sunlight to the human spirit:
we cannot flower and grow without it.

_제스 레어 Jess Lair

어느 택시 회사에 성미가 무척 까다로워서 직장 전체의 분위기를 우울하게 만드는 수리공이 하나 있었다. 함께 일하는 사람들은 그 사람과 말 한마디도 나누기 싫어했다. 늘 좋지 않은 소리만 하니, 그 사람을 피하게 되는 것은 어쩔 수 없는 일이었다.

인사과장은 그가 사람들과 마찰만 일으킨다고 생각했고, 어느 날 그 사람의 해고 문제를 사장에게 정식으로 건의했다. 하지만 사장은 그 사람이 얼마나 완벽하게 일을 해내고 있는지에 대해 칭찬하면서 그 사람을 해고하자고 했던 일을 없었던 것으로 하자고 했다.

사장의 그 이야기는 머지않아 까다로운 성미를 가진 그 수리공의 귀에까지 들어가게 되었다. 그리고 놀랍게도 그 사람은 유능하고 유머 있고 상대를 배려하는 사람으로 변하게 되었다. 이처럼 칭찬에는 사람을 변화시키는 힘이 있다.

시련의 자매, 행운

_에픽테토스 Epictetus

이태리가 낳은 세계적인 바이올리니스트 니콜로 파가니니가 어느 날 연주를 하고 있었다. 그런데 연주 도중 바이올린 줄 하나가 끊어졌다. 숨을 죽이고 감상하던 청중들도 깜짝 놀랐다. 하지만 파가니니는 조금도 당황하지 않고 남은 세 줄로 열심히 연주를 계속했다. 그러다가 연주 중 다시 한 줄이 끊어졌다. 하지만 역시 당황하지 않고 침착하게 두 줄로 계속 연주를 했다. 그때 또 하나의 줄이 날카로운 소리를 내며 끊어져 버렸다.

그는 연주를 멈추더니 한 손으로 바이올린을 높이 치켜들며 "줄 하나의 파가니니!"라고 외친 후 다시 노련한 솜씨로 연주를 해냈다.

연주가 끝나자 관중들은 우레와 같은 기립 박수를 보냈고 그는 세계적인 명성을 얻게 되었다. 누구나 실수를 할 수 있지만 그것을 어떻게 극복하느냐에 그 사람의 운명이 달려 있다.

한 번 더 견뎌 내기

어떤 종류의 성공이든 인내보다 더 중요한 것은 없다.
인내는 우리의 거의 모든 약점, 심지어 천성까지도 극복할 수 있게 한다.
I do not think there is any other quality so essential to success of any kind as the
quality of perseverance. It overcomes almost everything, even nature.

_존 D. 록펠러 John D. Rockefeller

남극의 여름이 끝나고 겨울이 올 무렵이면 펭귄들은 남극
대륙 중에서도 영하 70도를 넘나드는 가장 추운 내륙으로 이
동한다. 일부일처를 고수하는 펭귄들은 짝짓기 후 암컷이 알
을 낳으면 수컷은 날개로 덮어 따뜻하게 해 주어 부화시킨다.

수컷이 알을 품는 사이, 알을 낳느라 지친 암컷은 수컷에
게 알을 맡긴 후 영양 보충을 하고 새끼에게 먹일 먹이를 구
하러 다시 해안가로 떠난다. 수컷 펭귄은 최소한 두 달은 음
식을 먹지도 않은 채 영하 40도의 추위 속에서 시속 40킬로
미터의 강풍을 견디며 알을 품는다.

우리 인간의 인내력은 매우 약하다. 고통이나 좌절을 겪
거나 실패하거나 절망할 때 당신이 붙잡는 것은 무엇인가?
무슨 일을 하든지 쉽게 포기하지 말고 한 번 더 견디는 게 중
요한 이유이다.

인생의 방향을 기억하라

우리가 현재 어디에 머물러 있는가보다 중요한 것은
우리가 가고자 하는 방향이다.
The great thing in the world is not so much where we stand,
as in what direction we are moving.

_올리버 W. 홈스 Oliver W. Holmes

미국의 경영인이자 컨설턴트로 유명한 스티븐 코비의 일화다. 그의 부인이 결혼을 하고 아이를 막 낳았을 무렵, 자신의 아버지와 대화를 나누고 있었다.

"아버지. 이 어린아이 하나를 키우느라고 내 할 일을 전혀 못하고 있어요. 내게 많은 능력이 있어도 그것들을 활용할 기회가 전혀 없어요. 이것이야말로 일종의 시간낭비 아닌가요? 그동안 노력해 왔던 것들이 물거품이 되는 것 같아서 속상해요."

그러자 아버지가 말했다.

"시간 관리 같은 것은 신경 쓰지 말거라. 달력과 시계를 없애 버려. 그리고 지금 네가 네 인생에서 가장 중요하고 소중한 아이를 돌보고 있다는 것을 감사히 생각하고 그것을 즐기도록 하거라. 명심해. 인생에서 중요한 것은 시간이 아니라 방향이란다."

대통령만큼 귀한 직업

천한 직업이란 없다.
단지 천한 태도만 있을 뿐이다.
There are no menial jobs, only menial attitudes.

_윌리엄 J. 브레넌 주니어 William J. Brennan, Jr.

미국 16대 대통령 에이브러햄 링컨이 어느 날 백악관 현관에서 직접 자신의 구두를 닦고 있었다. 그때 대통령 옆을 지나가던 비서가 깜짝 놀라며 말했다.

"각하, 이게 어찌된 일입니까?"

그러자 대통령도 놀란 목소리로 되물었다.

"어찌된 일이냐니?"

"아니, 대통령께서 이렇게 구두를 직접 닦고 계시다니요. 이건 천한 사람들이 하는 일이지 않습니까. 어서 내려놓으시지요. 사람을 부르겠습니다."

"이보게. 자기 구두를 자기 손으로 닦는 것은 너무도 당연한 일이지 않는가? 이게 무슨 잘못된 일이라는 건지 모르겠군. 구두를 닦는 일은 천한 사람들이 하는 일이라고 했는데 그것도 잘못된 생각일세. 대통령도 구두닦이도 모두 다 이 나라를 위해 열심히 일하는 사람들이라네. 어찌 대통령은 귀하고 구두닦이는 천하다고 할 수 있겠나?"

가져도 가져도 행복하지 않다면

감사하는 사람만이 세상을 가질 수 있다.
그들로 인해 세상은 더욱 아름다워진다.
Only those who feel gratitude can have the world.
The world would be more beautiful because of them.

_레오 버스카글리아 Leo Buscaglia

바넷 깁슨 박사는 그의 저서 《행복한 하루》라는 책에서 이렇게 말했다.

"소유와 행복은 아무런 관련이 없다. 당신의 마음속에 감사한 생각이 없다면 당신이 아무리 많은 것을 쥐고 있더라도 파멸의 노를 젓고 있는 것이다. 다른 공부보다 먼저 감사할 줄 아는 방법을 배우라. 감사의 예술을 배울 때 비로소 진정한 행복을 맛볼 수 있다."

이 말을 통해 그는 감사와 행복의 상관관계를 잘 말해 주고 있다. 얼마나 많은 것을 소유했느냐로 행복을 따지는 것은 무의미하다. 얼마를 가지고 있든 감사하는 정도에 따라 진정한 행복이 결정된다.

신학자인 존 헨리도 이렇게 말했다. "감사는 최고의 항암제이자 해독제이며 방부제이다." 감사의 언어야말로 우리 삶을 풍성하게 하며 건강하게 한다는 것을 명심하자.

행운은 발밑에 떨어져 있다

먼저 마음의 눈을 떠라.
행복의 열쇠는 어디에나 떨어져 있다.
Open your mind's eyes first.
The key to happiness is everywhere around you.

_앤드류 카네기 Andrew Carnegie

몇 해 전, 영국의 〈런던타임즈〉에서 '가장 행복한 사람은 누구인가?'에 대한 정의를 공모했다. 많은 사연들이 접수됐지만 그중에 손꼽히는 4개의 답은 이것이었다.

4위 - 어려운 수술을 성공해서 한 생명을 구한 의사

3위 - 세밀한 공예품을 만족스럽게 완성하고
　　　휘파람을 부는 목공

2위 - 아기의 목욕을 막 마친 어머니

1위 - 모래성을 완성한 꼬마 아이

행복은 먼 곳에 있는 것이 아니다. 비싼 값을 지불하고 살 수 있는 거창한 것도 아니다. 생각보다 우리 삶 곳곳에 숨어 있는 것이 바로 행복이다. 그것을 발견하고 못 하고에 따라 행복한 사람과 행복하지 않은 사람으로 나뉘며, 행복은 타인이 만들어 주는 것이 아니라 내가 만들어 가는 것이다.

나를 지탱해 주는 내 안의 뿌리

성공하고 싶다면 먼저 기본 원칙을 지켜라.
그것은 현재 하는 일에 최선을 다하면서 기회를 노리는 것이다.
If you want to succeed, you have to keep the basic principle.
It is waiting for an opportunity while doing your best.

_토마스 A. 슈웨이크 Thomas A. Schweich

어느 들판에 나무 두 그루가 있었다. 하나는 얼핏 보기에도 풍성한 잎사귀를 가지고 있어서 무척 건장하며 우람해 보였다. 하지만 바람이 조금이라도 불기 시작하면 심하게 흔들리며 기우뚱거렸다. 그래서 나무는 새로운 나뭇가지를 자라게 하여 훨씬 더 강해 보이도록 노력했다. 그러던 어느 날 강한 비바람과 함께 태풍이 몰아쳤다. 나무는 뿌리까지 흔들렸고 옆에 있던 나무의 도움이 없었더라면 뿌리째 뽑혀 버릴 뻔했다.

나무가 충격에서 벗어나 겨우 정신을 차린 후 자기를 도와주었던 옆의 나무에게 물었다.

"너는 어떻게 그렇게 꿋꿋하게 서 있을 수 있었던 거야?"

그러자 나무가 대답했다.

"그건 아주 간단해. 네가 새로운 가지를 뻗어 내기에 여념이 없을 동안 나는 뿌리를 깊이 내리는 데 열중했거든."

성공을 약속하는 위기와 고난

능숙한 선장은 폭풍을 만났을 때, 최선을 다해 활로를 열어 간다.
이것이 인생의 고난을 돌파하는 비결이다.

A masterly captain only finds a way out that he will tide over.
This is the secret of overcoming the hardships of life.

_제임스 R. 맥도널드 James R. MacDonald

미국의 정신과 전문의 에릭 린드맨 박사가 인생의 위기를 겪었던 사람들을 대상으로 연구를 했다. 그 결과 85퍼센트의 사람들이 위기를 겪음으로써 나쁜 습관을 고치고, 부부관계를 회복하고, 인간관계의 갈등을 이겨 내며, 시간과 물질을 절약하는 등의 새로운 전기를 맞았다는 사실을 알아냈다.

결국 위기와 고난에는 사랑의 의미를 깨닫게 하고 인생을 감사히 여기게 하는 힘을 가지고 있는 것이 증명된 것이다. 인생을 성공적으로 살아온 사람들의 지난 세월을 살펴보면 평탄한 삶을 살아온 사람들은 거의 없음을 알 수 있다. 오히려 남들보다 더 많은 위기와 고난이 그들을 더욱 강하고 꿋꿋하게 성장시킨 것이다.

지금 위기의 시간을 겪고 있다면 이 시간 뒤에는 좀 더 나은 내 자신과 삶을 만날 수 있다는 희망을 가지고 현재를 바라보라. 위기가 우리의 삶을 새롭고 생기 있게 한다면 두려워할 필요가 전혀 없다.

언젠가 당신을 이끌어 줄 밀물이 온다

담대하라. 그리하면 어떤 큰 힘이 당신을 도와주기 시작할 것이다.
Be bold—and mighty forces will come to your aid.

_베이실 킹 Basil King

미국의 강철왕 카네기의 집무실에는 커다란 그림 하나가 걸려 있었다고 한다. 썰물이 빠질 때에 함께 밀려 나가 아무렇게나 놓여 있는 나룻배 한 척과 노가 그려진 무척 어두운 그 그림은 유명한 화가가 그린 것도 아니고 예술적 가치가 있는 것은 더더욱 아니었다. 그림 밑에는 '밀물은 반드시 온다'라는 글귀가 적혀 있었는데 그의 집무실을 방문하는 사람들은 카네기에게 그것을 특별히 아끼는 이유를 묻고는 했다.

"나는 젊었을 때 이집 저집 돌아다니면서 물건을 팔았어요. 어느 노인의 집에 갔을 때에 이 그림을 보았는데 그림과 글귀가 마음에 남아 주인에게 달라고 간청해서 얻어 왔답니다. 인생을 살면서 어려울 때도 있지요. 하지만 나는 이 그림을 보면서 마음을 다잡습니다. 언젠가 밀물은 반드시 올 것이라고요."

모든 것들이 썰물에 휩쓸려 삶의 저편으로 밀려 나간 것 같더라도 언젠가 밀물이 당신의 배를 움직여 줄 것이다.

가정은 만병통치약

가정이야말로 모든 것을 안심하고 맡기며
서로 의지하고 사랑하고 사랑받는 곳이다.
Home is a place to be trusted and relied, love and loved.

_H. G. 웰스 H. G. Wells

위대한 성직자로 기억되는 로버트 레이니가 사람들의 오해로 인해 그의 모든 진실이 외면받고 있을 때였다. 누구도 그에게 손 내밀지 않았으며 그의 말을 믿으려 하지 않았다. 보통 사람이라면 무척이나 괴로워했을 상황에서도 로버트 레이니는 전혀 흔들림이 없었다.

어느 날, 한 친구가 그에게 와서 물었다.

"자네가 이런 상황을 어떻게 견뎌 내고 있는 건지 나는 도저히 이해할 수가 없네. 나 같았으면 벌써 무너져 내렸을 것 같은데 말이야."

그러자 로버트 레이니가 얼굴에 웃음을 띠며 말했다.

"아, 그건 자네도 잘 알다시피 나는 집에 돌아오기만 하면 마음이 편안해지거든."

모든 가정은 소중하다. 모든 사람은 사랑과 용서와 이해로 가정을 지켜 가는 행복을 누려야 한다. 가정이야말로 상처받은 모든 이를 감쌀 수 있는 최고의 치료제이다.

세상을 움직이는 창의적 소수

자신이 무슨 일을 해야 하는지 아는 사람은
가장 큰 복을 받은 사람이다.
Those who know what to do are the most blessed.

_토머스 칼라일 Thomas Carlyle

독일이 낳은 세계적인 물리학자 아인슈타인은 유태인으로서 그의 조국 이스라엘로부터 초대 대통령직을 제의받은 적이 있다. 그러나 그는 "대통령을 하겠다는 사람은 많지만 물리학을 가르칠 사람은 그리 많지 않다."라며 정중하게 그 제안을 사양했다.

이스라엘의 사회주의 정치가이며 초대 총리인 벤구리온이 수상직을 사임하고 고향으로 돌아가자 많은 사람들이 이유를 물었다. 그는 "수상은 누구나 할 수 있는 것이지만 땅콩 농사는 아무나 지을 수 있는 것이 아닙니다."라고 말했다.

미국의 지미 카터의 대통령 임기가 끝나자 많은 사람들의 그의 거취에 대해 궁금해했다. 많은 단체에서 그를 원했지만 그는 교회학교 교사로 봉사하는 소박한 삶을 살며 이렇게 말했다. "내가 대통령이 된 것은 하나님의 일을 더 잘하기 위함이었습니다. 대통령은 임시직이지만 교사는 평생직입니다."

세상은 소신을 가진 '창의적 소수'에 의해 움직인다.

순간순간이 모여서 일생을 이룬다

한 번에 한 걸음을 내딛는 것은 결코 어려운 일이 아니다.
작은 시도들이 모이고 모여 결국 큰일이 된다는 것을 나는 잘 안다.
It is never difficult to take one step at a time.
I know many small efforts can eventually make one great achievement.

_오그 만디노 Og Mandino

독일의 종교개혁자인 마르틴 루터는 "당신이 처한 모든 장소에서 당신에게 닥친 모든 일을 할 수 있도록 늘 최선을 다하라."고 말하고는 했다.

그가 말한 최선을 다한다는 것은 자신의 지혜와 양심과 능력을 다하는 것을 말한다.

순간순간을 보람 있게 사는 사람은 하루를 알차게 보낼 수 있고, 하루하루를 보람 있게 사는 사람은 한 달을 알차게 보낼 수 있으며, 한 달 한 달을 보람 있게 사는 사람은 한 해를 알차게 보낼 수 있고, 한 해 한 해를 보람 있게 사는 사람은 일생을 알차게 보낼 수 있는 것이다.

작은 일에 염려하지 말고 매 순간 계획을 세워서 자신이 맡은 일에 최선을 다하는 것, 그것은 자신의 삶을 풍요롭게 만드는 비결이다.

더 성숙한 사람이 되려면

결국은 우리가 하는 말이나 행동이
우리의 사람 됨됨이를 가장 잘 보여 준다.
In the end, our words and deeds express our character.

_스티븐 코비 Stephen Covey

인격적으로 성숙하기 위해 필요한 능력

우리가 인격적으로 성숙하기 위해서는 다음과 같은 능력들을 가져야 한다.

첫째, 현실을 건설적으로 다루어 나갈 수 있는 능력

둘째, 변화에 적응할 수 있는 능력

셋째, 긴장과 불안에서 비롯되는 증상을 완화하는 능력

넷째, 받는 것보다 주는 것에 더 만족하는 능력

다섯째, 도움을 주고받는 인간관계를 맺고 유지하는 능력

여섯째, 본능적인 적개심을 창조적이고 건설적인 분출구로

   승화시키는 능력

일곱째, 사랑할 수 있는 능력

_칼 매닝거

내 안에 숨어 있는 무한한 잠재력

우리 안에는 우리 스스로의 운명을 뒤바꿀 만한
엄청난 잠재력이 숨어 있다.
Inside we have great potential that can change our destiny.

_에릭 번 Eric Berne

　최근 인간 뇌 연구에 따르면 '인간이 가지고 있는 뇌의 능력은 브리태니커 대영백과사전을 다 외우고 40개 외국어를 유창하게 할 수 있으며 수십 개 대학의 필수 과정을 다 마칠 수 있다'고 한다.

　하지만 우리는 이런 무한한 가능성을 우리 안에 가지고 있으면서도 열등의식, 게으름, 부정적인 의식 구조 때문에 가능성의 10퍼센트 내외밖에 사용하지 못하고 있는 것이다.

　정신의학자 칼 매닝거는 "소유하고 있는 것보다 삶을 대하는 스스로의 자세가 더 중요하다."라고 말했다. 우리는 많은 것을 가지고 있지만 가능성과 창의력마저 무시해 버리고 스스로의 존엄성을 지켜 내지 못하고 있는 것은 아닌지 되돌아봐야 한다.

　우리 안에는 무한한 가능성과 잠재력이 있음을 믿는 것이야말로 우리의 평범한 운명을 비범하게 바꿔줄 것이다.

규정이 답답하게 느껴지더라도

우리가 지금 겪고 있는 기쁨과 슬픔은
이미 오래전에 우리의 선택에서 비롯된 것이다.
We choose our joys and sorrows long before we experience them.

_칼릴 **지브란** Kahlil Gibran

1992년, 미국 남부 플로리다에 4급 태풍 앤드류가 불어 닥쳤다. 태풍은 강력한 속도와 어마어마한 위력으로 온 도시를 집어삼켰고 태풍이 지나간 자리는 마치 전쟁터처럼 폐허가 되고 말았다. 12만 5천채의 집이 부서지고, 61명이 사망하면서 역대급 태풍으로 기록될 정도였다. 그런데 끔찍한 폐허 안에 유독 한 채의 집만 굳건한 모습 그대로 자리하고 있는 것이 아닌가. 취재를 나왔던 기자가 그 집의 주인을 찾아가 물었다.

"이렇게 강력한 태풍에도 집이 끄떡도 하지 않았는데, 그 비결이 도대체 뭡니까?"

집주인의 대답은 의외로 간단했다.

"집을 지을 때 플로리다 주에서 정한 건축 규정대로 지었을 뿐이에요. 주에서 정해준 재료와 버팀목을 이용했지요. 규정대로만 하면 폭풍에도 견딘다고 하더군요."

서로서로 디딤돌이 되어 주기

다른 사람들이 원하는 것을 얻을 수 있도록 마음을 다해서 도와주면
당신이 원하는 모든 것을 얻을 수 있다.
You can have everything in life you want,
if you will just help other people get what they want.

_지그 지글러 Zig Ziglar

주로 해조류를 뜯어 먹으며 사는 바다거북은 산란기가 되면 모래사장으로 올라와 백사장의 깊은 모래 웅덩이에 산란장을 만들어 웅덩이에 300개 정도의 알을 낳고 모래로 덮어 놓는다.

시간이 지나 알에서 부화한 새끼 바다거북들은 육중한 모래를 뚫고 세상으로 나오는데 맨 위쪽에 있던 새끼들은 머리를 이용해 부지런히 모래를 걷어 내고, 옆에 있던 새끼들은 발을 이용해 계속 벽을 허문다. 그러면 맨 아래 있는 새끼 바다거북들은 무너진 모래를 밟아 바닥을 다져 가면서 높이를 높여 세상 밖으로 나오는 것이다.

거북 알 하나를 묻어 놓으면 모래를 뚫고 세상에 나올 수 있는 확률은 25퍼센트에 불과하다. 하지만 여러 개의 알을 묻어 놓으면 거의 모든 새끼들이 부화해 모래 밖으로 나온다.

세상은 서로 돕고 협력하면서 진정한 승리의 길에 다다를 수 있다.

인생은 합창이다

삶에서 꼭 붙들고 절대 놓지 말아야 하는
가장 소중한 것은 우리 서로이다.
The best thing to hold onto in life is each other.
_오드리 헵번 Audrey Hepburn

철새들은 때에 따라 머물 곳을 찾아 이동한다. 대부분은 떼를 지어 이동하는데 커다란 V자를 그리면서 날아가는 모습은 많은 사람들에게도 감동을 안겨 준다.

이렇게 철새들이 V를 만들면서 이동하는 이유는 공기의 저항을 최소한으로 줄이기 위해서이다. V자 대형을 그리면서 이동할 때에는 그렇지 않을 때보다 70퍼센트 정도의 힘을 절약할 수 있다. 맨 앞에 날아가는 새가 가장 빨리 지치기 때문에 철새들은 그 자리를 바꾸어 가며 대형을 유지하고, 그 덕분에 뒤에 따라가는 새들이 공기의 저항을 거의 받지 않아 먼 거리를 이동하는 데에도 수월해진다.

새들은 서로 소리를 질러 대며 방향을 알려 주고, 서로를 격려하며 끝까지 날 수 있도록 노력한다. 한 마리가 부상을 당해 비행을 할 수 없으면 반드시 서너 마리가 낙오한 새와 함께 머물며 그의 아픔을 함께해 준다.

인생은 독창이 아니라 여럿이 함께 떠나는 합창 여행이다.

마음 나누기

당신이 재산을 많이 가지고 있다면 돈을 주고,
당신이 조금 가지고 있다면 마음을 주어라.
If you have much, give of your wealth;
If you have little, give of your heart.

_아라비아 속담 Arab Proverb

　러시아의 대문호 톨스토이가 어느 날 한적한 공원에서 산책을 즐기고 있었는데 오랫동안 씻지 않아 지저분한 거지 하나가 손을 내밀며 "한 푼만 주세요."라고 말을 걸었다.

　톨스토이는 거지의 손을 잡고 악수를 하며 이렇게 말했다.

　"친구, 내가 오늘은 급하게 나오느라 지갑을 가져오지 않았소. 미안하오."

　그러자 거지는 화를 내거나 실망하지 않고 오히려 만면에 희색을 띠며 "저를 친구라고 불러 주시다니, 정말로 감사합니다."라고 말하는 것이 아닌가. 세상의 무관심 속에서 심한 소외감에 빠져 있던 그 거지는 톨스토이의 따뜻한 말 한 마디와 다정한 악수가 한 푼 돈보다 더 좋았던 것이다.

　누구나 위로의 말을 건네며 다정한 눈빛으로 바라볼 수 있다. 그것은 전혀 힘들지 않고 돈도 들지 않지만 누군가의 생명을 살리는 일이기도 하다.

모두의 시선을 사로잡는 성실함

헌신과 노력, 그리고 원하는 것을 이루기 위한 끝없는 노력은
바로 성공을 가져다준다.

I know the price of success: dedication, hard work, and an unremitting
devotion to the things you want to see happen.

_프랭크 L. 라이트 Frank L. Wright

　　미국의 블루문 치즈 회사의 창립자 휘트니는 가난한 농
부의 아들로 자랐다. 하지만 그는 큰 회사의 사장이 되는 것
이 꿈이었고 그 꿈을 위해 식료품 연쇄점의 말단 점원으로
취직했다. 그의 최대 장점은 모든 일에 성실하고 항상 기뻐
하며 감사하는 마음으로 일을 하는 것이었다. 월급을 더 받
는 것도 아닌데 다른 부서의 일손이 모자랄 때면 서슴없이
달려가 도와줄 정도였다.

　　소매부에서 일하면서 도매부의 일도 도와주는 모습이 담
당 부장의 인정을 받아 그는 점장과 부장을 거쳐 회사의 책임
자까지 맡게 되었다. 점원에서 외판원을 거쳐 부장까지 성장
한 휘트니는 마침내 자신만의 회사를 창설한 사장이 되었다.

　　출세하고 성공하겠다는 세상적 욕망에 가득 찬 사람보다
주어진 일에 감사하며 맡은 일을 즐기며 정직하고 성실한 사
람은 숨어 있어도 반짝반짝 눈에 띄기 마련이다.

생각대로 산다

현실을 바꿀 수는 없다.
하지만 현실을 바라보는 눈은 바꿀 수 있다.
Since we cannot change reality,
let us change the eyes which see reality.

_니코스 카잔차키스 Nikos Kazantzakis

정신의학과 전문의 그레시슨 박사와 올린거 박사는 어떻게 하면 약물을 사용하지 않고도 정신 치료 효과를 거둘 수 있을지에 대해 고민이 많았다. 여러 방법을 시도하던 그들은 45명의 환자들에게 한 가지 실험을 시행했다.

우선, 환자들이 아침에 일어나마자 가장 편안한 자세로 앉아 눈을 감고 자기가 원하는 자아상을 떠올리도록 했다. 마치 영화를 보듯이 생생한 장면을 그리며 주인공이 되어 움직이도록 지시했더니 환자들의 상태는 눈에 띌 정도로 호전되어 상당한 치료 효과를 거두었다.

환자들이 그동안 가지고 있던 자아 개념을 새롭게 바꾸도록 도와주는 치료 방법이 실제로 효과를 본 것이다. 우리의 삶은 환경이나 운명에 따라 달라지는 것이 아니다. 가장 중요한 것은 자신에 대하여 어떠한 이미지를 가지고 사느냐 하는 점이다.

내가 세상에 태어난 의미

자신의 삶에 진정으로 만족하면서 살 수 있는 방법은
스스로 멋진 일이라고 믿는 일을 하는 것이다.
The only way to be truly satisfied is
to do what you believe is great work.

_스티브 잡스 Steve Jobs

행복한 삶은 돈이나 명예에 달려 있지 않다. 오히려 세상 사람들이 우러러보지 않더라도 스스로 자신의 삶의 목적을 바로 안다면 그 사람은 진정한 행복을 누릴 수 있는 것이다.

실존주의 철학자인 키르케고르는 이렇게 말했다.

"나는 그것을 위해서 살고, 그것을 위해서 죽을 수 있는 그 무엇을 붙들고 싶다."

세상은 대통령이나 사업가, 유명한 연예인이나 운동선수들이 만들어 가는 것이 아니다. 대통령을 돕는 비서, 사업가와 함께 일하는 직원, 연예인을 돋보이도록 도와주는 많은 스태프, 운동선수들의 경기에 환호하는 관중도 있어야 한다. 박수를 받는 사람이든, 박수를 보내는 사람이든 자신에게 주어진 역할을 멋지게 해내는 모든이가 함께 만드는 것이 세상이다.

사람이 가장 큰 행복을 누릴 때는 자신이 세상에 태어난 의미를 알고, 자신이 맡은 역할을 온전히 감당할 때이다.

고맙습니다, 다섯 글자의 힘

감사의 마음을 느끼면서도 표현하지 않으면
기껏 포장한 선물을 주지 않는 것이나 마찬가지다.
Feeling gratitude and not expressing
it is like wrapping a present and not giving it.

_윌리엄 A. 워드 William A. Ward

어느 마을에 마음씨 좋은 부자가 살고 있었다. 자신이 번 돈을 좋은 곳에 사용하고 싶었던 그는 가난한 아이들을 모아서 빵을 하나씩 나누어 주었다. 아이들은 부자가 주는 빵을 정신없이 집어 들고 곧장 집으로 뛰어갔다.

그런데 그레첸이라는 소녀는 한쪽에 서 있다가 마지막 남은 빵 하나를 받아 들고는 "할아버지, 감사합니다."라고 인사하고 집으로 돌아갔다.

다음 날도 부자는 빵을 들고 아이들을 불러 모았고, 역시 그레첸은 마지막 남은 빵 하나를 받아 들고 감사하다는 인사를 하고 집으로 돌아갔다.

그런데 집으로 돌아와 어머니와 함께 빵을 먹으려고 보니 그 안에 은화 6개가 들어 있는 것이 아닌가. 소녀가 그 동전을 들고 부자를 찾아가자 부자는 이렇게 말했다.

"감사할 줄 아는 착한 아이에게 상으로 주는 것이란다."

문제의 근원을 파악하라

어리석은 자가 가장 나중에 하는 일을
현명한 자는 제일 처음에 한다.
The wise man does at once what the fool does finally.

_발타자르 그라시안 Baltasar Gracian

어느 정신과 의사가 환자가 정말 퇴원할 만큼 좋아졌는지 확인할 수 있는 실험 방법을 개발했다. 마개를 막은 욕조에 물을 틀어 놓고 잠그지 않으면 물이 차서 넘치게 되는데, 그때 퇴원 예정인 환자의 손에 걸레를 쥐어 주고 들여보낸 후 물을 닦으라고 하는 것이다.

그러면 정상적인 사람은 수돗물이 넘치는 것, 즉 물이 고인 근원적인 문제를 해결하기 위해 물을 잠그고 욕조 마개를 제거한 후 물기를 닦지만 그렇지 않은 사람은 물이 나오고 있는 수도꼭지는 쳐다보지도 않은 채 넘치는 물만 부지런히 퍼다 나른다.

바쁘게 움직이지만 무엇이 중요한지 알지 못하기 때문에 문제 상황이 닥쳤을 때 해결 방법을 찾을 수 없는 사람은 치료가 더 필요한 사람이다.

지금 당신 삶에 벌어지고 있는 문제의 근원이 무엇인지 파악해야 해결 방법을 찾을 수 있다는 것을 잊으면 안 된다.

어려운 일일수록 용기를 내자

어떤 일에 도전할 엄두를 내지 못하는 것은
그 일이 어렵기 때문이 아니다.
용기를 내어 도전하지 않기 때문에 어렵게 느껴지는 것뿐이다.
It is not because things are difficult that we do not dare,
it is because we do not dare that they are difficult.

_세네카 Seneca

경주 안강 시골 농촌에서 태어난 소년은 초등학교를 졸업했지만 중학교에 갈 돈이 없었다. 그는 산에 가서 나무를 해서 학비를 벌어 중학교 공부를 시작했다. 걸어서 4시간이나 걸리는 학교에 가기 위해 3년 동안 새벽 4시에 책 보따리를 짊어지고 먼 길을 다녔고, 고등학교에 갈 돈이 없자 인근 시골 농업고등학교 장학생으로 들어가 고등학교 공부를 했다. 이후 어렵게 교육대학에서 공부한 뒤 교사 생활을 했지만 더 큰 꿈을 품고 경북대 교육대학원에서 공부를 하고 국민대 대학원에서 학업을 이어 갔다.

그러던 중 의학에 관심이 생겨 의대 청강생으로 들어가 졸업장도 받지 못하는 신분으로 의대 청강을 개근하여 주위를 놀라게 했다.

그리고 의대 졸업장도 없는데 연세대 의대 교수 공개 채용에 당당히 지원을 했고, 연세대 의대교수가 되었다. 그가 바로 신바람 박사로 이름을 날린 황수관이다.

우리 마음속에 있는 램프의 요정, 희망

돌이켜 보면 나의 생애는
일곱 번 넘어지고 여덟 번 일어나면서 이루어졌다.
Looking back, my life consists of falling-down seven times
and getting-up eight times.

_프랭클린 D. 루스벨트 Franklin D. Roosevelt

19세기 전반 프랑스의 소설가이며 사실주의의 선구자로 유명한 발자크는 불행과 희망에 대해 이렇게 말했다. "지혜가 없는 사람은 불행을 불행으로 끝낸다. 불행은 예고 없이 도처에서 우리를 기다리고 있는데 아무리 총명해도 불행을 미리 막을 수는 없다. 그러나 불행은 스스로 극복하고 그 속에서 새로운 길을 발견할 수 있는 힘을 가지고 있다. 불행은 때때로 유익한 자극제가 될 수 있으며 우리는 자신을 위하여 불행을 이용할 줄 알아야 한다."

희망이란 천 길 낭떠러지에 매달려 있을지라도 마지막 순간까지 놓칠 수 없는 단 한 가지 바람이다. 희망은 내가 포기하지 않는 한 언제나 내 곁을 떠나지 않기 때문이다.

희망은 내 마음 어느 한 곳에 숨어 있기 때문에 스스로 찾지 않으면 발견하기 어렵다. 하지만 우리가 아주 작은 목소리로 불러도 순식간에 나타나는 램프의 요정처럼 우리가 찾으려고만 하면 찾을 수 있다.

무엇이든 다 때가 있다

모든 일에는 알맞은 때가 있다.
따라서 모든 상황을 준비하는 사람은 언제든 행운을 맞이할 수 있다.
Everything has its time. One must pass through the circumference of time
before arriving at the center of opportunity.

_**발타자르 그라시안** Baltasar Gracian

우리나라에서는 〈취권〉이라는 영화로 유명한 영화배우 성룡이 홍콩의 유명 대학에서 명예박사 학위를 받을 때의 일이다. 강당에서 열린 학위 수여식에서 그는 짧은 연설을 했다.

"지금 이 강당에 계신 분 가운데 저보다 학력이 낮은 분은 단 한 분도 안 계실 겁니다. 저는 초등학교를 중퇴했습니다. 너무나 가난해서요. 어린 시절에는 언젠가 내가 돈을 많이 벌어 때가 되면 원 없이 공부하겠다고 결심했었죠. 저는 열심히 일했고 운도 따라서 성공도 했습니다. 그래서 공부를 하려고 했어요. 하지만 아무리 애를 써도 머리에 들어가지 않더군요. 공부는 다 때가 있다는 것을 깨달았어요. 여러분, 특히 학생 여러분, 지금 여러분이 학생이라는 것을 다행스럽게 생각하세요."

모든 것은 다 때가 있기 마련이고 그때를 놓치면 두 배, 세 배의 노력을 해야 한다는 것을 경험으로 체득한 성룡만이 할 수 있는 연설이었다.

이제 쓸데없는 걱정을 멈출 때

마음은 갖은 고민거리를 만들어 내는
창의력 대장이다.
The mind is ever ingenious in making its own distress.
_올리버 골드스미스 Oliver Goldsmith

우리가 하는 걱정거리의 40퍼센트는 절대 일어나지 않을 일에 대한 것이고 30퍼센트는 이미 일어난 사건들, 22퍼센트는 사소한 사건들, 4퍼센트는 우리가 바꿀 수 없는 일들에 대한 것이다.

나머지 4퍼센트만이 우리가 대처해야 하는 진짜 사건이다. 즉 96퍼센트의 걱정거리가 쓸데없는 것이라는 소리다.

고민이 많다고 해서 한숨 쉬지 마라. 고민은 당신의 영혼을 갉아먹는다. 문제의 핵심을 정확히 파악하고, 해결책을 찾아 그대로 실행하라. 해결책이 보이지 않으면 무시하라. 고민을 하거나 그렇지 않으나 결과는 똑같지 않은가? 그러므로 고민은 10분을 넘기지 마라. 잊어버릴 줄 아는 것도 행복이다. 사실 가장 잊어버려야 하는 일들을 우리는 더 잘 기억한다. 기억은 우리를 고통스럽게 하는 일에는 늘 친절하며 우리를 기쁘게 해 줄 수 있는 일에는 늘 태만하다. 그러니 고민은 10분만 하라.

성공을 위한 좋은 습관

간단히 말해서 성격이란
충분한 시간 동안 이어진 습관이다.
Character is simply habit long enough continued.

_플루타르코스 Plutarchos

배우 송승환은 성공을 예측하기 어려웠던 비 언어극 〈난타〉를 만들어 세계적 무대로까지 끌어올린 저력을 보여 주었다. 끝까지 포기하지 않고 꼭 해내고 말겠다는 굳은 각오와, 멀리 내다볼 줄 아는 시야, 그리고 끊임없는 아이디어 개발과 멈추지 않는 실험 정신 등이 있었기 때문에 가능한 일이었으며, "일터를 놀이터 삼는 사람만이 전문가로 우뚝 설 수 있다."고 말하는 그의 평소 신념이 이루어 낸 결과이기도 하다.

그는 "세상에는 세 가지 일이 있다. 해야 하는 일, 할 수 있는 일, 그리고 하고 싶은 일. 내가 정말 불행할 때는 주머니에 돈이 없을 때가 아니라 머릿속에 다음 작품의 아이디어가 없을 때이다."라고 말한다.

인간을 성공으로 이끄는 가장 강력한 무기는 풍부한 지식이나 피나는 노력이 아니라 바로 습관이다. 인간은 습관의 노예이기 때문이다.

나를 든든하게 지켜 주는 성벽, 가정

우리 삶의 가장 큰 보물 상자는 가정이어야 한다.
The home should be the treasure chest of living.

_ 르 코르뷔지에 Le Corbusier

미국의 43대 대통령 조지 부시의 부인 바버라 부시 여사. 그녀는 미국의 퍼스트레이디 자격으로 웰스레이 여자대학의 졸업식사에서 연설을 하게 되었다. 많은 여학생들은 자국의 퍼스트레이디가 여학생들에게 과연 어떤 연설을 해 줄 것인지 기대에 차서 한마디 한마디에 신경을 집중했다.

"시험에 합격하지 못했거나 중요한 거래 한 건을 성사시키지 못했다고 해서 인생의 마지막 순간에 후회하는 사람은 없을 것입니다. 하지만 사랑하는 부모, 배우자, 자녀, 그리고 소중한 친구와 더 많은 시간을 갖지 못했다면 그 사람은 반드시 후회할 것입니다."

그리고는 연설 말미에 이렇게 덧붙였다.

"우리 사회의 성공 여부는 백악관이 아니라 여러분의 가정에 달려 있습니다."

가정은 시간으로 쌓아 올리는 성城과 같다. 가족을 위해 시간을 내고 소중한 시간을 보내도록 노력해야 한다.

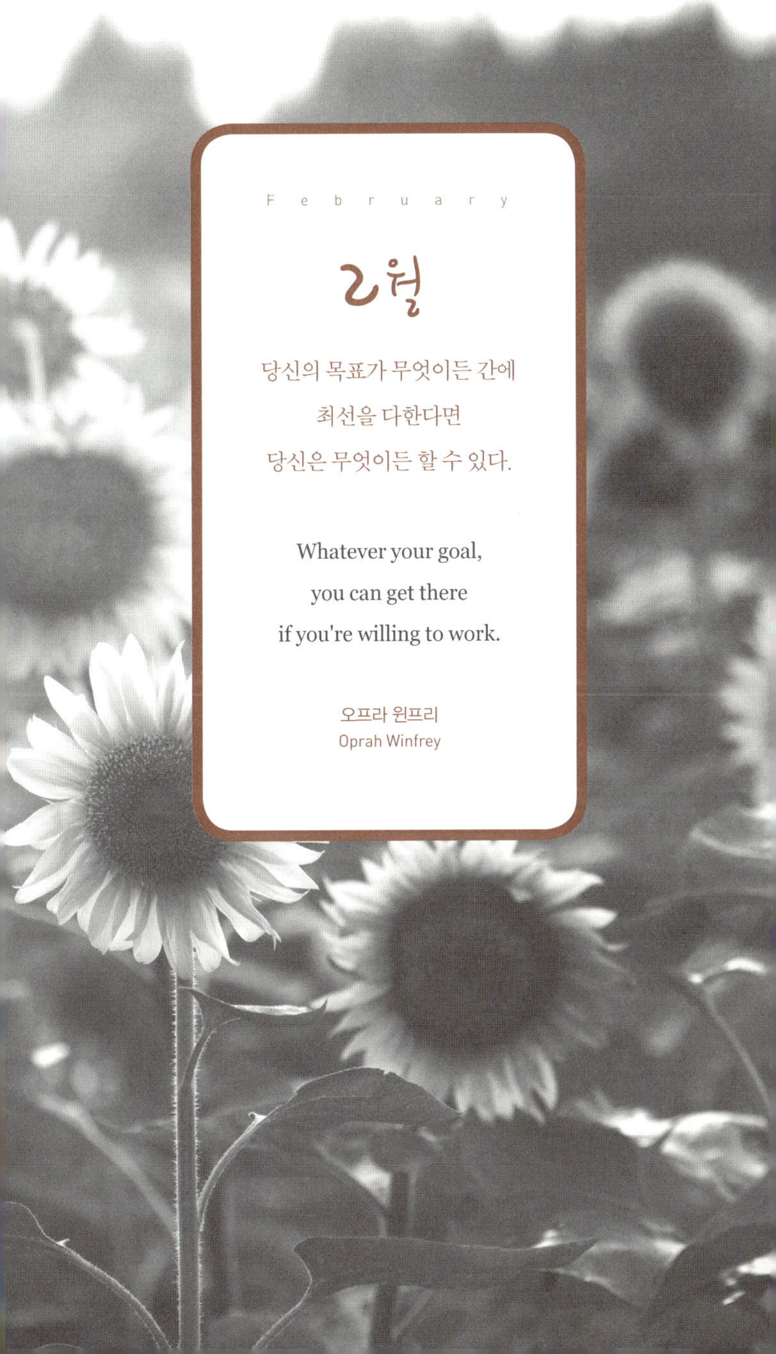

F e b r u a r y

2월

당신의 목표가 무엇이든 간에
최선을 다한다면
당신은 무엇이든 할 수 있다.

Whatever your goal,
you can get there
if you're willing to work.

오프라 윈프리
Oprah Winfrey

실패는 성공의 밑거름

나는 살면서 수없이 많은 실패를 경험했다.
그러나 그것이 바로 내가 성공할 수 있었던 가장 큰 비결이다.
I've failed over and over and over again in my life.
And that is why I succeed.

_마이클 조던 Michael Jordan

농구의 황제라고 불리는 마이클 조던. 그는 자신의 성공 요인을 실패에서 찾는다.

"나는 지금까지 9,000번도 넘게 슛을 성공시키지 못했다. 시합에서는 300번도 넘게 졌다. 사람들이 나를 믿고 패스한 공도 26번이나 성공시키지 못했다. 나는 실패하고, 실패하고 또 실패했다. 하지만 그것이 바로 내가 성공한 이유이기도 하다."

모든 실패에는 극복의 방법도 숨어 있다. 장애에 부딪쳤을 때 돌아가거나 포기하면 거기에서 그치지만 타고 넘든, 뚫고 지나든, 어떻게 해서든 그것을 극복할 방법을 찾으려 노력하면 이겨 낼 수 있는 것이 인생이다.

매 순간 삶을 즐기는 사람은 다시 도전할 수 있는 열정을 갖게 되고 열정이야말로 성취를 찾게 만드는 뜨거운 동력이 될 수 있다.

양심이 외치는 소리

다른 사람들의 유혹, 또는 사회적 관습이라는 빌미로
양심이 외치는 소리와 다른 일을 하지 않도록 늘 주의하라.
Beware of doing any work going against your conscience,
tempted by others or under the pretext of convention.

_시어도어 파커 Theodore Parker

돼지 한 마리를 키우며 열심히 살아가는 농부가 있었다. 여느 날과 마찬가지로 그날도 아침 일찍 일어나 돼지 먹이를 주려고 보니 돼지가 보이지 않는 것이었다. 밤중에 누군가 훔쳐 간 게 분명했다. 너무 화가 났지만 농부는 돼지를 잃어버렸다는 말을 아무에게도 하지 않았다.

두 달가량이 지났다. 다른 동네에 사는 농부가 나타나 이렇게 물었다.

"돼지를 잃어버렸다고 들었는데, 그 돼지는 찾았소?"

돼지를 잃어버렸던 농부는 이웃 농부의 눈을 똑바로 쳐다보며 이렇게 대꾸했다.

"당신이 나타날 때까지 못 찾고 있었소. 하지만 오늘 저녁에는 우리 돼지를 만날 수 있을 것 같군."

어리석음이나 비양심은 언젠가는 만천하에 드러나기 마련이다.

꿈을 현실로 불러오는 마음가짐

나의 성공은 우연히 이뤄지지 않았다.
꾸준한 노력이 나를 성공으로 이끌었을 뿐이다.
My success was not accidental.
Ceaseless efforts led to it.

_어니스트 헤밍웨이 Ernest Hemingway

사람은 누구나 크게 성공하기 원한다. 하지만 성공의 열매는 누구에게나 허락되지 않는다.

우리 모두는 뛰어난 잠재 능력을 가지고 있지만 그것을 제대로 활용하는 사람은 그렇게 많지 않다. 심지어는 자신의 능력이 어느 정도인지조차 인지하지 못한 채 삶을 낭비하는 사람이 적지 않다. 그렇기 때문에 자신의 경쟁 상대가 저만치 앞서가고 있는데도 그저 뒤꽁무니만 쫓기에 급급한 삶을 살며 성공과 점점 멀어지고야 만다.

그렇다면 당신이 원하는 것을 얻기 위해서는 어떻게 해야 할까. 우선 하고자 하는 마음을 갖는 것이 중요하다. 행동으로 옮기기도 전에 '나는 할 수 없어.', '이건 어려울 거야.', '실패할 게 뻔해.' 같은 생각을 한다는 것은 당신의 삶을 포기하는 것과 같다.

'할 수 있다!'는 마음을 먹는 순간, 당신의 삶이 바뀌며 꿈이 이뤄질 것이다.

인생의 우물을 파라

누구나 성공을 꿈꾼다. 하지만 누구나 이룰 수 없는 것이 바로 성공이기도 하다. 그렇다면 어떤 사람들이 성공이라는 단어를 손에 넣는 것일까?

성공한 사람들의 비결은 '한 우물을 파라'는 속담처럼 목적을 향해 꾸준히 노력하는 것이다. 한 가지 목표를 세우고, 희망을 버리지 않고 지켜 나간다면 반드시 성공의 싹이 틀 때가 온다. 사람이 성공하지 못하는 것은 처음부터 끝까지 한 길로 나가지 않았기 때문이지, 성공의 길이 험악해서가 아니다. 한마음 한뜻은 쇠를 뚫고 만물을 굴복시킬 수 있다.

확고한 목표를 지닌 인간은 그것을 반드시 성취하도록 되어 있으며, 그것을 성취하고자 하는 그의 의지를 꺾을 만한 것은 아무 것도 없다. 그러니 지금 당신에게 목표가 있다면 멈추지 말고 나아가라. 그것이 당신의 꿈을 이뤄 주는 열쇠이다.

걱정거리를 덜어 내자

결코 일어나지 않을 일을 앞당겨서 고민하고 걱정하는 것은 그만두고
나를 비추는 햇빛을 바라보는 편이 낫다.
Stop worrying about what will never happen in advance.
You'd better see the sun shining on you.

_벤저민 프랭클린 Benjamin Franklin

공연히 걱정거리를 만드는 7가지 방법

1. 모든 사태를 부정적으로 생각한다.

2. 실현 불가능한 꿈을 꾸고 달성할 수 없는 거대한 목표를
   세운다.

3. 스스로를 싫어하고 자신의 가치를 낮게 평가한다.

4. 절대 다른 사람을 칭찬하지 않고 모든 일에 쉽게 비평하고
   불평한다.

5. "내 진작 그럴 줄 알았어."라는 말을 입에 달고 산다.

6. 어떤 문제가 발생했을 때 그것을 무시하거나 미룬다.

7. 다른 사람의 문제까지 끌어안고 자책한다.

메아리처럼 되돌아오는 웃음

인간에게는 정말 강력하고 효과적인 무기가 하나 있다.
바로 웃음이다.

The human race has one really effective weapon,
and that is laughter.

_마크 트웨인 Mark Twain

《톰소여의 모험》을 쓴 미국 소설가 마크 트웨인은 유명한 동화작가지만 그의 삶은 매우 비극적이었다고 한다. 그의 두 형과 누나 한 명은 그가 젊었을 때 차례로 죽었고, 그의 네 아이들도 뒤이어 죽음을 맞이했다. 하지만 그는 다른 사람에게 웃음을 권하는 것으로 자신의 고통을 이겨 냈다. 그가 다른 사람에게 웃음을 주면 그것이 메아리처럼 돌아와 그를 웃음 짓게 만들었던 것이다.

삶은 거울이다. 당신이 삶에게 웃음을 보내면 삶도 당신에게 웃음을 보낸다. 반대로 당신이 삶에게 눈물을 보이면 삶도 당신에게 눈물을 보인다.

만약 당신이 하루 종일 괴롭고 슬픈 기분으로 생활한다면 그 삶은 매우 답답하고 암울할 것이다. 하지만 만약 당신이 나쁜 일까지도 모두 기쁜 태도로 대한다면 삶은 햇볕으로 가득할 것이다.

불가능을 잊어라

불가능이라는 말은 그냥 쓰레기통에 던져 버려라.
Throw the word of impossible into the wastebasket.

_요한 W. 폰 괴테 Johann W. von Goethe

선천적인 장애로 인해 오른손이 채 형성되지 못한 채 태어난 짐 애보트는 어려서부터 야구를 좋아했다. 그의 부모는 아들에게 지지와 격려를 보냈으며 애보트는 6살 때 의수를 풀고 공을 던질 줄 알게 되었다. 11살 때에는 리틀 리그에 들어가서 투수로 활약했으며 대학교에 들어가서는 시속 145킬로미터의 강속구를 던져 세상을 놀라게 했다. 그는 정상인들도 들어가기 힘들다는 메이저리그에서 10년간 87승, 방어율 4.25를 기록하며 93년 뉴욕 양키즈 시절에는 무안타 무실점의 대기록도 만들어냈다.

비결을 묻는 사람들에게 그가 남긴 말은 이것이다. "저는 항상 최선을 다했습니다."

불가능하다는 생각만 버린다면 우리의 가능성은 무안타 무실점을 만들 수 있다.

역발상의 힘

사람은 자신만의 고정관념을 버려야
잎을 내고 꽃을 틔울 수 있다.
When you break up the fixed idea,
a seed will bud and it can produce flowers.

_이드리에스 샤 Idries Shah

어느 회사에서 영업부 직원을 뽑으며 '스님에게 나무빗 팔기'라는 과제를 줬다. 회사는 열흘의 시간을 주었고 세 명의 도전자가 돌아왔다. 이들의 판매 실적은 각각 빗 1개, 10개, 1,000개였다.

1개를 판 사람은 "머리를 긁적거리는 스님에게 팔았습니다."라고 했고, 10개를 판 사람은 "신자들이 쓸 수 있도록 절에 비치해 놓으라고 설득했죠."라고 말했다. 그런데 1,000개를 판 사람은 "열흘은 너무 짧았고 앞으로 더욱 많이 팔릴 것입니다."라고 말했다.

그는 주지스님을 만난 자리에서 "이런 곳까지 찾아오는 신자들에게 부적과 같은 뜻 깊은 선물을 해야 한다."며 "빗에다 스님의 필체로 '적선소積善梳:선을 쌓는 빗'를 새겨 주면 더 많은 신자가 찾아올 겁니다."라고 말했고 그 반응은 폭발적이었다.

생각의 차이가 엄청나게 다른 결과를 가져온다.

고전은 성공의 원동력

평생 무언가를 배우는 데 힘써야 한다.
정신에 담고 머리에 집어넣는 것이 우리가 가질 수 있는 최고의 자산이다.
You have to learn something all your life.
Put it in your mind and fill it in your heart. This is the best asset we can have.

_브라이언 트레이시 Brian Tracy

미국 중북부의 시카고 대학은 초창기에는 별 볼 일 없는 대학이었다. 학생들은 패배주의와 열등의식으로 가득 차 있었고 어느 누구도 그것을 바꿀 수 있을 것이라고 생각하지 않았다. 로버트 허친슨 박사는 30살의 나이에 시카고대 총장으로 임명되면서 이 학생들에게 자긍심을 심어 주고 그들을 세계적인 인물로 키우기 위해 'The great book program'을 시작했다. 이것은 졸업 때까지 100권의 고전을 3가지의 과제에 맞게 읽는 것이었다.

첫째, 너에게 가장 알맞은 모델을 한 명 정하라.
둘째, 인생의 모토가 되는 영원불변한 가치를 발견하라.
셋째, 발견한 가치에 대하여 꿈과 비전을 가져라.

결국 그는 오늘날 70명 이상의 노벨 수상자를 배출한 대학을 만들어 냈다.

친구 없는 이의 친구가 되라

친구를 만들 수 있는 유일한 길은
친구가 되는 방법밖에 없다.
The only way to have a friend is to be one.

_랠프 W. 에머슨 Ralph W. Emerson

미국 남부의 한 신학대학의 총장으로 재직하던 제임스 레이니는 만나는 사람마다 미소 짓고 웃으면서 친절하게 대해 주었다. 하루는 공원 의자에 쓸쓸히 앉아 있는 한 노인을 보고 말동무를 해 주었는데 그것이 인연이 되어 2년 가까이 친구처럼 지냈다.

그런데 어느 날부터 노인이 보이지 않자 걱정이 되었던 레이니 총장은 그의 집을 찾아가 "할아버지, 언제든 저한테 연락을 주시면 제가 와서 도와 드릴게요."라고 말했다.

그러자 노인은 레이니 총장에게 잠시만 기다리라고 하더니 봉투 하나를 건네주었다. 봉투 안에는 레이니 총장 앞으로 10억 500만 달러, 우리 돈으로 약 1조 200억 원에 달하는 수표가 들어 있었다.

"당신은 2년여 동안 나와 말벗이 되어 준 친구였소. 돈을 가장 가치 있게 쓸 수 있는 사람을 찾았는데 그게 바로 당신인 것 같소." 노인은 코카콜라의 창시자 로버트 우드 러프였다.

무릎을 꿇고 일하라

머리를 너무 높이 들지 말라.
모든 입구는 낮은 법이다.
Don't lift your head too high.
All entrances are low.

_영국 속담 English Proverb

　　돌을 다듬어 작품을 만드는 석공이 있었다. 어느 날은 그가 무릎을 꿇고 비석을 다듬은 후 그 비석에 명문을 각인하고 있었다. 거의 모든 작업이 끝나갈 즈음, 그 모든 과정을 바라보던 한 정치인이 석공에게 다가와 말했다.

　　"나에게도 돌같이 단단한 사람들의 마음을 당신처럼 유연하게 다듬는 기술이 있었으면 좋겠소. 그리고 돌에 명문이 새겨지듯이 사람들의 마음과 역사에 내 이름 석 자가 새겨졌으면 좋겠소."

　　그러자 석공이 대답했다.

　　"어렵지 않은 일입니다. 선생님도 저처럼 무릎을 꿇고 일한다면 말이지요."

　　겸손과 배려의 마음이야말로 가장 부드러우면서도 강력한 무기이다.

게으름에 휘둘리지 마라

인간을 패배하게 만드는 주범은 게으름이다.
성공하고 싶다면 먼저 게으름을 극복해야 한다.
What defeats man is, most of all, laziness.
If you want to succeed, you have to overcome your laziness first.

_알베르 카뮈 Albert Camus

세 명의 악마가 모여서 내기를 했다. 인간 한 명을 선택한 후 어떤 방법을 써서든지 그를 이겨 내자는 내기였다.

첫 번째 악마는 인간에게 실패를 주었다. 그것만큼 인간에게 패배감을 안겨 줄 수 있는 것이 없다고 생각했다. 하지만 인간은 그것을 딛고 일어나 더 큰 실패를 이겨 냈다. 두 번째 악마는 인간에게 시련을 주었다. 그러나 악마가 시련을 주면 줄수록 인간은 그것도 극복했다. 그러자 세 번째 악마가 회심의 미소를 지으며 인간에게 다가갔다. 그는 인간에게 미루는 습관을 주었다. 그리고는 인간이 무엇을 하려고 하면 조용히 다가가 부드럽게 소곤거렸다. "괜찮아, 내일 해도 돼."

악마의 꼬임에 넘어간 인간은 자신이 할 일을 차일피일 미루기 시작했고 결국 게으름이 몸에 들어오는 것을 허용한 그 사람은 다시 일어나지 못했다.

후회 없는 자기 삶을 즐기기 위해

성공한 사람들은 어떤 상황도 굴하지 않고
어려운 장벽을 힘차게 뚫고 나갔다는 것이 다르다.
It is only successful people
who break through barriers despite difficult circumstances.

_노먼 V. 필 Norman V. Peale

"나는 발레를 하면서 경쟁자를 생각한 적도, 어떤 목표를 가져 본 적도 없다. 모든 작품, 모든 동작, 모든 연습에 그저 최선을 다했을 뿐이다. 내게는 오늘 하루 열심히 사는 것이 인생목표였으며 남이 아닌 나 자신과 경쟁했다. 그렇게 매일 조금씩 발전하는 데 재미를 느꼈다. 나는 근육 하나를 키우기 위해 정말 많은 노력을 했다. 3일, 5일 연습하고 힘들다고 쉬는 것은 무엇인가 되려고 하는 사람이 해서는 안 되는 행위이다. 나는 살면서 단 한 번도 다른 삶을 동경해 본 적이 없다. 발레에 인생을 바쳤고, 지금까지 최선을 다해 발레를 해 왔고, 그래서 내 삶에 후회는 없다."

세계적인 발레리나 강수진의 말이다. 우리는 자신이 선택한 길에 대해 후회하지 않도록 최선을 다할 의무가 있다. 그리고 모든 열정을 다해 그 삶을 완성하도록 노력해야 하는 것이다.

사랑은 영원토록 잊히지 않는다

나이가 들어도 사랑을 막을 수는 없지만
사랑은 나이 드는 것을 막아 줄 수 있다.
Age does not protect you from love.
But love, to some extent, protects you from age.

_잔느 모로 Jeanne Moreau

평생을 해로한 독일인 부부가 있었다. 늘그막에 남편이 알츠하이머에 걸려 병원에 입원을 하였고 부부는 한동안 떨어져 지내게 되었다. 몇 달 후, 2월 14일 밸런타인데이가 되어 아내가 남편을 보러 병원에 찾아가자 간호사가 카드를 건네주며 말했다.

"할아버지가 그리신 건데 무얼 그린 건지는 잘 모르겠어요. 왠지 할머니께 드려야 할 것 같아서 챙겨 두었어요."

하지만 아내는 금방 알아볼 수 있었다. 삐뚤빼뚤했지만 그것은 그림이 아니라 분명히 독일어로 쓴 글씨였다.

"당신을 사랑하오. 이 세상의 그 무엇보다도. 영원히, 영원토록 당신을 사랑하오."

그것은 남편이 아내에게 전하는 사랑 고백이었다.

나잇값을 하는 사람

사람의 나이는 먹는 것이 아니라
좋은 포도주처럼 익어 가는 것이다.
People do not grow old,
but grow ripe like good wine.

_웬델 필립스 Wendell Phillips

사람에게는 다섯 가지 나이가 있다고 한다.

1. 시간과 함께 먹는 달력의 나이
2. 건강 수준을 재는 생물학적 나이(세포 나이)
3. 지위, 서열의 사회적 나이
4. 대화해 보면 금방 알 수 있는 정신적 나이
5. 지력을 재는 지성의 나이

'나잇값 한다'는 말은 결국은 사람값 한다는 것이다. 우리는 과연 그 나잇값을 제대로 하면서 살고 있는 것일까? 그저 시간과 함께 흘러가 버리는 달력의 나이를 쫓아가고 있는 것은 아닌지 생각해 보아야 할 것이다.

미울수록 사랑하라

무장한 적을 만났더라도 미소를 지으며 악수를 청해라.
그러면 적은 자신이 두르고 있던 갑옷을 벗어 던질 것이다.
Even when you meet an armed enemy, smile and extend your hand.
Then, the enemy will throw off his armor.

_발타자르 그라시안 Baltasar Gracian

에드윈 스탠턴은 링컨을 시골뜨기라고 무시하며 무례하게 행동했고 그가 대통령에 당선됐을 때도 '국가적 재난'이라고 공격했다. 그런데 링컨은 내각을 구성하면서 가장 중요한 국방부 장관 자리에 바로 스탠턴을 임명했다.

모든 참모들이 재고를 건의했지만 링컨은 "그는 사명감이 투철한 사람이기에 국방부 장관을 하기에 충분합니다."라고 말했다.

"그는 당신의 원수가 아닙니까? 원수를 없애 버려야지요!"라는 참모들의 말에 링컨은 빙그레 웃으며 말했다.

"저도 그렇게 생각합니다. 하지만 원수는 마음속에서 없애 버려야지요! 예수님도 원수를 사랑하라고 하셨습니다."

링컨이 암살자의 총에 맞아 숨을 거두었을 때, 스탠턴은 링컨을 부둥켜안고 "여기, 가장 위대한 사람이 누워 있습니다."라고 통곡했다. 결국 링컨은 원수까지도 사랑한 진정한 승리자였다.

경청은 최고의 치료법

말을 귀담아듣는 자를 꺼리는 사람은 없다.
No one shuns those who listen carefully.

_**잭 우드포드** Jack Woodford

어느 한국인 의사가 미국에서 레지던트 과정을 밟고 있었다. 그런데 그에게는 유독 예후가 나쁜 환자들이 배정되었다. 6개월 후 의료진들이 모여 환자들의 치료 경과를 평가하자 결과는 놀라웠다. 한국인 의사가 진료했던 환자들이 가장 많은 호전을 보인 것이다. 사람들은 영어도 유창하지 못하고 문화적 배경도 다른 동양인 의사가 어떻게 그런 결과를 낼 수 있었는지 의아해했다. 그때 미국인 과장의 한마디가 모든 궁금증을 풀어 주었다.

"He is a good listener!"

그는 영어가 유창하지 못했기 때문에 환자가 하는 말을 한 마디도 놓치지 않으려고 더 집중해서 들었고 혹시라도 놓치는 단어가 있을까 봐 늘 사전을 소지했다. 그런 동양인 의사의 정성에 환자들이 감동했고 치료를 더 열심히 받은 덕에 상태가 호전되었던 것이다.

소망보다 뜨거운 열정을 보여라

이 세상의 모든 위대한 것 가운데
열정 없이 거저 얻어진 것은 없다.
Without enthusiasm,
nothing great was ever achieved.

_랠프 W. 에머슨 Ralph W. Emerson

MC의 꿈을 가진 한 부산 청년이 우리나라 최고의 MC를 만나기 위해 서울에 있는 방송국까지 찾아왔다. 그는 매일 아침 6시에 출발해서 하루 10시간을 걸으며 서울에 도착해 최고의 MC를 만날 수 있었다. 그가 가지고 있던 조그만 다이어리와 종이 뭉치에는 부산에서 출발하여 방송국에 도착하기까지 15일 간의 기록이 빼곡히 적혀 있었다. 교회에서 하룻밤 신세졌던 일, 찜질방에서 잠시 눈을 붙였던 일, 그의 여정에 격려를 아끼지 않은 사람들의 이름을 하나도 잊지 않고 적어 두었다.

"편하게 차를 타고 오면 저의 바람이 이루어지지 않을 것만 같았어요. 어떤 업業을 만들면 그 간절한 바람을 들어주시지 않을까 하는 마음에……."

그가 무작정 고향을 떠나 방송국에 도착한 그날, 최고의 MC를 꿈꾸는 청년과 이미 최고의 자리에 서 있는 MC는 한 시간 동안 따뜻한 대화를 나누었다.

상대방의 발전을 원한다면

잘못 아홉 가지를 찾아내 꾸짖는 것보다
단 한 가지 잘한 일을 찾아내서 칭찬하라.
Instead of finding nine faults and scolding about them,
find one good deed and compliment about it.

_데일 카네기 Dale Carnegie

위대한 물리학자 아인슈타인은 초등학교 때 성적이 엉망이었다. 어느 날 받아 온 성적표에는 이렇게 적혀 있었다. '이 학생은 장차 어떤 일을 해도 성공할 수 없을 것으로 판단됨.'

담임선생님의 이 짤막한 의견을 읽은 아인슈타인의 어머니는 어린 아들에게 이렇게 말했다.

"너는 남과 다른 아주 특별한 능력을 가지고 있단다. 남과 같아서야 어떻게 성공하겠니?"

무엇 하나 제대로 해낼 수 있을 것 같지 않던 그 아이는 훗날 '상대성이론'으로 인류에 획기적인 공헌을 하는 물리학자가 되었고 천재의 아이콘으로 불리고 있다.

진심 어린 격려와 칭찬은 타인에게 용기를 주는 최고의 선물이다. 허점을 발견해 지적하는 것보다 잠재된 재능을 발견했을 때 아낌없는 칭찬을 해 주는 것이 상대방의 발전을 위해서도 더 바람직한 방법이다.

대열에서 벗어나라

무언가를 사랑하는 것이야말로
자신의 삶을 온전히 자기 것으로 만드는
유일한 출발점에 선 사람이 할 수 있는 행동이다.

Loving something is the act of someone
who stands at the only starting point that will make his life his own.

_앨리스 콜러 Alice Koller

'바람의 딸'이라는 애칭으로 더 유명한 한비야. 그녀는 35세에 회사를 그만두고 세계 여행에 도전했다. 7년간의 여행 후에는 전 세계의 어려운 이웃을 돕는 일에 매진했으며 50세가 넘어서는 새로운 도전을 위해 중국 유학길에 오르기도 했고 여러 권의 책을 집필하기도 했다. 그녀는 시간의 굴레에서 벗어나지 못하는 많은 사람들에게 이렇게 말한다.

"본디 남들과 다른 것이 우리 인간이다. 서울에서 부산까지 가는 방법은 수십 가지다. 정형화된 인생 시간표에 주눅 들 필요는 없다. 무엇이 내 심장을 뛰게 하는가? 무엇이 나를 움직이는가? 가벼운 바람에도 성난 불꽃처럼 타오르는 내 열정의 정체는 무엇인가? 소진하고 소진했을지라도 마지막 남은 에너지를 기꺼이 쏟고 싶은 그 일은 무엇인가? 내 피를 끓게 하는 일은 절대 남과 동일할 수 없다. 대열에서 이탈해라. 그리고 내 삶의 주인이 되어라."

어려움 앞에서 당당해지자

기회란 대개 무섭고 힘든 일이라는 가면을 쓰고 나타나기 때문에
대부분의 사람들이 그것을 잘 알아보지 못한다.
Opportunities are usually disguised as hard work,
so most people don't recognize them.

_앤 랜더스 Ann Landers

인생이 있는 곳에는 어디에나 환난이 있게 마련이다. 우리는 매일매일 시험 속에서 여러 가지 환난을 만나며 살아가고 있다. 나이 드신 분들은 나이 드신 분 나름대로의 고민거리가 있고, 젊은 사람들은 젊은 사람들 나름대로의 걱정거리가 있게 마련인 것이다.

우리가 어떤 어려움을 당하느냐 하는 것보다 더 중요한 것이 있다. 바로 그 어려움을 당했을 때에 어떤 태도를 가지는가 하는 것이다. 어려움에 무릎 꿇어 버리면 그 사람은 인생의 낙오자가 될 수밖에 없다. 하지만 아무리 어려운 시험일지라도 그것을 이겨 내면 우리는 그만큼 더 강해질 수 있는 것이다.

우리에게는 스스로 마음을 다잡고 희망적인 미래를 볼 수 있는 능력이 있다. 그러니 매일매일의 환난에 고통스러워하기 보다는 그것을 이겨 냈을 때 만나게 될 즐거움과 성취감에 대해서 생각해 보는 지혜가 필요하다.

배려가 깃든 말

한마디의 말은 날카로운 칼이 되기도 하지만
따뜻하고 부드러운 솜이 될 수도 있다.
A word can be a sharp knife or a warm and soft cotton wool.

_토머스 제퍼슨 Thomas Jefferson

　　어렵게 취직이 되어 보석가게 판매사원으로 일하던 노라는 손님으로 들어온 남자를 의식하다가 그만 다이아몬드 반지들을 바닥에 떨어뜨리고 말았다. 황급히 반지들을 주워 담았지만 한 개가 모자랐다. 눈앞이 캄캄했다. 그 순간, 출입문 쪽을 향하고 있는 남자를 발견한 노라는 그에게 뛰어갔다. "도둑이야!"라고 소리 지를 수도 있었지만 그렇게 하지 않았다. 남자의 얼굴에서 실업자 가장의 고통이 느껴졌기 때문이다.

　　"죄송합니다만……. 여기가 저의 첫 직장이에요. 요즘은 취직하기가 너무 힘들어요. 그렇죠?"

　　남자는 노라를 뚫어지게 보다가 미소를 지으며 말했다.

　　"그렇지요. 하지만 아가씨는 이곳에서 일을 참 잘할 것 같아요. 행운을 빌어요."

　　남자가 악수를 하고 사라진 뒤에 노라의 손에는 잃어버렸던 다이아몬드 반지가 반짝이고 있었다.

'인간'이라는 단어에 사이 간間자가 있는 까닭

_에릭 와이너 Eric Weiner

13세기 신성 로마제국의 황제 프레데릭 2세는 인간이 타고나는 자연 그대로의 언어가 어떤 것인지를 알기 위해 아기 여섯 명을 영아실에 넣어 놓고, 유모들에게 먹이고 재우고 씻기되 절대로 아기들에게 말을 하지 말라고 명령했다. 그 실험을 통해 아기들이 외부의 영향을 전혀 받지 않은 상태에서 자연스럽게 선택하는 언어가 어떤 것인지를 알아내고 싶었던 것이다. 그리고 가장 순수하고 본원적인 언어라고 생각한 그리스어나 라틴어를 사용할 것이라고 예상했다.

그러나 그 실험은 황제가 기대한 결과를 보여 주지 않았다. 어떤 언어로든 말을 하기 시작하는 아기는 하나도 없었다. 뿐만 아니라, 여섯 아기들 모두 날로 쇠약해지다가 결국은 죽고 말았다. 아기들이 생존하려면 젖과 잠만으로는 충분치 않으며, 반드시 다른 사람들과 의사소통을 해야 한다. 그래서 사람을 한자로 쓸 때 사람 인人과 사이 간間자를 쓰는 것이다.

싸움을 잠재우는 가장 좋은 무기는 침묵이다

싸움을 잠재우는 가장 좋은 무기는 침묵이다.
The best weapon to end fight is silence.

_탈무드 The Talmud

어느 부인이 수도사를 찾아와 남편과 매일같이 싸우는데 어떻게 해야 관계를 회복할 수 있을지에 대해 물었다. 수도사는 교회 뒤에 있는 우물가의 물을 떠 주면서 이것은 성수聖水이니 남편과 싸울 때마다 성수를 한 모금 입에 머금고 있다가 남편의 말이 다 끝나면 삼키라고 했다. 그렇게 한 달을 하면 가정이 회복될 것이라는 약속도 잊지 않았다.

부인이 집으로 돌아가 수도사가 시키는 대로 하자 정말 남편은 순한 양이 되었다. 부인이 수도사를 찾아와 말했다.

"수도사님 말대로 했더니 요즘은 남편과 싸울 일이 없어요. 정말 신비한 물이에요."

신기해하는 부인에게 수도사가 말했다.

"물이 신비한 것이 아니라 침묵이 신비한 것입니다."

사람에게는 외적인 삶보다 내적인 삶이 더 중요하며, 창조적 침묵은 우리의 내면세계를 튼튼하게 만든다.

사람은 꿈꾸는 대로 성장한다

성공한 사람들은 상상력을 잘 활용한다.
The great successful men of the world have used their imaginations.

_로버트 콜리어 Robert Collier

미국의 42대 대통령이었던 빌 클린턴. 그가 대통령의 꿈을 갖기 시작한 것은 고등학교 시절 존 F. 케네디를 만난 이후였다. 미국에는 전국에서 뽑힌 우수 학생들에게 대통령 표창장을 수여하는 제도가 있는데 빌 클린턴은 바로 이 자리에서 존 F. 케네디를 만나게 되었고 그때부터 그와 같은 대통령이 되겠다고 마음을 먹었던 것이다.

클린턴은 날마다 케네디 대통령의 기사를 챙겨 읽기 시작했고 그의 행동까지 따라 했다. 주위의 시선이나 편견은 아무 걸림돌이 되지 않았다. 소년 클린턴에게는 오직 도전하고 싶은 열망과 행동으로 옮기는 실천만 있을 뿐이었다.

그 결과, 그는 케네디처럼 40대의 나이에 대통령이 되었고, 재선에도 성공하는 영광을 누렸다.

당신이 이루고 싶은 것이 있다면 목표를 세우고 꿈을 꾸며 실천하는 것이 중요하다.

꿈의 발목을 잡는 것은 없다

인간이 위대한 이유는 자기 자신은 물론
환경을 뛰어넘어 꿈을 이루어 내는 능력이 있기 때문이다.
The reason why mankind is great is that
he has the ability that can realize his dream beyond himself and environment.

_툴리 C. 놀즈 Tully C. Knowles

월트 디즈니는 집이 너무 가난해서 어려서부터 힘든 일을 하면서 생계를 도와야 했다. 꼬마 디즈니에게 유일한 낙이 있다면 석탄 조각으로 땅바닥에 그림을 그리는 일이었다. 그것 하나면 시간 가는 줄을 몰랐다.

청년이 되어서 광고대행사에서 일을 하게 되면서부터 만화에 관심을 갖게 된 그는 다른 직원들이 모두 퇴근을 한 뒤에도 홀로 사무실에 남아 그림을 그리고 일을 했다.

그러던 어느 날, 어두운 작업실 바닥에서 움직이는 한 쌍의 쥐를 발견한 후 그는 예쁜 생쥐 캐릭터를 만들게 되었다. 그것이 바로 미키마우스와 미니마우스이다. 그리고 그 그림은 그에게 엄청난 부와 명예를 가져다주었다.

"무엇에 대해 꿈꿀 수 있다면 그것을 실행하는 것 역시 가능하다."라는 그의 말을 통해 그의 가난은 그의 꿈에 어떤 방해도 될 수 없었음을 알 수 있다.

시련의 날개를 퍼덕여라

사람들은 기회가 찾아와 앞문을 두드릴 때
뒤뜰에 나가 네 잎 클로버를 찾느라 아무 소리도 듣지 못한다.
The reason so many people never get anywhere in life is
because when opportunity knocks,
they are out in the backyard looking for four-leaf clovers.

_월터 크라이슬러 Walter Chrysler

이스라엘에서 전해 오는 우화 중에 〈새들의 불평〉이라는 이야기가 있다.

신이 모든 동물을 만든 후 한곳에 모아 두었다. 그러자 갑자기 새들이 불평을 시작했다.

"다른 짐승들을 보면 어깨에 짐이 하나도 없는데 왜 우리만 이렇게 짐을 지워서 걷기도 힘들게 하신 겁니까?"

한 마리가 불평을 시작하자 여기저기서 새들의 불평이 끊이지 않았다. 그러나 새들의 날개를 만든 하나님은 그저 미소만 지을 뿐이었다. 잠시 후 용기 있는 독수리가 그 날개를 조심스럽게 퍼덕여 보았다. 그랬더니 갑자기 온몸이 가벼워지기 시작하더니 자신의 몸이 하늘을 날 수 있게 되는 것이 아닌가! 주위에 있던 다른 새들도 놀라기는 마찬가지였다.

무거운 부착물은 짐이 아니라 오히려 몸을 가볍게 해 주는 날개였다. 우리에게도 이런 날개가 분명히 존재한다.

모든 것은 흘러간다

영원한 강자도, 영원한 약자도 없다.
There are no eternal strong ones nor eternal weak ones.

_한비자 Han-fei-tzu

오래 전 로마에 한 황제가 있었다. 그는 작은 일에도 예민하게 굴었고 잘 웃다가도 별 것 아닌 일에 화를 내기도 했다. 스스로도 문제가 있다고 생각한 황제는 원로들을 불러 놓고 이렇게 말했다.

"내 마음이 흔들리지 않고 나라를 잘 다스릴 수 있는 글을 하나 써 주시오. 그 글은 내가 비탄에 빠졌을 때 희망을 주고, 행복한 일에 마냥 젖어 있을 때 교훈을 줄 수 있어야 하오. 그리고 내가 항상 볼 수 있도록 준비를 해 주시오."

원로들은 밤낮을 심사숙고하며 고민했다. 그리고 며칠 후 평범한 반지를 황제에게 선사했다. 그 반지에는 이런 문장이 적혀 있었다.

"이 또한 지나가리라."

행복은 잠깐 스쳐 지나가는 것처럼 느껴진다. 하지만 불행 또한 그러하다.

리더에게 꼭 필요한 8가지 자질

사람들로 하여금 그들이 하고자 하는 것을 하게끔 하는 게 아니라,
그들이 이루고자 하는 것을 이루게끔 하는 것, 그것이 리더십이다.

Leadership is getting someone to do what they don't want to do,
to achieve what they want to achieve.

_톰 랜드리 Tom Landry

리더십의 필수요건 8가지

1. 리더는 끊임없이 조직을 업그레이드 시켜야 한다.

2. 리더는 비전을 제시하고 직원들이 비전 속에서 숨 쉬며
   살아가게 해야 한다.

3. 리더는 긍정적 에너지와 낙관주의를 발산해야 한다.

4. 리더는 공평하고 투명하며 신뢰가 있어야 한다.

5. 때로는 인기 없는 결단을 내릴 수도 있어야 한다.

6. 리더는 호기심을 바탕으로 직원들에게 끊임없이
   질문함으로써 길을 찾아가게 한다.

7. 리더는 직원들에게 도전정신을 불러 일으켜야 한다.

8. 리더는 상을 주는 사람이다.

_잭 웰치

3월

삶은 오늘 당신의 안에 있고,
내일도 당신이
만들어 낼 수 있다.

Life is in you today,
and you make
your tomorrow.

L. 론 허바드
L. Ron Hubbard

지혜로운 어머니의 훈계

우리나라가 자주독립하여 정부가 생기거든,
그 집의 뜰을 쓸고 유리창을 닦은 다음 죽게 하소서!

When our country becomes independent and it has its own government,
let me die after I sweep the building's garden and clean its windows!

_김구 Kim Gu

김구 선생이 상해에서 독립운동을 할 때의 일이다. 그의 생일이 되었는데 망명 생활을 하다 보니 돈이 없어 잔칫상을 차릴 수가 없었다. 동지들은 자기 물건을 전당포에 맡겨 고기를 사서 김구의 어머니인 곽낙원 여사에게 드렸다. 여사는 말없이 그 고기를 받아 맛있는 음식을 만들어 잔치를 벌였다. 손님들은 한참 동안 먹고 마시며 환담을 나눈 다음, 부른 배를 두드리면서 돌아갔다.

마침내 잔치가 파하자 곽 여사는 조용히 아들을 부르더니 손수 회초리를 들고 쉰이 넘은 아들의 종아리를 치며 훈계했다.

"먹고 살기 빠듯한 동지들에게 자기 생일을 알려서 물건을 저당 잡게 하고 생일잔치를 벌이게 하다니! 그러고도 어찌 조선 독립운동을 한다고 할 수 있겠느냐?"

김구는 어머니의 깊은 뜻을 깨닫고 무릎을 꿇은 채 잘못을 빌었다.

지식인에게 들려주고 싶은 10가지 조언

배움을 멈추지 말라.
날마다 한 가지씩 새로운 것을 배우면
경쟁자의 99퍼센드 앞에 설 수 있다.

Never stop learning. If you learn one new thing everyday,
you will overcome 99percent of your competition.

_조 카를로조 Joe Carlozo

21세기 지식인이 갖추어야 할 10가지

1. 지식은 누구나 창출할 수 있다는 신념을 가져라.

2. 당신이 소유한 지식을 측량화하라.

3. 자신만이 공헌할 수 있는 분야에서 지식을 찾아라.

4. 경험을 반드시 기록하라.

5. 여러 분야의 사람과 교류하라.

6. 지식을 소유했다면 남과 공유하라.

7. 어떤 아이디어를 찾을지 분명한 목표를 가져라.

8. 창출한 지식은 계속 진화시켜라.

9. 주기적으로 자신의 지식 역량을 평가하라.

10. 지속적인 지식 창출에 끊임없는 열정을 가져라.

어른으로서 존경받고 싶다면

나이를 먹어도 아름다움을 간직한 것들이 퍽 많다.
레이스, 상아, 황금, 그리고 비단은 새 것이 아니어도 좋다.

Let me grow lovely, growing old—So many fine things do:
Laces, and ivory, and gold, And silks need not be new.

_칼 W. 베이커 Karle W. Baker

나이 들어 대접받는 비결 10가지

1. 몸과 집안과 환경을 깨끗이 해야 한다.

2. 몸을 단정히 하고 체력단련을 해야 한다.

3. 모임에 부지런히 참가해야 한다.

4. 입은 닫고 지갑은 열어야 한다.

5. 돈이든 일이든 제 몫을 다해야 한다.

6. 포기할 것은 과감히 포기해야 한다.

7. 평생 배우는 데 힘써야 한다.

8. 즐길 수 있는 취미가 있어야 한다.

9. 받은 것을 베풀며 살아야 한다.

10. 욕심을 버리고 겸손해야 한다.

걱정이 없는 사람들

아름다움을 찾고자 온 세상을 여행하더라도
자기 마음속에 아름다움이 없다면 어디서도 그것을 찾지 못할 것이다.
Though we travel the world over to find the beautiful,
we must carry it with us or we find it not.

_랠프 W. 에머슨 Ralph W. Emerson

꿈이 있는 사람은 걱정이 없다. 비록 실패하여 낙심하고 힘들어할지라도 곧 일어나 꿈을 향해 힘차게 달려 나가기에, 걱정을 하면서 시간을 보내는 것보다 꿈을 이루기 위해 노력하기 때문이다.

마음에 사랑이 있는 사람도 걱정하지 않는다. 지금은 비록 쓸쓸하고 외롭더라도 그 마음의 사랑으로 인해 곧 많은 사람들로부터 사랑받게 될 것이기 때문이다.

늘 얼굴이 밝고 웃음이 많은 사람도 걱정하지 않는다. 지금은 비록 가벼운 사람이라는 평가를 받을지라도 곧 그 웃음이 다른 사람들에게 기쁨과 감동을 주어 그가 행복한 세상의 중심이 될 것이기 때문이다.

작은 것에 만족할 줄 아는 사람도 걱정하지 않는다. 지금은 비록 어리석게 보여도 그 마음의 작은 기쁨들로 곧 행복한 이야기를 만들어 낼 것이기 때문이다.

내가 나를 믿어 줄 때

인생은 살 만한 가치가 있다고 믿으면 가치 있는 삶을 살게 된다.
Believe that life is worth living, and your belief will help create the fact.

_윌리엄 제임스 William James

　　미국 인기 여성 코미디언이자 토크쇼 사회자인 로지 오도널은 어려서부터 배우가 되는 것이 꿈이었지만 뚱뚱한 외모로 인해 수많은 오디션에서 떨어지기 일쑤였다. 어느 제작자는 그녀에게 "아니, 그런 외모로 배우를 하겠다는 거야?"라는 말로 모욕감을 주기도 했다. 하지만 그녀는 포기하지 않았다. 사람들이 자신의 외모에 갖는 편견을 깨뜨리기 위해 더욱 노력하는 길밖에 없다고 믿었고 자신의 꿈을 놓지 않았다.

　　그 결과 그녀는 현재 자신의 이름을 건 토크쇼를 진행하기도 하며 2007년에는 〈버라이어티〉에서 선정한 가장 영향력 있는 50인에 뽑히기도 했다.

　　그녀는 자신의 성공 비결을 이렇게 말한다. "사람들은 제가 너무 뚱뚱하고 거칠고 못생겼기 때문에 배우가 될 수 없다고 말했어요. 하지만 자기 자신을 믿으세요. 저는 꿈을 꾸었고 꿈은 저를 구해 주었습니다. 꿈을 꾸면 내가 가고 싶은 곳으로 나를 데려다 줍니다."

꿈이 창조하는 인생

우리 마음을 위대한 생각들로 채워야 한다.
인간은 스스로가 생각하는 만큼만 성장할 수 있기 때문이다.
Nurture your mind with great thoughts,
for you will never go any higher than you think.

_벤저민 디즈레일리 Benjamin Disraeli

데일 카네기는 성공학의 대가로 불린다. 그가 라디오에 출연했을 때 진행자가 카네기에게 물었다. "당신이 지금까지 배운 최대의 교훈을 세 마디 문장으로 표현해 주실 수 있나요?" 이 질문에 카네기는 이렇게 말했다.

"이제까지 제가 배운 최대 교훈은 '무엇을 생각하는지 알아내라.'는 것입니다. 제가 만약 당신이 무엇을 생각하고 있는지 알 수 있다면 당신이 어떤 인물인지 아는 것입니다. 그 이유는 당신이 생각하는 것이 당신을 만들기 때문입니다. 우리는 자신의 생각을 바꿈으로써 인생을 바꿀 수가 있습니다."

우리가 가지고 있는 꿈의 모양과 색깔대로 인생이 바뀐다. 인생은 꿈의 형상을 닮기 때문이다. 그래서 많은 사람들이 꿈에 대해 강조하는 것이다. 성공한 모든 사람들은 가슴 속에 큰 꿈을 품은 사람이라는 말이 있다. 그만큼 꿈은 우리를 만드는 가장 중요한 요소이다.

아집의 덫

고집으로 상대방을 이길 수는 없다. 당장 고쳐라.
Stubbornness cannot defeat your adversary.
Fix it right away.

_발타자르 그라시안 Baltazar Gracian

프랑스 황제의 12용사 가운데 한 사람인 로랑 장군은 평소에도 용맹하고 정의롭기로 소문이 난 사람이었다. 그랬기에 황제의 신임이 두터웠으며 그도 그 신임에 보답하기 위해 늘 최선을 다해 전쟁에 임했고 항상 승리를 얻었다.

어느 날 전쟁이 일어났고, 평소처럼 맹렬히 싸웠지만 상대방의 전술과 위협 앞에 로랑 장군의 군대는 꼼짝 없이 포위당하게 되었다.

군대가 적군으로부터 위협을 당하거나 포위를 당하게 되면 나팔수는 구원군을 부르기 위해 뿔 나팔을 불러 도움의 손길을 요청해야 한다. 그런데 로랑 장군은 자신의 군대가 위험에 처했다는 사실을 인정할 수 없었다. 어떻게든 혼자의 힘으로 이 난관을 뚫고 싶었기에 그는 나팔을 불지 못하게 하였다. 로랑 장군의 체면 유지를 위한 교만과 고집은 장군 자신은 물론이고 모든 부하들까지 전멸하는 비극을 불러오고야 말았다.

불가능과 가능의 차이

Be anything that will assert integrity of purpose and imaginative vision against the
play-it-safers, the creatures of the commonplace, the slaves of the ordinary.

_세실 비튼 Cecil Beaton

1975년의 어느 날, 박정희 대통령이 정주영 회장을 불렀다.

"우리는 해외로 나가야 합니다. 그래야 외화를 벌고 우리가 살 수 있어요. 중동에서 건설을 하면 참 좋겠는데 정 회장이 할 수 있겠습니까?"

이미 다른 사람들은 더운 날씨와 건설공사에 필요한 물을 구할 수 없다는 이유로 불가능하다는 답을 한 상태였다. 정주영 회장은 한달음에 중동에 다녀와 이렇게 보고했다.

"중동은 이 세상에서 건설공사하기에 제일 좋은 지역입니다. 우선 비가 오지 않으니 1년 열두 달 내내 공사를 할 수 있습니다. 게다가 건설에 필요한 모래와 자갈이 현장에 있으니 자재 조달이 쉽고 물은 어디서든 실어 오면 됩니다.

"50도나 되는 더위는?"

"낮에는 자고 밤에 시원해지면 그때 일하면 되지요."

1970년대를 상징하는 중동 붐은 이렇게 시작되었다.

머리 말고 가슴으로 결정하라

모든 것이 준비된 완벽한 순간이란 없다.
If you wait for the perfect moment when all is safe and assured,
it may never arrive.

_모리스 슈발리에 Maurice Chevalier

비판철학의 창시자로 알려져 있는 독일의 철학자 칸트의 이야기이다. 평소 그를 흠모하던 한 여인이 용기를 내어 칸트에게 청혼을 했다. 여인의 수줍은 고백을 가만히 듣고 있던 칸트가 말했다.

"잘 생각해 보겠습니다. 조금만 기다려 주세요."

그는 일단 도서관으로 가서 결혼과 사랑에 관련된 책들을 읽기 시작했다. 오랜 시간이 흐른 뒤, 칸트는 마침내 여인의 청혼을 받아들이기로 결심하고 여인의 집에 찾아가 현관문을 두드렸다. 여인의 아버지가 문을 열자 칸트는 자초지종을 설명하며 여인을 만나고 싶다고 말했다. 그러나 여인의 아버지는 그럴 수 없다고 말했다.

"우리 딸은 이미 결혼해서 세 아이의 어머니가 되어 있다오. 당신은 너무 늦었어요."

때론 머리가 아닌 가슴으로 결정해야 할 때도 있다. 때를 놓친 결정은 헛수고가 되기 때문이다.

기회는 기다려 주지 않는다

기회라는 놈은 절대 노크하지 않는다.
당신이 문을 밀어 넘어뜨릴 때에야 비로소 모습을 드러낸다.
Opportunity does not knock,
it presents itself when you beat down the door.

_카일 챈들러 Kyle Chandler

이탈리아 북부에 위치한 토리노박물관에는 우스꽝스러운 모양의 조각상이 하나 있다. 조각상의 주인공은 제우스의 아들 카이로스인데 앞머리는 머리숱이 무성한 반면에 뒷머리는 대머리이며 발에는 작은 날개가 달려 있다.

조각상을 처음 본 사람들은 신기해하며 웃음을 터뜨리지만 조각상에 대한 설명을 들으면 금세 고개를 끄덕인다.

"앞머리가 많은 이유는 자신이 누구인지 들키기 않기 위해서이고 발견했을 때는 쉽게 잡을 수 있도록 하려는 거예요. 뒷머리가 없는 이유는 지나가면 다시는 붙잡지 못하도록 하려는 이유이고요. 발에 날개가 달린 이유는 최대한 빨리 사라지기 위해서죠, 그의 이름은 바로 '기회'랍니다."

조각상의 왼손에는 저울이 들려 있는데 그것은 기회가 왔을 때 옳고 그름을 판단하여 빨리 결단을 내리라는 뜻을 담고 있으며 그는 '기회의 신'이라 불린다.

여유 있는 삶을 위한 5가지 조언

기쁨은 좇는다고 해서 찾을 수 있는 것이 아니다.
가장 밝은 불꽃은 오히려 생각도 못한 작은 불씨에서 시작된다.
Pleasure is very seldom found where it is sought.
Our brightest blazes are commonly kindled by unexpected sparks.

_새뮤얼 존슨 Samuel Johnson

천천히 살아가는 인생의 지혜

1. 다른 사람의 목소리에 조용히 귀 기울여 들으면 내가 이야기를 할 때보다 더 많은 것을 얻을 수 있으며 그만큼 삶은 성숙해진다.

2. 우리를 가두어 놓는 온갖 것들을 느긋한 마음으로 멀찌감치 서서 바라보며 기분 좋게 기지개를 켜고 만족스러운 하품도 해 보자.

3. 내가 꿈꾸는 것이 삶 속에 들어오기까지는 시간이 걸린다. 조바심 내지 않고 열린 마음으로 기다리면 미래는 곧 눈앞에 활짝 펼쳐질 것이다.

4. 마음 깊은 곳에서 희미하게 퇴색한 추억들을 떠올리고 평안을 느낄 수 있는 마음의 고향을 가지는 것도 좋다.

5. 스스로를 속이며 살지 않겠다는 다짐으로 마음속 깊은 곳의 진실에 귀 기울이고 마음속 진실이 살아날 수 있도록 마음의 소리를 글로 써 보자.

세상을 보는 눈

당신보다 운이 좋은 사람과 비교하지 말라.
대다수 사람들을 보면 당신이 얼마나 운이 좋은지 알게 될 것이다.
We should compare it with the lot of the great majority of our fellow men.
It then appears that we are among the privileged.

_헬렌 켈러 Helen Keller

틴틴파이브라는 개그 그룹으로 1990년대를 풍미했던 개그맨 이동우 씨는 결혼 후 얼마 지나지 않아 '망막색소변성증'이라는 진단을 받고 서서히 시력을 잃어 가기 시작했다. 방송을 통해 그의 안타까운 사연을 들은 한 40대 남성이 그에게 연락을 해 왔다.

"이동우 씨의 개그를 보면서 그동안 많은 힘을 얻었어요. 이제는 제가 힘을 드리고 싶습니다. 제 눈을 기증하고 싶어요."

이동우 씨는 기쁜 마음으로 한걸음에 달려갔지만 그 남성의 눈을 받지 않기로 결정했다.

"그분은 '근육병'을 앓고 계셨어요. 사지를 쓸 수 없었죠. 오직 성한 곳은 눈 하나밖에 없는 분이 제게 눈을 준다고 하셨던 거예요. 나는 하나를 잃고 아홉을 가진 사람입니다. 그런데 그분은 오직 하나 남아 있는 것마저 주려고 합니다. 어떻게 그것을 받을 수 있겠어요? 하지만 저는 이미 받은 거나 마찬가지입니다. 세상을 보는 눈을 주셨으니까요."

실패를 지워 준 화재

지금 당신이 있는 바로 그곳이 새롭게 시작할 곳이다.
The place where you are is where you start anew.

_페마 쇼드롱 Pema Chodron

1914년 12월, 이미 전기를 발견해서 발명왕으로 불리던 토머스 에디슨의 실험실에 큰 불이 났다. 그의 실험실 안에는 각종 화학약품들이 즐비했기 때문에 불은 걷잡을 수 없이 치솟았고 실험실에 있던 값비싼 실험 도구들은 물론이고, 값으로 매기기도 힘들 만큼 중요한 에디슨의 실험 일지들이 모두 불에 타 버렸다.

많은 사람들이 아쉬워하며 에디슨을 위로하기 시작했다. 하지만 에디슨은 자신의 모든 꿈과 희망이 한순간에 사라지고 까만 재로 남아 버린 실험실 화재 현장을 보며 이렇게 말했다.

"저 불이 내 실수까지 한 번에 가져가 버렸네요. 이 나이에 다시 시작할 기회를 얻을 수 있다는 게 얼마나 감사한 일입니까. 다시 시작하면 저번보다 훨씬 짧은 시간 안에 성공할 수 있을 것입니다."

결국 그는 일생일대의 좌절을 겪은 후 전구를 발명하여 그 명성을 계속해서 이어 갈 수 있었다.

서로에게 얽매이지 않는 자유로운 사랑

사랑은 소유할 수도 없고 소유당할 수도 없다.
그저 사랑은 사랑만으로 충분하다.
Love possesses not nor will it be possessed,
and love is sufficient unto love.

_칼릴 지브란 Kahlil Gibran

레바논의 작가 칼릴 지브란은 사랑에 대해 이렇게 말했다. "함께 있되 거리를 두라. 그래서 하늘 바람이 그대들 사이에서 춤추게 하라. 서로 사랑하라. 그러나 사랑으로 구속하지는 말라. 그보다 그대들 혼과 혼의 두 언덕 사이에 출렁이는 바다를 놓아두라. 서로 가슴을 주라. 그러나 서로의 가슴속에 묶어 두지는 말라. 함께 서 있으라. 그러나 너무 가까이 서 있지는 말라. 사원의 기둥들도 서로 떨어져 있고 참나무와 삼나무도 서로의 그늘 속에서 자랄 수 없느니."

우리는 홀로 지낼 수 없으며 누군가와 늘 함께 있어야 한다. 왜냐하면 우리 인간은 애초부터 혼자서는 존재할 수 없기 때문이다. 그러나 사람 사이에는 긴장을 완화시켜 주는 적당한 거리도 필요하다. 구속과 억압 또한 인간의 본성을 위협하는 것으로, 그것은 사랑에 있어서 관계에 필요 없는 불신만 싹 틔울 뿐이기 때문이다.

세상을 더 빛나게 하려면

세상에서 가장 가난한 사람은 미소가 없는 사람이다.
그러니 누군가에게 미소를 지어 보여라.
A person without a smile is the poorest in the world.
So, smile at someone.

_지그 지글러 Zig Ziglar

어느 대학에서의 일이다. 개강을 한 지 석 달 정도가 지나 시험기간이 되었다. 교수님이 시험지를 나눠 주자마자 대부분의 학생들은 평소 공부해 놓았던 것을 열심히 적기에 여념이 없었다. 그런데 마지막 문제 하나 때문에 어느 한 명도 시험 문제를 다 풀지 못했다. 문제는 이것이었다.

"강의실 안팎을 청소하시는 아주머니의 이름을 쓰시오."

학생들이 쓴 답의 내용은 거의가 이런 것들이었다. '40대 후반의 파마머리, 키가 자그마하신 분' 결국 마지막 문제에 정답을 적어 낸 학생은 아무도 없었다. 어처구니없는 문제로 학생들을 골탕 먹인다고 생각한 학생이 교수에게 물었다. "마지막 문제가 시험 점수에 큰 영향을 주는 것입니까?"

그러자 교수님이 이렇게 대답했다. "여러분이 만나는 모든 사람은 사랑과 관심을 받을 자격이 있습니다. 그러니 최소한 주변 사람들과 따스한 미소와 감사의 인사 정도는 나눠야 우리 세상이 더 밝아지지 않겠습니까?"

작은 약속, 큰 신의

작은 일에 진실하지 않은 사람은
중요한 일에 있어서도 믿을 수 없는 법이다.
Whoever is careless with the truth in small matters
cannot be trusted with the important matters.

_알베르트 아인슈타인 Albert Einstein

영조 때에 정홍순이라는 관리가 있었다. 어느 날 길을 가다가 소낙비를 만난 그는 미리 준비했던 갓모를 썼는데 길 옆 처마 밑에는 한 청년이 하염없이 하늘을 쳐다보며 비를 피하고 있었다. 머뭇거리던 그가 정홍순에게 말했다.

"제가 지금 중요한 과거를 보러 한양으로 가는 길인데 이렇게 비를 만났습니다. 죄송하지만 비가 그칠 기미가 보이지 않으니 갓모를 빌려 주시면 꼭 돌려 드리겠습니다."

청년의 간곡한 청에 마음이 약해진 그는 자신의 집 약도를 그려 주며 갓모를 빌려 주었다. 그런데 시간이 한참 지났는데도 그 청년은 찾아오지 않았다. 어느 날 새로 부임한 호조좌랑이 정홍순에게 인사를 드리겠다며 찾아왔는데 바로 갓모를 빌려 갔던 그 청년이 아닌가!

"그대는 한낱 갓모를 돌려주지 않은 것이라고 생각하겠지만 작은 약속 하나 지키지 못하는 사람이 어떻게 백성과의 약속인 나라 살림을 공정히 처리할 수 있겠는가?"

세상은 나를 비춰 주는 거울

긍정적인 마음가짐은 보약처럼 내 영혼을 살찌우지만,
부정적인 마음가짐은 질병처럼 내 영혼을 갉아먹는다.
A positive mind will fatten my spirit like a medicine,
but a negative mind will eat away my spirit like a disease.

_나폴레온 힐 Napoleon Hill

작은 강아지와 큰 강아지가 있었다. 강아지들이 사는 마을에는 거울이 천 개나 있는 집이 있었는데 모두들 그 집에 대한 소문을 듣고 호기심이 커져만 갔다.

어느 날 작은 강아지가 용기를 내어 그 집에 찾아갔다. 계단을 올라 귀를 쫑긋 세우고 꼬리를 흔들면서 문 사이로 집 안을 들여다보니, 정말 놀랍게도 천 마리의 강아지들이 자신을 보고 귀를 쫑긋 세우고 꼬리를 흔들며 반겨 주는 것이 아닌가! 작은 강아지는 너무 신이 나서 친구들에게 말했다. "정말 멋진 집이야! 앞으로 자주 찾아가 보려고."

큰 강아지도 그 이야기를 듣고 호기심이 생겼다. 어떤 집이기에 작은 강아지가 저렇게 흥분해서 이야기하는 것인지 궁금했던 큰 강아지는 그 집을 찾아가 조심스레 문을 열고 안을 들여다보았다. 그런데 천 마리 강아지들이 무섭게 자신을 노려보고 있는 게 아닌가! 큰 강아지가 친구들에게 말했다. "그 집은 정말 무서운 곳이야! 다들 조심해!"

닫힌 마음에는 사랑이 깃들 수 없다

진정한 행복은 따뜻함과 애정을 나눠 주고,
진심 어린 배려를 할 때 찾아온다.
True happiness comes when we give away warmth and affection
and we sincerely care for others.

_달라이 라마 Dalai Lama

한 남자가 이사를 했는데 이삿짐 정리를 채 마치기도 전에 정전이 되어 버렸다. 짐 더미를 겨우겨우 뒤져 양초와 성냥을 찾았는데 그때 마침 누군가 문을 두드리는 소리가 들렸다. 현관으로 나가 보니 한 꼬마 여자 아이가 서 있었다. 아이는 남자를 보더니 이렇게 물었다.

"아저씨, 혹시 양초 있으세요?"

남자는 속으로 '이사 온 첫날부터 나에게 양초를 빌려 달라고 하다니……. 만약 지금 양초를 빌려 주면 앞으로도 계속해서 이것저것 빌려 달라고 할 거야.'라고 생각하고 시치미를 떼며 말했다. "얘야, 우리 집에는 양초가 없단다."

남자가 문을 닫으려는 순간 아이가 소리쳤다.

"아저씨, 이사 온 첫날부터 정전이 되어 불편하실까 봐 제가 양초를 가지고 왔어요!"

아이의 손에는 양초 두 개가 들려 있었다.

거꾸로 생각해 보기

노NO를 거꾸로 하면 온ON이 된다.
어떤 문제든 반드시 푸는 열쇠가 있기 마련이다.
When you put NO in reverse, it becomes ON.
Every problem has its key.

_노먼 V. 필 Norman V. Peale

'자살'을 거꾸로 읽으면 '살자'가 되고,

'역경'을 거꾸로 읽으면 '경력'이 되고,

'인연'을 거꾸로 읽으면 '연인'이 되고,

'금지'를 거꾸로 읽으면 '지금'이 되고,

'문전박대'를 거꾸로 읽으면 '대박전문'이 되며,

'내 힘들다'를 거꾸로 읽으면 '다들 힘내'가 된다.

살면서 어려운 일을 만나면 눈앞이 캄캄해지기도 하지만
이렇게 뒤집어 생각하는 역발상의 지혜를 발휘하면 어려운
일을 헤쳐 나갈 용기를 얻게 된다.

세상 탓을 하기 전에

모두가 세상을 바꿔야 한다고 말한다.
하지만 어느 누구도 자신을 바꿀 생각은 하지 않는다.
Everyone thinks of changing the world,
but no one thinks of changing himself.

_레프 N. 톨스토이 Lev N. Tolstoy

까마귀가 이사를 가려고 했다. 장거리를 날아가던 까마귀가 잠시 쉬고 있을 때 제비가 옆에 와서 물었다.

"너는 어디로 가는 중이니?"

까마귀가 분한 목소리로 씩씩거리며 말했다.

"이곳 사람들이 내 울음소리가 듣기 싫다며 나를 미워해. 돌을 던지기도 하고 욕은 예사야. 나는 이곳을 떠나고 싶지는 않지만 다른 먼 곳으로 가려고 해. 다른 마을로 가면 지금보다는 낫겠지."

그러자 제비는 상냥한 말투로 충고했다.

"네가 울음소리를 바꾸지 않으면 어느 곳에 가더라도 똑같을 거야."

교류의 중요성

다른 사람의 걱정과, 괴로움, 고통과 실패가 쉽게 전염되듯
다른 사람의 건강과 행복, 성공과 기쁨도 쉽게 전염된다.

As other person's worry, suffering, pain, and failure are easily transmitted,
other person's health, happiness, joy, and success are
also easily transmitted.

_데일 카네기 Dale Carnegie

세종이 재위한지 10년째 되던 1428년에 경상도에 사는 김화라는 사람이 아버지를 죽여서 옥에 갇혔다. 무시무시한 그 사건은 임금의 귀에도 들어갔고 세종은 신하들을 불러 모았다.

"세상에 자기 부모를 죽이는 사건이 일어나다니, 이를 어떻게 하면 좋겠는가?"

그러자 한 신하가 말했다. "처벌 수위가 너무 약해서 그렇습니다. 법을 더욱 강화하시는 게 좋을 듯 사료됩니다."

그러나 옆에 있던 변계량이라는 신하가 즉시 반박했다.

"이런 종류의 일은 법을 강화해서 해결될 일이 아닙니다. 사람들에게 《효행록》과 같은 책을 널리 반포해서 좋은 이야기를 들려주고 항상 읽고 외우게 하여 스스로를 돌아볼 수 있게 해야 합니다. 그러면 점차로 부모에게 효도하고 주위 사람들을 돌보며 아이들은 예의를 지키게 될 것입니다."

이렇게 해서 만들어진 책이 《삼강행실도》이다.

인생의 패배자는 없다

나는 남들과 다르다는 이유로 비난받기 일쑤였지만
생각해 보니 그것이야말로 내가 성공할 수 있었던 유일한 비결이었다.
I find that the very things that I get criticized for, which is usually being different,
is the very thing that's making me successful.

_샤니아 트웨인 Shania Twain

일본의 코칭 심리학자 히라모토 아키오는 누구나 성공할 수 있다고 말한다. 누구에게나 자신만의 성공법칙이 있는데 사회가 정한 목표라는 한 지점을 두고 그것을 향하여 뛰라고 하는 것은 잘못되었다는 것이다.

사람마다 각기 다른 유형을 가지고 살아간다. 어떤 사람은 그 일어난 사건에 무게를 두고 살아가는 심리적 만족형이고 또 다른 사람은 목표에 무게를 두고 살아가는 목표 추구형이다. 그런데도 우리는 모두에게 목표를 세우라고 말하고 우리들은 끊임없이 목표만을 강조하는 세상에 발맞춰 따라가기 급급하다.

"세상의 80퍼센트는 목표 없이 성공했고 나머지 20퍼센트는 목표를 세워 성공했다."는 그의 말에 자신감을 회복해야 할 때다. 인생에서 패배자는 없고, 자신에게 주어진 재능을 찾아 그것으로 즐겁게 사는 것이 성공이다.

나이를 잘 먹는 비결

어떻게 나이 들어야 하는지 아는 사람은 정말 드물다.
It is so rare to find somebody who knows how to grow old.

_라 로슈푸코 La Rochefoucauld

움직이는 한 늙지 않는다는 말이 있다.

괴테는 80세에 고전《파우스트》를 탈고했으며,
토스카니니는 90세까지 20세기 대표지휘자로 활동했고,
피카소 역시 92세까지 창작 활동에 몰두했고,
루빈스타인은 89세에 카네기홀에서 연주했다.
피터 드러커는 90세 이후에도 창작 활동에 매진했고,
에디슨도 82세까지 발명에 몰두했다.
파블로 카잘스는 95세에도 하루 6시간씩 첼로 연습을 했다.

스스로를 노인처럼 여기며 살아갈 것인지, 언제나 젊은
이의 열정을 품으며 세상을 마주 대할 것인지는 본인의 의지
에 달려 있다.

베푸는 대로 돌아온다

욕을 하면 가장 심한 상처를 입는 사람은
욕설을 내뱉은 바로 그 사람 자신이다.
If someone curses,
the person who utters the curse will be most severely hurt.

_막심 고리키 Maxim Gorky

근처 산으로 소풍을 갔다 온 아이가 엄마 품에 안겨 울먹이며 말했다.

"엄마, 산이 자꾸만 나보고 바보라고 그래요."

엄마가 깜짝 놀라서 물었다.

"네가 뭐라고 했는데?"

"내가 '야, 이 바보야!'라고 했어요."

엄마가 웃으며 말했다.

"그러면 내일은 산에 가서 '야, 이 천재야!' 하고 외쳐 보렴."

다음 날, 아이는 정말 산에 소리쳐 주었다.

"야, 이 천재야!"

그러자 산도 똑같이 "야, 이 천재야!"라고 외쳐 주었다.

상대방을 어떻게 대하느냐에 따라 상대가 나를 대하는 태도가 달라진다.

지혜롭게 화낼 수 있는 10가지 방법

화를 내는 것은 아주 쉽다. 하지만 올바르게 화를 내는 것은
아무나 할 수 있는 일도 아니고 쉽지도 않다.

Anyone can become angry — that is easy, but to be angry in the right way —
that is not within everyone's power and that is not easy.

_아리스토텔레스 Aristoteles

지혜롭게 화내는 방법

1. 다른 사람의 기분에 좌우되지 마라.

2. 당당하게 말하라.

3. 자극적인 말을 담아 두지 말고 오히려 웃어라.

4. 화제를 바꿔라.

5. 말을 많이 하지 말고 한 마디로 받아쳐라.

6. 상대의 말을 되물어서 대화의 시간을 만들어라.

7. 마음의 균형을 유지하라.

8. 감정적으로 받아치지 말아라.

9. 모욕적인 말은 저지하라.

10. 핵심을 명확하게 말하라.

천재와 바보는 종이 한 장 차이

우리의 인생은 우리가 믿는 대로 된다.
Man is what he believes.

_안톤 체호프 Anton Chekhov

빅터 세리브리아코프는 저능아였다. 친구들의 놀림은 물론 담임선생님은 그에게 공부를 포기하는 게 어떻겠느냐고 말했지만 뭐라고 반박할 수가 없었다. 왜냐하면 선생님의 말대로 자신의 성적은 늘 바닥이었기 때문이다. 그는 결국 학교를 그만두고 여러 직장을 전전했지만 상황은 나아지지 않았고 늘 별 볼 일 없이 살았다.

그러다가 32세가 되던 해, 우연히 IQ 검사를 하게 되었는데 자신의 IQ가 161이나 된다는 것을 알게 되었다. 그때부터 그는 180도 바뀌었다. 행동에는 자신감이 넘쳤고 표정도 달라졌다. 늘 웃는 얼굴이었고 사람들을 보며 먼저 미소를 건넸다.

그러자 그의 삶도 바뀌었다. 기발한 발명품을 만들었고 그것이 특허를 받기에까지 이르렀으며 큰돈을 벌었고 자신의 이야기를 책으로 썼다. 나중에는 천재들의 클럽인 멘사 회장으로 선출되어 자신의 지능지수가 인구 대비 상위 2퍼센트임을 스스로 입증했다.

끈기 있게 달려들기

달팽이가 노아의 방주에 오를 수 있었던 비결은
끈기 하나에 있다.
By perseverance the snail reached the ark.

_찰스 H. 스펄전 Charles H. Spurgeon

도끼와 톱과 망치가 서로 힘자랑을 하며 아주 단단한 쇳덩이를 부수는 쪽에게 맏형의 지위를 주기로 했다. 먼저 도끼가 날을 세워 쇳덩이를 내리쳤지만 날만 무디어질 뿐 쇳덩이는 멀쩡했다. 톱도 마찬가지였다. 쇠의 표면에 날을 대고 열심히 갈아 봤지만 탑의 날만 모두 뭉그러질 뿐 쇳덩이는 여전히 멀쩡했다. 도끼와 톱을 비웃으며 망치가 의기양양하게 나섰다. 그러고는 있는 힘을 다해 쇳덩이를 내리쳤지만 역시 마찬가지였다.

그 모습을 모두 지켜보고 있던 작은 불꽃이 말했다. "내가 한번 해 볼까?" 도끼와 톱과 망치가 웃음을 터뜨렸다. "우리도 못한 걸 네가 해 보겠다고?" 비웃음을 당하면서도 불꽃은 쇳덩이에서 떨어질 줄 모르고 끈질기게 달라붙었고 한참이 지나자 결국 쇳물은 녹아내리기 시작했다.

더불어 사는 삶

_버지니아 울프 Virginia Woolf

한 샐러리맨이 있었다. 그는 늘 바빴고, 늘 사람에 치이고, 늘 피곤에 지쳐 쓰러졌다.

그는 더 이상 이렇게 살다가는 죽을 것 같은 생각이 들어 회사를 그만두고 시골로 들어갔다. 복잡하고 공해 심한 도시를 떠나니 정말 살 것 같다는 소리가 절로 나왔다. 가슴이 시원한 정도로 맑은 공기를 마음껏 들이쉬었고, 아무도 찾아오지 않는 자유로움에 빠져 시간 가는 줄 모르고 혼자서 노닥거렸다. 전화도 없고 신문도 없고 찾아오는 사람도 없었다. 이렇게 평생 살면 참 좋겠다고 생각했다.

그러기를 며칠 째 반복하다 보니 점점 외로워졌다. 그러자 누군가의 목소리가 듣고 싶고 함께 식사할 사람이 있었으면 좋겠다는 생각이 들기 시작했다. 그는 그제야 함께 사는 삶이 어떤 것인지 알게 됐다.

꿈도 희망도 없다면

우리의 시간은 유한하다.
그러니 다른 사람의 삶을 쫓느라 자신의 시간을 낭비하지 말라.
Your time is limited,
so don't waste it living someone else's life.

_스티브 잡스 Steve Jobs

프랑스 곤충학자 장 앙리 파브르가 날벌레의 생태를 관찰하던 중 매우 중요한 사실을 발견하였다. 그것은 날벌레들은 앞에 있는 다른 놈이 돌기 시작하면 방향도 이유도 없이 앞에서 날고 있는 놈을 따라서 무턱대고 그냥 빙빙 돈다는 것이다. 빙빙 돌고 있는 날벌레들은 눈앞에 먹을 것을 주어도 거들떠보지도 않고 계속 돌기만 하는데, 무려 7일 동안 돌다가 결국은 굶어 죽고 말더라는 것이다.

날벌레만 그렇겠는가? 한 통계자료에 의하면 날벌레의 모습으로 살아가는 인생이 전체 인류의 87퍼센트에 이른다고 한다. 살아 있으니까 사는 인생이야말로 꿈도 희망도 없이 삶을 낭비하는 것이다.

진정한 행복의 조건

적당히 채우는 지혜가 필요하다.
그릇에 물을 가득 채우려 하면 곧 넘치고 만다.
모든 불행은 스스로 만족함을 모르는 데서 비롯된다.
We need wisdom to fill moderately: It we are to fill up a bowl with water, it
will overflow. All misfortunes come when we do not know satisfaction.

_최인호 Choi In-ho

지금까지도 불멸의 여배우로 이름이 오르내리는 마릴린 먼로는 살아 있을 때 이렇게 말했다.

"나는 한 여성이 가질 수 있는 것을 다 가졌다. 젊고 아름다우며 돈도 많고 사랑도 많이 받는다. 누구보다도 건강하며 부족한 것이 없고 앞으로도 그럴 것이다. 그런데 나는 너무나 공허하고 외롭다. 뚜렷한 이유를 찾을 수는 없지만 나는 불행하다고 느끼고 있다."

결국 그녀는 1962년 어느 날 밤에 '나의 인생은 파장하여 문 닫는 해수욕장과 같다.'라는 글을 남기고 자살했다.

행복의 조건은 신기루에 불과하다. 진정한 행복은 내가 스스로의 삶에 만족을 하느냐 못하느냐에 달려 있다.

칭찬을 주면 행복이 온다

세상을 이끌어 가는 사람들은 자신이 원하는 환경을 찾아다닌다.
그러다가 그것을 찾을 수 없을 때에는 그 환경을 만들어 낸다.

The people who get on in this world are the people
 who get up and look for the circumstances they want,
and, if they can't find them, make them.

_조지 B. 쇼 George B. Shaw

사람들 앞에 서면 얼굴이 홍당무가 되면서 말도 제대로 하지 못하는 소년이 있었다. 내성적인 성격 때문에 친구도 없었고 늘 혼자였다. 그는 '이렇게 소심하게 살면서 평생을 외로워만 할 수는 없어.'라고 생각했다. 그는 그날부터 한 번뿐인 인생을 스스로 만들어 나가자는 결심을 하고 과감히 자신을 알리기 위한 행동에 돌입했다.

소년은 만나는 사람에게 미소를 머금고 인사를 한 후 상대를 칭찬하기 시작했다. "옷이 참 예쁘네요.", "오늘따라 행복해 보이시네요.", "목소리가 참 멋져요."

그의 칭찬에 상대방도 기분이 좋아졌고 이후 그는 모든 사람들에게 칭찬을 받는 사람이 되었으며 부끄러움을 타던 소년은 사라졌다. 그가 바로 사람을 감동시키는 영국의 달변가요, 시인이요, 극작가인 버나드 쇼이다.

상대를 행복하게 해 주면 자신이 달라진다.

4월

한 번도 웃지 않고 보낸 하루가
당신의 인생을
의미 없이 만든다.

The most wasted
of all days is
one without laughter.

에드워드 E. 커밍스
Edward E. Cummings

분노를 날려 버리는 상쾌한 휘파람

힘들 때 우는 건 삼류다. 힘들 때 참는 건 이류다.
하지만, 힘들 때 웃는 건 일류다.
To cry in hard times is third-rate.
To check his tears in hard times is second-rate.
To laugh in hard times is first-rate.

_윌리엄 셰익스피어 William Shakespeare

제1차 세계대전 때 제8군사령관으로 큰 공을 세운 군인 출신으로, 독일의 대통령까지 지낸 힌덴부르크는 얼굴에 항상 웃음을 머금고 있었다.

평소에도 낙천적인 성격이라는 평을 듣는 그는 화가 나는 일이 있어도 그것을 슬기롭게 극복해 화를 내는 법이 거의 없었다.

하루는 한 기자가 대통령에게 물었다.

"대통령께서는 감정 조절을 어떻게 하시는 겁니까? 특별한 비결이라도 있으십니까?"

그러자 대통령은 또 웃음을 머금으며 이렇게 말했다.

"화가 나는 일이 있을 때마다 휘파람을 불어 분노를 날려 버리는 것이 제 비결이지요."

천국에 집을 마련하려면

성공의 문을 여는 열쇠는 열정이다.
그리고 성공의 완성은 나눔이다.
The key to success is enthusiasm,
and the completion of success is sharing.

_워런 버핏 Warren Buffett

세상에서 많은 부를 누리며 살던 부자가 죽어서 천국에 갔다. 마중 나온 천사는 부자가 앞으로 살게 될 집으로 안내했다. 거리에 즐비한 대저택들을 둘러보면서 천사의 뒤를 쫓던 부자는 자신에게도 주어질 대저택 생각에 가슴이 황홀해졌다. 그런데 천사는 거리가 끝날 때까지 발걸음을 재촉하더니 결국엔 거리 끝에 위치한 허름하고 낡은 판잣집 앞에 멈춰 섰다.

"여기가 당신 집입니다."

"아니, 나보고 이 집에서 살라는 거요? 내가 왜 이런 데서 살아야 합니까?"

따져 묻는 부자에게 천사가 말했다.

"죄송하지만 당신이 세상에 살아 있을 때 올려 보낸 재료로는 이런 집밖에 지을 수 없었습니다."

인연을 소중히 하라

기회는 새와 같으니, 날아가기 전에 꼭 잡아라.
Opportunity is like a bird. Catch it before it flies away.

_새뮤얼 스마일스 Samuel Smiles

　　미국의 남북 전쟁이 나기 바로 전 어느 봄날, 한 소년이 일터를 구하다가 오하이오 주에 있는 어느 농장을 찾아가게 되었다. 농장 주인은 소년의 외모에 만족하여 짐이라는 이름만 확인하고는 그를 채용했다. 짐은 성실하고 친절한 성격으로 누구에게나 인기가 좋았다. 그런 짐과 주인의 딸은 사랑을 나누는 사이가 되었고 그 사실을 알게 된 주인은 노발대발하며 짐을 쫓아내 버렸다.

　　35년이 지난 어느 날, 농장 주인은 창고를 새로 지으려고 헌 건초 창고를 헐다가 그 옛날 자기 집의 하인이었던 짐이 주머니칼로 서까래에 새겨 놓은 이름을 발견하고는 깜짝 놀라고 말았다. James A. Garfield라는 이름 밑에 날짜와 함께 James의 별칭인 'Jim'이라는 글자가 새겨져 있었다. 소년 짐이 자라서 제20대 미국 대통령이 되었던 것이다.

어떤 상황을 만나더라도

사람들이 자기가 가진 힘을 포기하면서 가장 많이 하는 변명은
가진 게 아무것도 없다고 말하는 것이다.

The most common way people give up their power
is by thinking they don't have any.

_앨리스 워커 Alice Walker

실패하는 7가지 방법

1. 책임을 다른 사람에게 떠넘긴다.

2. 말만 번지르르하다.

3. 구체적인 목표도 없다.

4. 쉬운 길, 편안한 길만 찾는다.

5. 협력자가 없다.

6. 적은 돈을 소홀히 여긴다.

7. 너무 빨리 포기한다.

성공하는 비결은 어떠한 어려운 상황에서도 절망하지 않는 데 있다.

사람을 생각하는 진정한 의술

나의 이익을 버리고
다른 사람의 행복을 위해서 노력하는 것만큼 큰 행복은 없다.
There is no greater happiness than giving up my interests
and making efforts for other's happiness.

_토머스 맬러리 Thomas Malory

중국 오나라에 한 명의가 있었다. 그는 동한東漢 말부터 삼국시대까지 오나라 지역에서 활동한, 의술뿐 아니라 의덕義德까지 갖춘 명의였다. 병을 잘 고치기로 이름이 자자해서 먼 거리에서도 환자들이 그를 찾아왔다.

그는 자신을 찾아오는 환자들은 남녀노소 가리지 않고 최선을 다해 치료했으며 돈도 받지 않았다. 다만, 살구 묘목을 가져오라고 해서 그것을 치료비 대신으로 받았다. 중환자는 다섯 그루, 가벼운 증세의 환자는 한 그루씩 받아 주변에 심기 시작한 것이다.

사람들은 이런 그를 이해하지 못하고 별난 의사라고 수군거렸다. 하지만 몇 해가 지나자 살구나무는 수십만 그루에 달했고 살구 숲에서 딴 열매는 큰돈이 되었다. 하지만 그는 그 돈으로 곡식을 사서 가난한 이들에게 나눠 주었고 사람들은 그 숲을 행림杏林이라 불렀으며, 진정한 의술을 펴는 의원을 일컫는 말이 되었다.

인간을 인간답게 하는 자비로움

자비를 베푸는 사람은 행복하며 그 또한 자비를 입을 것이다.
He who bestows charity is happy and he will receive it as well.

_성경 The Bible

신이 사람을 만들려고 하자 천사들이 반대했다.

먼저 정의의 천사가 말했다. "인간을 만들면 그들은 욕심 때문에 거짓말을 일삼을 것입니다. 서로를 비난하며 악한 행위가 끊이지 않을 것이니 아예 만들지 마소서."

성결의 천사도 말했다. "인간은 씻을 수 없을 만큼 더러워질 것입니다. 죄의 진탕에서 뒹굴다가 나오지도 못할 것이니 아예 만들지 마소서."

평화의 천사도 말했다. "그들은 끝없이 싸움을 일삼을 것입니다. 우주에 혼란이 생길 것이니 아예 만들지 마소서."

마지막으로 자비의 천사가 말했다. "신이시여, 인간을 만드소서. 그들의 거짓도 자비로써 용서받을 수 있으며, 그들의 사나움도 사랑의 손길로 잠재울 수 있으며, 그들의 더러움도 용서로 다시 씻을 길이 있습니다."

얻고자 한다면 갈망하라

어떤 것도 얻고자 하는 노력을 하지 않을 때
인생의 가장 큰 고난을 만나게 된다.
약한 의지력은 인생을 가로막는 가장 큰 장애물이다.
You will face the great misfortune when you make no effort for anything.
Weak willpower is the biggest obstacle to your life.

_요한 W. 폰 괴테 Johann W. von Goethe

어느 날 제자 한 명이 소크라테스를 찾아와 간절한 목소리로 이렇게 말했다. "선생님, 저는 지식을 얻기 원합니다."

그러자 소크라테스는 별다른 말을 하지 않고 그를 데리고 바닷가로 가서는 그의 머리를 물속에 처박았다. 숨이 막힌 제자가 몸부림치면서 결사적으로 머리를 빼내려고 했지만 소크라테스는 한참 뒤에야 제자의 몸을 물 위로 끌어내주었다. 그리고 이렇게 물었다. "자네가 물속에 있는 동안 원한 건 무엇인가?"

그러자 사색이 된 제자는 겨우겨우 대답했다. "공기를 마시고 싶었습니다."

"자네가 있는 힘을 다해 공기 마시기를 원하고, 물 위로 올라오려고 노력한 것처럼 지식을 갈망한다면 꼭 얻을 수 있다네."

이웃을 기쁘게 하기 위해서

친절한 말은 짧고 누구나 쉽게 할 수 있다.
하지만 그 메아리는 멀리까지 울려 퍼진다.
Kind words can be short and easy to speak,
but their echoes are truly endless.

_테레사 수녀 Mother Teresa

어느 병원의 병실에 두 명의 환자가 입원해 있었다. 한 명은 창 쪽에, 다른 한 명은 벽 쪽에 나란히 누워 있었는데 벽 쪽에 누워 있는 환자는 자주 답답해했다.

그럴 때면 창 쪽에 있는 환자는 바깥 풍경을 열심히 이야기해 주었다. 연을 날리고 있는 꼬마의 이야기, 봄이 되어 꽃을 피운 나무 이야기, 교복을 입은 여고생들이 까르르 웃음을 터뜨리며 걸어가는 이야기…….

어느 날, 벽 쪽의 환자는 창 쪽 환자의 상태가 위급해지고 있음을 알았다. 하지만 창 쪽 자리가 탐이 나서 간호사를 부르지 않았다. 결국 창 쪽의 환자가 죽자 그는 그 자리를 차지하게 되었다.

벽 쪽에서 창 쪽으로 옮긴 그날, 그가 창밖으로 보게 된 것은 높다란 붉은 담뿐이었다.

마음이 부유한 사람

물질적인 부와 정신적인 부가 반드시 일치하는 것은 아니다.
부유하면서도 가난한 자가 있는가 하면
가난하면서도 부유한 자가 있다.
Material wealth and spiritual wealth do not coincide.
Some rich people are poor and some poor people are rich.

_브라운슈바이크 Braunschweig

　　어느 시골 마을에서 마을 발전 기금을 위한 총회가 열렸다. 좋은 안건들 중에 결정된 것은 두 대 이상의 마차를 가지고 있는 가구는 마차를 한 대씩 기부하자는 것, 그리고 말과 마차를 보관할 창고가 있어야 하니 헛간을 둘 이상 가진 사람은 그 중 하나를 내놓아 마을 공동으로 사용하자는 것이었다. 두 제안은 만장일치로 통과되었다.

　　그때 마을에서 가장 가난한 주민이 머뭇거리며 말했다.

　　"나는 가진 것이 닭 두 마리밖에 없지만 마을에 조금이나마 보탬이 되고 싶은데 닭 두 마리 이상 있는 주민들은 한 마리씩 내놓기로 하면 어떨까요?"

　　하지만 그 주민의 제안은 부결되고 말았다. 마을 주민들 중에 말이나 마차를 내놓아야 할 만큼 많이 가진 사람은 몇 되지 않았지만 누구나 닭 한 마리 이상은 다 가지고 있었기 때문이다.

삶을 바꾸는 시간 관리

_시드니 J. 해리스 Sydney J. Harris

누구에게나 하루 24시간이 주어지지만 누구나 그 시간을 다 유용하게 쓰는 것은 아니다.

프란치스꼬회 박재홍 수사는 이렇게 말했다.

"시간은 시간으로 존재하지 않고 노력의 결실이 되어 존재합니다. 내가 나무를 심었다면 나이테 안에 존재하고, 내가 사랑을 심었다면 따뜻한 그대의 마음 안에서 시련을 극복한 모습으로 존재하고, 내가 마음을 온유하게 갈고 닦았다면 온화한 언행 안에 존재하고, 세계 평화를 위해 매일 간절히 기도했다면 더 나은 세상 안에 존재하고, 열심히 운동을 했다면 건강 안에 존재합니다."

잠자리에 들기 전 하루를 돌아보았을 때 부끄럽지 않다면 내일 나의 모습이 바뀐다. 결국 자신의 시간을 어떻게 관리하고 사용했느냐에 따라 우리의 삶이 바뀐다.

마음속의 늑대 두 마리

위기에서 나를 구할 수 있는 가장 큰 힘도,
나를 해하는 무서운 칼날도 다 우리 안에 있다.
The biggest strength to save me in a crisis is inside us,
and the fearful blade to hurt me is also inside us.

_월만 Wellman

체로키 인디언 족의 한 노인이 어린 손자를 무릎에 앉히고 말했다.

"사람의 마음속에는 늘 두 마리의 늑대가 살고 있단다. 그중 한 마리는 악마 같아서 마음이 온통 부정적이지. 분노, 슬픔, 후회, 열등감, 거짓 등등 세상의 온갖 나쁜 것들을 다 품고 있단다. 다른 한 마리는 선한 놈이라 기쁨, 평화, 친절, 진실, 사랑 등등 세상의 온갖 선한 것들을 품고 있단다. 그 두 마리는 언제나 으르렁거리면서 싸움을 멈추지 않아."

이야기를 듣고 있던 손자라 곰곰이 생각하다가 물었다.

"그러면 그 두 마리 늑대 중에 누가 이기는 건데요?"

할아버지는 미소를 지으며 손자에게 말했다.

"네가 먹이를 주는 놈이 이기고 말지."

친절은 기쁨이 된다

촛불 한 개로 다른 많은 양초에 불을 붙여도
그 촛불의 빛이 약해지는 것은 아니다.
Thousands of candles can be lit from a single candle,
and the life of the candle will not be shortened.

_탈무드 The Talmud

국립묘지 옆에는 유가족들을 위해 꽃을 파는 가게가 있었다. 그런데 그 가게 옆 길가에 어떤 할아버지가 노점을 열고 꽃다발을 팔기 시작했다. 그런데 그 할아버지는 유가족들이 묘지 앞에 놓고 간 꽃들을 다시 주워다 파는 것이었다.

꽃가게 주인 아들이 화가 나서 저런 사람은 경찰에 고소해야 한다고 말했지만 꽃가게 주인은 아무 말도 하지 않았다.

눈이 많이 내리던 어느 날, 묘지를 찾는 이가 하나도 없고 역시 할아버지의 수입도 없어졌다. 그날은 영락없이 하루종일 굶어야 하는 날이었다.

그날 꽃가게 주인은 꽃다발 여러 개를 만들어 묘지 여기저기에 놓아두고 왔다. 꽃을 주우러 들어가는 할아버지의 뒷모습을 보며 미소 짓는 아버지를 보자, 아들은 그제야 아버지의 마음을 이해할 수 있었다.

재능을 뛰어넘는 연습의 힘

다른 사람이 무엇을 하는지 신경 쓰지 않고
오로지 더 나은 자신이 되기 위해 노력하며
매일 자신의 기록을 깨뜨리는 데에 집중하라.
Never mind what others do; do better than yourself,
beat your own record from day to day.

_윌리엄 보엣커 William Boetcker

　〈뉴욕타임즈〉에서 2010 '세계에서 가장 영향력 있는 100인'을 뽑았는데 그중 한명이 대한민국의 피겨 스케이팅 선수 김연아이다. 그녀는 피겨 선수 전용 링크도 없는 대한민국에서 오로지 '꿈' 하나로 버티며 재능을 키워 왔다. 김연아 선수는 얼음판 위에서 연습을 하면서 척추와 골반 관절을 삐끗하기는 예사이고, 시계 반대 방향으로 도는 연습을 1년에 1만 회 이상 하였으며, 점프를 하다가 넘어지는 횟수가 적어도 1년에 천 8백번이나 되지만 마음에 드는 연기는 별로 없다고 말한다.

　탁월한 재능이 있었어도 그렇게 연습하지 못했다면 그녀가 세계적인 선수가 될 수 있었을까? 점프를 하면서 계속 넘어지자 결국 울음을 터뜨릴지언정 포기하지 않고 어렵게 느껴지기만 하던 점프를 성공시킨 김연아의 비결은 바로 끝없는 연습이었다.

인생의 원동력, 꿈

당신이 무엇이든 할 수 있다는 것을 아는 것이 가장 중요하다.
The most important thing is to know that you can do everything.

_로버트 앨런 Robert Allen

《나는 희망의 증거가 되고 싶다》의 저자 서진규는 충북 제천에서 태어났다. 가난, 부모의 학대, 배고픔을 이기지 못하고 고향을 떠나 서울에 있는 한 가발 공장의 여공이 되었다. 그러다가 1971년 우연히 신문에서 가정부를 구한다는 광고 하나만 보고 무작정 미국으로 건너갔다. 말도 통하지 않는 낯선 땅에서 갖은 고생을 하다가 공부를 해야겠다는 마음을 먹기 시작했고, 결국 그녀는 뉴욕의 퀸스 칼리지에 입학해 공부를 시작했다.

결혼도 했고 아이도 있었지만 남편의 폭언과 폭력을 견디지 못하고 이혼을 하게 된 그녀는 절망 대신 또 다른 희망을 찾아 군대에 입대했다. 마지막이라 생각하고 어느 때보다 열심히 생활한 그녀는 그곳에서 동북아 지역 전문가로 뽑히기도 했으며 하버드 대학교 대학원까지 진학하게 된다. 현재 그녀의 꿈은 미국의 국무장관이 되는 것이다. 꿈이 그녀를 움직이게 한다.

감사, 또 감사하라

감사할 줄 아는 사람은 또 다른 기회를 믿고 기다릴 줄 안다.
A grateful person trusts enough to give life another chance,
to stay open for surprises.

_다비드 슈타인들라스트 David Steindl-Rast

콜린 파월은 1937년 뉴욕의 빈민가에서 자메이카 출신 이민자의 아들로 태어났다. 배운 것도 없고 가진 것도 없었던 부모 때문에 그는 어려서부터 힘든 일도 마다하지 않고 돈을 벌어야 했다.

17세가 되던 해에는 음료수 공장에서 시간당 90센트를 받으며 일을 했다. 그때 감독관은 백인 아이들에게는 비교적 수월한 기계 닦는 일이나 음료수 파는 일을 시켰지만 자메이카계 미국인인 파월에게는 대걸레를 쥐어 주며 공장 바닥을 다 닦으라고 했다. 하지만 소년은 불평보다는 감사를 택했고 최선을 다했다. 그 모습을 본 감독관은 그를 신뢰하기 시작했고 결국 파월은 조감독의 자리까지 올랐다.

그는 작은 것에도 감사하며 최선을 다했던 것이 미국 최초의 흑인 국무 장관이 될 수 있었던 비결로 꼽는다.

1만 시간의 법칙

나무 열매도 맺히는 데에 시간이 걸린다.
하물며 기다리지도 않고 인생의 열매를 얻기 위해
조급하게 구는 것은 잘못이다.
It takes time for a tree to bear fruit.
It is wrong to be impatient in obtaining the fruit of your life.

_에픽테토스 Epictetus

저명한 심리학자 마이클 호위는 성공한 천재들의 매직 넘버 '1만 시간'을 주장한다. 꿈을 이루기 위해 하루 3시간씩 몰입하면 10년 동안 1만 시간 이상의 절대량을 확보한다. 그 시간이 곧 성공의 지름길이라는 것이다.

호위는 이렇게 말했다. "모차르트의 초기 작품들은 그리 훌륭한 것이 아니다. 그는 여섯 살 때부터 작곡을 했는데 그 시절의 작품들은 대개 음악가였던 그의 아버지가 도와주었거나 다른 작곡가들의 작품을 재배열한 것에 지나지 않는다. 오늘날 그를 진짜 천재라고 불리게 만든 〈협주곡 9번〉이나 〈KV 271〉은 그가 스물한 살 때 쓴 곡이다. 그건 모차르트가 협주곡 작곡을 시작한 지 10년이 지난 뒤였다."

몰입과 노력, 그리고 꾸준함이 얼마나 중요한 것인지를 알 수 있는 대목이다. 천재는 태어나는 것이 아니라 만들어지는 것이다.

작지만 큰 차이

세상을 보는 데는 두 가지 방법이 있다.
아무것도 기적으로 보지 않거나, 모든 것을 기적으로 보거나.

There are only two ways to live your life.
One is as though nothing is a miracle.
The other is as though everything is a miracle.

_알베르트 아인슈타인 Albert Einstein

"Dream is now here.", "Dream is nowhere."

똑같은 철자로 이루어진 문장이지만, 긍정적인 생각을 하는 사람에게는 "꿈이 여기 있다."라고 읽히고, 부정적인 생각을 하는 사람에게는 "꿈은 어디에도 없다."라고 읽힌다. 작은 띄어쓰기 차이가 커다란 해석의 차이를 만드는 것이다.

지금 하고 있는 생각이 나를 만들고, 미래를 만들고, 운명을 만든다. 할 수 있다는 생각이 방법을 찾게 하고, 시도할 힘을 주며, 길이 열리는 기적을 체험하게 해 준다.

그러므로 더 나은 미래를 만들기 위해 가장 먼저 해야 할 일은 내가 지금 무슨 생각을 하고 있는지 점검하는 것이다. 그런 후에 정확한 목표를 세우고, 할 수 있다는 마음 하나로 꾸준히 정진하는 것, 그것이 바로 꿈을 이루는 방법이다.

이기는 사람의 사고방식

어느 누구도 당신을 믿어주지 않을 때에도 자기 자신을 믿는 것,
그것이 챔피언이 되는 길이다.
To be a champ, you have to believe in yourself when nobody else will.

_슈거 레이 로빈슨 Sugar Ray Robinson

살아 있는 골프의 신으로 불리는 아놀드 파머는 자신의 사무실에 이런 글을 걸어 놓았다.

"졌다고 생각하면 진 것이다. 이기고 싶어도 이길 수 없다고 생각하면 이기지 못할 가능성이 크다. 실제 삶의 투쟁에서는 항상 강하고 빠른 사람이 이기지 않는다. 그러나 이기는 사람은 이길 수 있다고 생각하는 사람이다."

자신감이야말로 그를 세계적인 프로 골퍼로 만들어 준 원동력이 되었음을 알 수 있는 말이다. 그가 늘 "집중력은 자신감과 갈망이 결합하여 생긴다."고 말하며 시합에 임했던 것처럼 자기 자신의 가능성을 스스로 믿는 사람에게 꿈은 이미 현실로 다가와 있을 것이다.

스스로에 대한 믿음을 가져라. 그것이 당신의 잠재력을 일깨우고 당신을 격려하며 성장시킨다. 믿음이 없다면 어떤 재능도 실력을 발휘하지 못하고 그대로 잠든 채 사라지고 만다.

꿈꾸고 움직이고 실천하라

무언가를 간절히 원하면
온 우주가 그것을 이룰 수 있도록 도와준다.
When you want something,
all the universe conspires in helping you to achieve it.

_파울로 코엘료 Paulo Coelho

남아프리카공화국의 인권 운동가 넬슨 만델라는 남아공 최초의 흑인 대통령이며 흑인의 주권과 자유, 그리고 조국의 평화를 위해 평생을 애쓴 실천가이며 행동가였다. 그는 조국의 민주화를 이룰 수 있다면 자신의 목숨은 아깝지 않다고 생각했다. 그랬기 때문에 그로 인한 27년간의 수감 생활도 달게 받아들일 수 있었다.

그는 민족을 사랑했으며, 자유와 평화를 끝없이 갈망했고, 그의 마음에는 그것을 실현하고 싶은 열망이 불타올랐다. 그리고 그는 확고한 목표를 세웠고 자신의 신념을 믿었으며 그렇게 움직였다. 수십 년의 노력 끝에 마침내 흑인도 선거권을 갖는 등 인간으로서의 권리를 찾을 수 있었고, 조국에 자유와 평화가 뿌리내릴 수 있는 초석을 다졌다.

중요한 것은 꿈꾸고 움직이며 실천하는 것이다. 그것이야말로 희망이 자라게 하고 행동할 수 있는 힘을 준다.

짓밟힐수록 강한 향기를 뿜어라

몸은 불편하지만 정신마저 불구일 수는 없었다.
나 자신을 꾸밀 필요는 전혀 없었다.
Though I have a physical disability, I can't be mentally disabled.
I didn't have to pretend to myself.

_앨리슨 래퍼 Alison Lapper

　　1965년, 영국에서 팔다리가 기형인 질병을 안고 태어나 생후 6주 만에 친부모에게 버려져 보호시설에서 성장한 아이가 있었다. 그녀는 22세 때 결혼을 했지만 남편의 폭력으로 인해 9개월 만에 파경을 맞아야 했다. 하지만 그녀는 어릴 때부터 관심이 있었던 미술 공부를 시작해 장애와 고난을 극복하며 해덜리 예술종합학교와 브라이튼 대학에서 미술을 전공했다.

　　1994년에는 최고우등학위를 받으며 졸업하여 예술가로서의 삶을 시작했다. 이때부터 입과 발을 이용해 그림을 그리는 구족화가이자 사진작가로 활동을 시작했으며 그녀의 작품 활동은 장애인들과 여성들에게 희망을 준 공로가 인정되어 독일에서 열린 '위민스 월드 어워즈Women's World Award'에서 '세계 여성 성취상'을 받기도 했다. 그녀의 이름은 바로 앨리슨 래퍼. 척박한 모래 더미에서 오아시스를 가꾸는 삶을 산 그녀는 밟힐수록 향기를 뿜어 자신을 더 높은 단계로 승화시킨 여인이기도 했다.

세상이 받아들여 주지 않더라도

새로운 의견은 그것이 보편적이 아니라는 이유 하나로
의심을 받거나 반대표를 받는다. 그것 외에는 아무 문제가 없는데도.
New opinions are always suspected, and usually opposed,
without any other reason but because they are not already common.

_존 로크 John Locke

미국의 의학자 프랜시스 피통 루는 1909년 30살의 나이
에 록펠러 재단 의학 연구소에 들어갔다. 어느 날 양계장을
하는 사람이 플리머스 록종 닭을 키우다가 병에 걸리자 검사
를 위해 연구소를 방문했고 프랜시스 피통 루가 그 닭을 가
져다가 혹시 바이러스가 있는지 검사를 했다. 그 결과 '세포
를 마음대로 넘나드는 물질'이 있다는 것을 발견했고, 그것
이 닭의 몸 안에서 종양을 만들어낸다는 사실을 알아내 학계
에 보고했다.

하지만 그 당시에는 그의 연구가 그리 커다란 반향을 일
으키지는 못했다. 1960년대에 와서야 바이러스가 얼마나 중
요한 것인지 인식됐고, 55년 전 루의 연구가 얼마나 가치 있
는 것이었는지가 분명해졌다. 결국 그는 반세기를 기다려서
노벨상을 받게 되었다. 그때 그의 나이는 87세였으며 노벨상
을 받은 사람 중 가장 나이가 많은 사람으로 알려져 있다.

한계에 재배당하지 마라

_랠프 W. 에머슨 Ralph W. Emerson

산에서 조난당한 사람이 현장에서 죽는 경우는 드물고 대개는 하산하면서 마을에 거의 다다라서 목숨을 잃는다. 이제는 도저히 버틸 수 없다는 생각이 그에게서 희망을 앗아 가고, 결국 마을 근처까지 왔다는 사실을 모른 채 절망에 빠져 버리기 때문이다.

전문 산악인들은 이렇게 조언한다. "조난을 당해도 당황하지 말고 30분을 버티고, 또 30분을 버텨라."

마지막이라고 느끼는 그 순간, 30분씩 버티다 보면 어느새 구조의 손길이 닿을 수 있다는 이야기이다.

'한계'는 어느 한 지점에 정확히 그어져 있는 선이 아니다. 하지만 내가 그것은 인정하는 순간 한계는 이미 나를 지배하여 조난자의 신세로 전락하게 될 것이다. 당신의 가능성을 믿어 줄 사람은 당신 스스로밖에 없다는 것을 잊지 말라. 조난자가 살아남을 수 있는 유일한 비결은 '희망'의 가능성에 모든 것을 거는 것이다.

말의 향기가 주는 힘

우리가 내뱉는 말에는 우리의 영혼이 깃들어 있다.
Words that we utter have souls.

_호다이 히로아키 | Hodai Hiroaki

'말의 힘'을 믿는 일본의 유명 과학자 에모토 마사루는 물에게 좋은 말을 해 주었을 때에는 물 분자가 예쁜 결정을 이루었지만 나쁜 말을 해 주었을 때에는 그렇지 않았던 실험 결과를 묶어서 《물은 답을 알고 있다》라는 책을 썼고 그것은 사회적으로 큰 반향을 불러왔다.

그 후에 그 이론을 더욱 보강하는 측면에서 이번에는 밥을 가지고 같은 실험을 진행했다. 그는 실험을 위해서 똑같은 유리병에 갓 지은 밥을 나누어 담고 한쪽에는 '감사합니다'라는 글자를 써서 붙여 놓았고, 다른 한쪽에는 '망할 자식'이라는 글자를 써서 붙여 놓았다. 한 달 뒤 '감사합니다'의 밥은 발효가 되어 향기로운 누룩 냄새를 풍겼지만 '망할 자식'의 밥은 썩어서 형편없는 악취를 풍기고 있었다.

어떤 말을 하느냐에 따라 우리가 내뿜는 향기가 달라지고 운명이 달라진다.

상상은 꿈을 이루는 지름길

생각하는 게 얼마나 강력한 힘을 가지고 있는지를 깨닫는다면
우리는 결코 부정적인 생각을 할 수 없을 것이다.

If you realized how powerful your thoughts are,
you would never think a negative thought.

_피스 필그림 Peace Pilgrim

미국 일리노이 대학에서 한 가지 실험을 진행했다. 실력이 비슷한 농구팀 선수를 A, B, C 그룹으로 나누어서 A그룹 선수들에게는 한 달 동안 슈팅 연습을 꾸준히 하도록 시켰고, B그룹 선수들에게는 아무것도 하지 말라고 했으며, C그룹 선수들에게는 매일 30분 동안 마음속으로 자신이 공을 던져서 득점을 하는 장면을 상상하게 하는 이미지 트레이닝을 시켰다.

그렇게 한 달의 시간이 지난 후, 너무나 놀라운 결과가 나왔다. B그룹은 아무런 진전이 없거나 오히려 실력이 나빠진 반면에 A그룹과 C그룹의 선수들은 똑같이 실력이 좋아진 것이다.

보이지 않는 것을 마음으로 보고, 그것을 생각하며 그대로 이루어질 것이라고 믿는 것. 그것이야말로 꿈을 현실로 만드는 지름길이다.

99도를 뛰어넘는 온도의 차이

임계점을 넘으면 성공을 만날 수 있다.
안타깝게도 대부분의 사람들은 그 임계점을 넘지 못한다.
If you cross the threshold, you can meet a success.
Unfortunately, most people can't cross the threshold.

_요요마 Yo-Yo Ma

물이 끓기 시작하는 100도가 되려면 99도를 넘어서야 한다. 액체를 가열했을 때 액체와 기체의 구별이 없어지는 그 지점을 바로 임계점이라고 하는데 우리의 삶에도 임계점이 존재하며 어떤 열정을 지녔느냐에 따라 삶의 모습이 달라진다. 그 지점을 넘으면 새로운 세계가 열린다는 것을 아는 사람은 많지만 자신의 열정으로 100도를 넘어서는 사람은 그리 많지 않은 것이다.

미국 애리조나 사막 지역에는 호피 인디언들이 사는데 그곳은 건조한 기후 탓에 식물이 잘 자라지 못한다. 너무 오래 비가 내리지 않으면 인디언들은 기우제를 지내는데 그 기우제는 반드시 응답을 받는다. 그 비결은 바로 비가 내릴 때까지 기우제를 드리는 그들의 끈기에 있다. 임계점을 넘는 간절한 마음, 즉 될 때까지 하는 그 정신에서 그들의 기우제 불패 신화가 비롯된 것이다.

평생 건강을 지켜 주는 도전의 산

운명에 도전하는 것이 인간이다.
우리는 용기를 낸 대가로 커다란 행복과 자유를 얻을 수 있다.
Human challenges his destiny.
You can get happiness and freedom in return for your courage.

_H. M. 롤랑드 H. M. Rolland

미국 진보주의 교육의 창시자인 존 듀이는 평생을 교육 혁명에 힘쓰며 오로지 교육만을 생각하며 살았던 사람이다.

그는 93세까지 살면서도 늘 건강을 지켰던 것으로도 유명한데 하루는 기자가 그에게 물었다. "어떻게 하면 선생님처럼 건강하면서도 훌륭한 삶을 살 수 있을까요?" 그러자 그가 말했다. "산에 오르세요. 산에 오를 의지가 없는 인생은 이미 죽은 것이나 다름없지만 우리 주위에 산재해 있는 '도전의 산'에 오르는 사람은 늙지 않지요. 무언가에 도전하는 사람이 자신이 원하는 것을 얻을 수 있는 것입니다."

기자가 다시 물었다. "그러면 선생님은 산에 올라가서 무엇을 보고 무슨 다짐을 하시나요?" "다음에는 무슨 산에 올라갈지를 생각하는 것이지요. 그러면 또 다른 도전의식이 생긴답니다."

도전이야말로 우리를 나이 들지 않게 하며 평생 꿈을 꿀 수 있게 한다.

성공은 작은 것에서 시작된다

작은 씨앗도 언젠가는 하늘을 찌르는 큰 나무가 된다.
이처럼 행복, 불행, 성공, 실패 모두 작은 일에서 시작되는 것이다.

From a small seed a mighty trunk may grow.
Likewise, happiness, misfortune, success,
and failure all start from a small beginning.

_랠프 W. 에머슨 Ralph W. Emerson

　　미국 스탠더드 오일 회사에는 전설적인 인물이 하나 있다. 그는 바로 록펠러 사장 후임으로 임명된 아치볼드 사장이다. 그가 말단 직원이었을 때 그는 자신의 서명 뒤에 '한 통에 4달러-스탠더드 오일'이라는 글을 덧붙였는데 그게 록펠러의 귀에도 들어갔다.

　　록펠러가 아치볼드를 불러 그 이유를 묻자 그가 대답했다. "우리 회사 표어를 한 번이라도 더 홍보할 수 있는 기회를 놓칠 수 없지 않습니까?"

　　그로부터 5년 뒤 록펠러 사장이 은퇴하고 새 사장으로 아치볼드가 임명되었을 때 아무도 이의를 제기하지 않았다. 그만큼 회사를 사랑하고 아끼는 사람이 없었기 때문이다.

　　"내가 성공한 이유는 남들이 하찮게 여기는 것을 중요하게 생각했기 때문입니다. 남들이 뭐라 하든 작은 일에도 성실하면 성공은 따라옵니다."

멋있는 사람의 10가지 표본

우리 인생 최고의 목적은 훌륭한 인격과 건강한 몸,
그리고 정직한 양심이라는 인간의 품성을 최대한 잘 개발하는 데 있다.
The highest purpose of our life is to do our utmost to develop the human nature
of a great personality, a healthy body, and an honest conscience.

_새뮤얼 스마일스 Samuel Smiles

멋있는 사람으로 만들어 주는 한마디

1. "할 수 있습니다." – 긍정적인 사람

2. "제가 하겠습니다." – 능동적인 사람

3. "무엇이든지 도와 드리겠습니다." – 적극적인 사람

4. "기꺼이 해 드리겠습니다." – 헌신적인 사람

5. "잘못된 것은 즉시 고치겠습니다." – 겸허한 사람

6. "참 좋은 말씀입니다." – 수용적인 사람

7. "이렇게 하면 어떨까요." – 협조적인 사람

8. "대단히 고맙습니다." – 감사할 줄 아는 사람

9. "도울 일 없습니까?" – 여유 있는 사람

10. "이 순간 할 일이 무엇일까?" – 일을 찾아 할 줄 아는 사람

세상에서 가장 기쁘고 행복한 하루

아버지는 아들을, 아들은 아버지를 온전히 이해할 수 없다.
아버지와 아들은 두 개의 다른 세대에 속해 있기 때문이다.
A father can't entirely understand his son and vice versa.
A father and his son belong to two different generations.

_이반 투르게네프 Ivan Turgenev

회사 일로 무척이나 바쁜 아버지가 있었다. 가족들과 시간을 보내고 취미 생활도 즐기고 싶었으나 아무리 시간을 내려고 해도 일은 끊이지 않았고 모처럼 쉬는 휴일에는 몰려오는 피곤을 이기지 못하고 잠을 자는 날이 이어졌다. 그러던 어느 날, 아들이 학교에서 숙제 하나를 받아 왔다. 가족들과 함께 시간을 보내고 일기를 써 오라는 것이었다. 아버지는 아들의 간청을 이기지 못하고 함께 낚시를 다녀와야 했다. 그날 저녁, 아버지는 일기장에 이렇게 적었다.

"오늘은 아이들과 노느라 소중한 하루를 아무렇게나 허비하고 말았다."

그런데 아들의 일기장에는 조금 다른 내용이 적혀 있었다.

"오늘은 아빠와 함께 낚시를 했다. 세상에 태어나서 가장 기쁘고 행복한 날이었다."

인생에서 조심해야 할 것들

생각은 행동을, 행동은 습관을,
습관은 성품을, 성품은 운명을 낳는다.
Sow a thought, reap an action; sow an action, reap a habit;
sow a habit, reap a character; sow a character, reap a destiny.

_스티븐 코비 Steven Covey

생각을 조심하라.

왜냐하면 그것은 말이 되기 때문이다.

말을 조심하라.

왜냐하면 그것은 행동이 되기 때문이다.

행동을 조심하라.

왜냐하면 그것은 습관이 되기 때문이다.

습관을 조심하라.

왜냐하면 그것은 인격이 되기 때문이다.

인격을 조심하라.

왜냐하면 그것은 인생이 되기 때문이다.

5월

인생에서는
마지막에 웃는 사람이
가장 오래 웃는 자이다.

In this life
he laughs longest
who laughs last.

존 메이스필드
John Masefield

뜨거운 마음과 영감을 따르는 용기

나와 빌 게이츠는 세계에서 가장 운이 좋은 사람들이다.
사랑하는 일을 찾았고 거기에 알맞은 시간과 장소에 있었으니 말이다.
Bill Gates and I are the luckiest guys on the planet.
We found wha we loved to do and we were at the right place at the right time.

_스티브 잡스 Steve Jobs

세계적인 IT기업 애플을 창업한 스티브 잡스는 생전에 이런 말을 자주 했다.

"지금 여러분은 미래를 알 수 없습니다. 다만, 현재와 과거의 사건들만을 연관시켜 볼 수 있을 뿐이죠. 그러므로 여러분은 현재의 순간이 미래에 어떤 식으로든지 연결된다는 것을 알아야만 합니다.

때로 세상이 당신을 속일지라도, 결코 자신에 대한 믿음을 잃지 마십시오. 전 반드시 인생에서 해야 할 만한 일이 있었기에 어려움이 있을 때마다 이겨 낼 수 있었다고 확신합니다.

당신이 사랑하는 일을 찾아보세요. 사랑하는 사람이 먼저 다가오지 않듯 일도 그런 것이죠. 자신의 일을 위대하다고 자부할 수 있을 때는, 사랑하는 일을 하고 있는 그 순간뿐입니다. 그리고 가장 중요한 것은 뜨거운 마음과 영감을 따르는 용기를 가지는 것입니다."

혹독한 연습, 달콤한 우승

재능은 바다에 널려 있는 소금보다 흔하다.
재능 있는 사람과 성공한 사람을 구분 하는 기준은
오로지 엄청난 노력을 하는지의 여부다.
Talent in cheaper than table salt. What separates the talented individual
from the successful one is a lot of hard work.

_스티븐 킹 Stephen King

초등학교 6학년인 한 소녀가 있었다. 매일 새벽 5시 30분이면 어김없이 일어나 15층 아파트 계단을 다섯 번씩 오르내리고 6킬로미터를 달린 후 퍼팅 600번을 해내고는 했다.

친구들이 연예인에 열광하고 멋을 내느라 바쁜 시간에도 오로지 운동에만 힘을 쏟았다. 정신력 강화 연습을 위해 한밤중에 공동묘지에서 퍼팅 연습을 했다는 일화는 너무도 유명하다. 그 정도로 그녀는 오로지 연습에 모든 것을 바쳤다.

그리고 8년 후, 골프계의 신데렐라로 떠오른 그녀는 세계 유명 골프대회의 신인상을 휩쓸며 화려하게 데뷔하고 그 이름을 온 세계에 알리는 데 이른다. 그녀가 바로 골프 천재 박세리다. 그녀의 성공 비결을 묻는 기자에게 그녀는 이렇게 말했다.

"다른 선수들과 차별되는 비결은 따로 없어요. 그저 훈련을 충분히 했을 뿐이에요. 우승의 원동력은 끊임없는 훈련이었어요. 오늘의 우승 또한 혹독한 연습의 열매이지요."

영웅의 베풂

브라질에는 전 세계 사람들이 축구 천재라고 부르는 축구황제 펠레가 있다. 그와 더불어 브라질 국민 영웅 한 사람을 더 꼽으라면 금세기 최고의 레이서로 꼽히는 아일톤 세나가 있다. 그는 유럽인의 전유물이었던 세계 최고 자동차 경주 '포뮬러원 레이스'에서 무려 41번이나 우승을 차지하여 자국민들에게 꿈과 희망을 가져다주었다.

우승 후 늘 브라질 국기를 흔들며 국민을 열광시켰던 그. 어느 날, 뗏목에 빵과 수프를 가득 싣고 아마존 오지의 빈민 지역으로 홀로 유유히 들어가는 그의 모습을 찍은 파파라치의 사진 한 장은 그를 국민 영웅의 자리에 앉혔다.

화려한 성공과 인기보다 아무도 주목하지 않은 그의 뒷모습을 찍은 사진 한 장이 그를 더욱 빛나게 만든 것이다.

자녀와 친구가 되려면

아버지가 되기는 쉽다. 그러나 아버지답게 살기는 어렵다.
Becoming a father is easy but living like a father is difficult.

_세링그레스 Scrin grass

좋은 아버지가 되기 위한 12가지 충고

1. 스스로를 사랑하고 자신의 삶에 행복을 느끼자.

2. 이웃과 인사하는 아빠가 되자.

3. 아이가 읽을 책은 직접 골라 주자.

4. 아이와 추억의 장소를 만들자.

5. 아이의 판단과 생각을 존중하자.

6. 아이와의 약속은 꼭 지키자.

7. 하루에 한 가지씩 집안일을 하자.

8. 자녀에게 많은 결정권을 주자.

9. 자녀의 친구가 누구인지 알아보자.

10. 필요하다면 회초리를 들자.

11. 사소한 것을 기억하자.

12. 간단한 집안일을 시키고 칭찬을 하자.

눈높이를 낮추는 연습

어린이는 우리 삶의 희망이요, 노인은 우리 삶의 거울이다.
그러므로 어린이와 노인을 아끼고 공경하는 마음으로 대해야 한다.
A child is a hope in our life, and an old man is a mirror of our life.
Therefore, we need to value and respect children and old men.

_새뮤얼 T. 콜리지 Samuel T. Coleridge

한 젊은 여인이 미술관에 찾아왔다. 그런데 표를 끊고 전시실에 들어오는 순간부터 무릎을 꿇더니 그 자세로 그림을 보기 시작했다. 의아하게 생각한 관장이 그 여인에게 왜 그런 모습으로 그림을 보는지를 물었다.

"저는 아이들을 가르치는 선생님이에요. 내일 아이들을 데리고 미술품을 감상하러 올 예정인데 아이들의 눈높이에서 이 작품들이 어떻게 보이는지 미리 알아 두려고요."

어른들은 눈이 너무 높아 아이들의 세상을 보지 못한다. 그런데도 더 높은 곳만 바라볼 뿐이다.

눈높이를 낮추는 것은 높이는 것보다 더 어려운 일일 것이다. 나보다 약한 사람, 나보다 가지지 못한 사람, 나보다 힘든 사람을 보기 위해서는 자세를 낮추고 눈높이를 맞춰 주어야 한다.

감사가 없으면 기쁨도 없다

감사는 장미와 같다.
적당량의 물을 주고 꾸준히 곱게 다듬고
애정을 듬뿍 주어야 질 자라난다.
Gratitude is like a rose.
It has to be fed and watered and cultivated and loved.

_데일 카네기 Dale Carnegie

일곱 살 난 아들과 어머니가 이웃집에 놀러갔다. 이웃집 부인이 아이에게 사과를 하나 건네주었지만 아이는 "고맙습니다."라는 인사도 없이 그냥 사과를 받아들 뿐이었다.

아이 어머니가 깜짝 놀라서 아들을 불러 세워 물었다.

"다른 분들이 이렇게 사과를 주시면 뭐라고 해야 하지?"

아이는 잠깐 생각하더니 말했다.

"껍질을 벗겨 주세요."

타인의 사랑과 희생에 대해 감사하는 마음을 잃어버린 사람은 비단 일곱 살 꼬마뿐은 아닐 것이다. 다른 사람의 희생을 아무렇지 않게 여기는 마음이야말로 감사와 멀어지는 삶을 살게 할 뿐이고 감사가 없는 삶에는 기쁨도 없다.

행복은 스스로의 만족에서 생겨난다

마음에 만족이 없는 사람은 생활에서도 만족을 얻을 수 없다.
He who is not satisfied in his mind can't be satisfied in his life.

_묵자 Mo-tzu

어느 마을에 성공한 사람이라고 불리는 사람이 있었다.

그는 큰 사업을 해서 돈도 많이 벌었고, 가정 내에도 아무 문제가 없었다. 자식들은 모두 유명 대학의 유망 학과에 진학하여 이미 사회에서 자리를 잡았다. 아내 또한 그를 진심으로 사랑해 주었다.

그의 회사 직원들도 모두 그를 존경하며 따랐고 사람들은 세상에 그렇게 복 받은 사람은 없다고 입을 모아 말하며 부러워했다.

그러던 그가 어느 날 갑자기 쓰러져 곧 죽게 되었다. 그가 죽기 직전에 아내에게 말했다.

"내 뜻대로 된 게 하나도 없어."

진정한 성공과 행복은 다른 사람의 인정이 아니라 스스로의 만족에서 오는 것이다.

부모님의 말 속에 숨겨진 사랑

어머니는 우리의 마음속에 얼을 주고,
아버지는 우리가 걷는 길에 빛을 준다.

Our mother gives soul in our mind
and our father gives light on our road.

_장 파울 Jean Paul

부모님의 진심

1. 늦었구나. (이제 좀 쉬거라.)

2. 조심해야지. (애야, 넌 엄마 아빠에게 소중한 존재란다.)

3. 급하게 운전하지 말아라. (우린 너 없이는 못 산다.)

4. 숙제해라. (많이 알아야 편하게 산다.)

5. 다 써 버리진 말거라. (비상시를 대비해 아껴 두어야 한다.)

6. 네 방 좀 치워라. (자기를 책임 못 지면 평생 고생한다.)

7. 키가 쑥쑥 크는구나. (집을 떠날 때가 가까워지고 있구나.)

8. 계획한 일은 끝내야지. (타고난 재능을 최대한 발휘하거라.)

하지만, 절대 혼동 되지 않는 한 마디!

"아빠 엄마는 너를 사랑한단다."

수천 번 넘어져도 매번 다시 일어난다면

_사라 블레이클리 Sara Blakely

대를 이어 도자기를 빚는 부자가 있었다. 아버지처럼 아들 역시 대가의 반열에 올랐는데 그가 이런 평가를 받기까지는 아버지의 영향이 절대적이었다.

아버지로부터 도자기 만드는 기술을 배웠던 아들은 자신의 작품이 영 마음에 들지 않았다. 모양도 볼품없고 쉽게 깨져 버려 아버지의 명성에 먹칠을 하는 것만 같았다. 실망한 아들은 아버지에게 말했다.

"아버지. 저에게는 재능이 없나 봐요. 이제 더 이상 도자기를 만들지 않을래요."

하지만 아버지는 아들의 손을 붙잡고 말했다.

"난 네가 처음 걸음마를 시작했을 때 얼마나 기뻤는지 모른단다. 하지만 그 후로도 너는 수없이 넘어져서 무릎이 성할 날이 없었지. 하지만 그 덕분에 잘 걸을 수 있게 된 거야. 네가 정말 훌륭한 도공이 되고 싶다면 수천 번도 더 실패하더라도 다시 또 도자기를 만들면 된단다."

언제나 행복이 따르는 까지 비결

마음에서 우러나오는 참된 보시는
명성이나 칭찬을 바라지 않는다.
A true offering that comes from the heart does
not ask for fame or compliment.

_법구경 Dhammapada

어떤 사람이 부처님을 찾아가 자신은 되는 일이 하나도 없다고 호소했다. 그러자 부처님은 "네가 남에게 베풀지 않았기 때문이다."라고 말하며 아무리 가난해도 베풀 수 있는 7가지 방법을 가르쳐 주었다.

"첫째는 화안시和顔施로 밝고 부드럽고 정다운 얼굴로 남을 대하는 것이요, 둘째는 언시言施로 말로써 얼마든지 베풀 수 있으니 사랑의 말, 칭찬의 말, 위로의 말, 양보의 말, 부드러운 말을 하는 것이다. 셋째는 심시心施로 마음의 문을 열고 나의 선한 마음을 주는 것이다. 넷째는 안시眼施로 호의를 담은 눈으로 사람에게 베푸는 것이요, 다섯째는 신시身施로 다른 사람의 짐을 들어 준다거나 일을 돕는 것이다. 여섯째는 좌시座施로 언제나 노약자에게 자리를 내어 양보하는 것이고, 일곱째는 찰시察施로 상대의 마음을 헤아려 알아서 도와주는 것이다. 너에게 이 7가지가 습관이 되면 언제나 행복이 따르리라."

사랑은 사랑을 부른다

이 세상을 꽃밭으로 만들 수 있는 위대한 열쇠는 오직 사랑뿐이다.
To love is the great amulet that makes this world a garden.

_로버트 R. 스티븐슨 Robert R. Stevenson

한 신사가 고아원에 찾아와서 입양할 만한 아이가 있는지 묻자, 원장이 답했다.

"열 살짜리 여자아이가 하나 있어요. 매우 흉한 꼽추이지요. 이름은 머시 굿페이스 (Mercy Goodfaith 훌륭한 믿음의 은혜)랍니다."

그 여자아이가 신사에게 입양되고 나서 35년이 지났다. 아이오와 주의 고아원 감사실이 우수 기관으로 선정되어 인터뷰를 하게 되자 홍보 담당 실장이 자랑스러운 듯 말했다.

"우리 고아원은 매우 특별한 곳입니다. 아이들의 건강을 위해 위생과 음식에 특히 많은 신경을 쓰고 있어요. 특히 원장님은 사랑이 많고 깨끗한 영혼을 가지고 계신 분이지요. 이곳에 있는 아이들 모두 원장님의 사랑을 듬뿍 받으며 자라고 있어요. 아이들은 부모가 없지만 모두들 원장님을 엄마라고 부르며 생활하고 있답니다."

그 고아원 원장의 이름은 머시 굿페이스였다.

연습 없이는 천재도 없다

타이거 우즈, 모든 사람이 '너는 골프 천재다.'라고
찬사를 아끼지 않을 때 바로 연습장으로 달려가라.
Tiger woods, when everyone complimented you saying
'You are a golf genius.', rush to the driving range.

_마이클 조던 Michael Jordan

마이클 조던은 미국 프로농구 역사상 가장 위대한 선수로 알려져 있다. 1993년, 피닉스와의 경기가 있던 날 아침이었다. 방송국 촬영팀은 경기 중계를 위해 오후에 열리기로 한 시합 시간보다 6시간 정도 일찍 경기장을 찾았는데 스태프 한 명이 경기장 한쪽에서 자유투를 던지고 있는 마이클 조던을 발견하였다.

궁금증이 생긴 그는 주변을 순찰하던 경비원에게 살짝 다가가 물었다.

"조던이 언제부터 여기서 연습하고 있었나요?"

그러자 경비원이 혀를 차며 이렇게 대답했다.

"말도 마세요. 아침 일찍부터 나와서 쉬지도 않고 자유투 연습만 하고 있어요."

농구 천재, 타고난 재능의 소유자라고 불리는 조던도 가장 기본적인 연습에 가장 많은 시간을 투자하고 있었다.

여행자와 현인의 공통점

알맞은 정도를 소유하는 것은 인간을 자유롭게 하지만
도를 넘어서는 순간 소유가 주인이 되고 소유하는 자가 노예가 된다.
Possessing to a reasonable degree makes men free.
The moment going beyond the bounds,
possession will be the master and men who possess will be the slaves.

_**프리드리히 니체** Friedrich Nietzsche

세상 곳곳을 누비는 여행자가 있었다. 그가 어느 마을에 도착해 하룻밤 묵어가게 되었는데 그 마을에 사람들로부터 존경받고 있는 현인이 있다는 소문을 듣고 그를 찾아갔다. 그런데 생각보다 현인은 너무 초라한 집에 살고 있었다. 책 몇 권과 조그만 식탁, 이불 하나가 전부인 것을 보고 여행자가 물었다.

"선생님, 이것뿐입니까? 가구나 다른 집기들은 어디에 있는 건가요?"

그러자 현인이 여행자를 지긋이 바라보며 말했다. "그대의 것은 어디에 있습니까?"

그러자 여행자가 눈을 동그랗게 뜨고 말했다. "저요? 저는 여행자 아닙니까. 그저 지나가는 존재일 뿐인데 가질 것이 무엇이겠습니까."

현인이 조용히 웃으며 말했다. "저도 마찬가지랍니다."

낯선 시각으로 바라보기

눈앞을 바라보면 멀미를 느끼며 포기하게 된다.
그럴 때는 몇백 킬로미터 앞을 보면 평온한 바다가 보인다.
When I see things right in front of my eyes, I feel dizzy and give up.
Then, I see a few hundred kilometers ahead and find a peaceful ocean.

_손정의 Son Jung-ui

　　1954년, 영국 정부는 민영 텔레비전 방영권을 놓고 자유 경쟁 입찰을 실시했다. 수많은 기업들이 입찰을 신청했고 그들은 광고 수익을 극대화하기 위해 영국에서 가장 부유한 지역을 분석하기 시작했다. 그 결과 잉글랜드 남동부 지역과 런던이 가장 부유하다는 결론을 얻은 대부분의 기업들은 이 지역에 대한 방송권을 따내기 위해 고군분투했다.

　　그런데 '그라나다 시네마'라는 조그만 영화사 사장인 시드니 번스타인은 그들과 생각이 달랐다. 그는 비가 제일 많이 오는 지역을 조사했고 잉글랜드 남서부에 입찰권을 넣었다. 비가 많이 내리는 지역에 사는 사람들은 집에서 텔레비전을 더 많이 볼 것이기에 이곳의 사업 수익성이 더 높다고 판단한 것이다. 결국 그는 광고에서 거둔 수익금으로 전 세계 최장수 프로그램들을 제작하며 승승장구했다.

포기를 모르는 스승의 마음

훌륭한 교사 한 명이 방황하는 인생을
건실한 시민으로 바꿀 수 있다.
One great teacher can change a wandering life into a sound citizen.

_P. 윌리 P. Willy

수우미양가 秀優美良可

秀(수)는 '빼어날 수'로 '특히 우수하다'

優(우)는 '넉넉할 우'로 '역시 우수하다'

美(미)는 '아름다울 미'로 '좋다'

良(양)은 '좋을 양'으로 '훌륭하다, 착하다'

可(가)는 '가능할 가'로 '가능성을 갖고 있다'라는 말이다.

이렇게 '수우미양가' 모두에는 '잘했다'는 의미가 담겨 있으며 그 어떤 제자도 포기하지 않으려는 스승의 마음과 닿아 있다.

나이는 숫자일 뿐

스무 살이든 일흔 살이든
배움을 멈추는 사람이 노인이 되는 것이다.
Anyone who stops learning is old,
whether this happens at twenty or seventy.

_하비 울먼 Harvey Ullman

2009년 호주 시드니에서 열린 월드마스터 게임. 은퇴한 선수들과 일반 중장년층 선수들이 경쟁을 펼치는 이 대회에는 전 세계 95개국에서 3만 명에 가까운 선수들이 참여했다. 이 중에서 단연 화제가 된 선수는 대회 최고령 참가자인 루스 프리스 할머니. 무려 100세의 할머니가 투포환 100~104세 부문에 참가해 금메달을 땄기 때문이다. 이 나이 연령대에 참가한 선수는 할머니 혼자였기 때문에 참가만 해도 금메달을 딸 수 있었는데 할머니는 4킬로그램의 포환을 던져 경기장에 모인 관중들의 힘찬 박수를 받고 당당히 금메달을 목에 걸었다.

이 외에도 그 연령대에서 원반 던지기, 해머 던지기, 투창에서도 세계 기록을 가지고 있는 할머니는 경기 후 이렇게 말했다.

"기록은 중요하지 않다. 나는 운동을 좋아할 뿐이고 하루하루 즐겁게 지내다 보니 어느새 1년이 지났다."

다르게 생각하라

늘 해 오던 방식을 고수할 필요가 전혀 없다는 사실을 깨닫는 것,
그것이 바로 창의력이다.

Creative thinking may mean simply the realization that there's no particular
virtue in doing things the way they always have been done.

_루돌프 플레시 Rudolf Flesch

작가 윌리엄 서머싯이 무명 시절 어렵게 한 권의 책을 출간했다. 하지만 책 판매는 부진했고 출판사에서도 쌓여 가는 재고로 골머리를 앓았다. 어떻게 하면 책을 한 권이라도 더 팔 수 있을지 고민하기 시작한 그는 광고를 해야 되겠다는 결론을 얻었다.

"배우자를 찾고 있습니다. 저는 스포츠와 음악을 좋아하는 백만장자입니다. 제가 바라는 여성상은 서머싯 몸의 최근 소설에 등장하는 여주인공입니다."

이렇게 직접 만든 광고 문안으로 광고를 내자 책이 날개 돋친 듯 팔려 나갔다. 그리고 비평가들은 그의 글을 읽고 이렇게 평했다.

'프랑스의 모파상에 버금가는 영국 작가 윌리엄 서머싯 몸.'

존재의 이유를 아는 사람

인간은 주어진 운명에 반항하는 존재다.

Man is the only creature that refuses to be what he is.

_알베르 카뮈 Albert Camus

프랑스의 철학자 알베르 카뮈는 이 세상의 사람들을 세 가지 형태로 분류했다.

세 사람이 사회라는 큰 감방 속에 함께 누워 있다고 가정한다면, 첫 번째 사람은 인간의 힘으로는 될 수 없는 일에 온갖 수단과 방법으로 몸부림치다가 피투성이가 되어 결국은 기진맥진해서 쓰러진 사람이다.

두 번째 사람은 애초부터 불평불만이나 미래의 희망도 없이, 숙명론자처럼 그대로 누워서 될 대로 되라는 식으로 세월을 보내는 사람이다.

마지막 세 번째 사람은 자기가 왜 감방 속에 있는지 그 이유를 잘 알고 있는 사람이다. 그러므로 그는 모든 악조건을 잘 참으며 앞으로의 광명한 날을 기다리면서 앞으로의 생을 설계한다.

어떤 사람의 모습으로 세상을 살아갈 것인지는 당신의 선택에 달려 있다.

사랑이 만들어 낸 타이어

문명의 중요한 목적은 가정을 안전하게 유지하고
가정생활을 풍요롭게 하는 것이다.
The important purpose of civilisation
is to maintain home safely and enrich family life.

_찰스 W. 엘리엇 Charles W. Eliot

한 아이가 자전거를 타고 놀다가 넘어져 크게 다쳤다. 그 당시의 자전거 바퀴는 나무나 쇠로 만들어진 것들이었다. 그 아이가 타던 삼륜자전거 바퀴도 마찬가지였고, 작은 충격에도 심하게 흔들리는 바람에 아이가 크게 다친 것이다.

아이의 아버지는 아들의 상처를 치료하면서 아이가 좀 더 안전하게 자전거를 탈 수 없을지에 대해서 고민하기 시작했다. 그러던 어느 날, 아들이 축구공을 들고 와 아버지에게 공기를 넣어 달라고 부탁했다. 아버지는 아들을 위해 축구공에 공기를 넣어 주다가 이것을 응용하면 아들이 안전하게 자전거를 탈 수 있을지도 모르겠다는 생각을 했다.

이 사람이 바로 세계 최초로 공기타이어를 개발한 던롭이다. 아들을 향한 애정과 관심 덕분에 세상을 바꾼 위대한 발명품이 탄생한 순간이었다.

청춘, 그 열정의 이름

나는 언제나 만개한 꽃보다는 이제 막 피어나려는 꽃봉오리를,
소유보다는 욕망을, 완성보다는 진보를,
분별 있는 나이보다는 꿈으로 가득한 청년 시절을 사랑한다.

I always love a bud more than a full-blown flower, desire than possession,
progress than completion, youth full of dream than mature age.

_앙드레 지드 Andre Gide

언젠가 국내 굴지의 대기업이 다음과 같은 직원 채용 광고를 냈다.

- 사흘 밤을 꼬박 새울 수 있는가?

- 사흘 동안 놀고만 지낼 수 있는가?

- 노래방에서 서른 곡 이상 노래를 부를 수 있는가?

- 아버지의 시계를 고치다가 고장 내 본 기억이 있는가?

- 비 오는 수요일에 빨간 장미를 사 본 적이 있는가?

- 못생긴 파트너와 3시간 이상 즐겁게 지낼 수 있는가?

- 3개 국어는 못해도 3개국을 배낭여행 할 수 있는가?

- 주머니에 있는 돈을 털어 주고 집까지 걸어서 가 본 적이
  있는가?

- 학교를 가다가 무작정 여행을 떠나 본 적이 있는가?

스펙이 우리를 규정짓지 못한다는 것을 아는 사람만이 자신의 내면을 들여다보고 용기 있게 행동하며 스스로 미래를 만들 수 있다.

당신을 믿어요

사랑받고 있는 자가 어찌 가난할 수 있겠는가.
Who, being loved, is poor?

_오스카 와일드 Oscar Wilde

작은 회사에 다니고 있는 젊은 남편이 있었다. 그의 월급은 많은 편이 아니어서 아내와 아이들을 부양하기에 늘 힘에 부쳤다. 그러던 어느 날 남편이 아내에게 말했다.

"내일 출근하면 사장님께 봉급을 올려 달라고 말할 거야."

그런데 회사일이 무척 바빠 월급 얘기는 꺼내지도 못하고 무거운 발걸음을 이끌고 집으로 돌아와야 했다. 그는 아내에게도 그 사실을 말했다. 그런데 잠들기 전 남편은 아내의 서랍 속에서 두 장의 카드를 발견했다. 하나의 카드에는 '여보, 월급이 오른 것을 축하해요.'라고 적혀 있었고 다른 카드에는 '여보, 월급이 오르지는 않았지만 나는 당신의 능력을 믿어요.'라고 적혀 있었다.

남편은 아내가 미리 준비해 둔 두 개의 카드를 읽고 큰 감동을 받았다. 어려움을 지혜롭게 이겨 내는 아내의 지혜와 격려, 그리고 사랑하는 사람의 지지로 인해 그는 회사에서 가장 유능한 사원이 되었다.

원하고도 실천하지 않는다면

게으름뱅이는 아무것도 하지 않는 자신을 변호하고
정당화시키는 일조차 하지 않는다.
A slob does not even advocate and justify himself who is doing nothing.

_**가브리엘 라웁** Gabriel Laub

어느 학생이 공부는 전혀 하지 않으면서 시험에서 좋은
점수를 받기 원했다. 그는 "구하는 이마다 받을 것이요, 두드
리는 이에게 열릴 것이니라."라는 누가복음 11장 10절의 말
씀을 외우며 매일 저녁 교회에 가서 하나님께 기도했다.

"하나님, 이번 시험에서 찍는 것마다 다 맞아서 좋은 성적
받을 수 있게 해 주세요."

드디어 시험 날, 문제의 답을 전혀 알 수 없던 그 학생은
'하나님은 다 아십니다.'라는 한 문장을 써 놓고 유유히 시험
장을 빠져 나갔다. 학생의 시험지를 받아든 선생님은 채점란
에 이렇게 썼다.

'하나님은 다 아시니 100점, 학생은 다 모르니 0점.'

안락의 다른 이름

잘 되고 있을 때 오히려 긴장의 끈을 조여야 한다.
When things are going well, it should be more vigilant.

_게리 하멜 Gary Hamel

오스트레일리아는 날씨가 온화하여 1년 내내 꽃이 피어 있다. 그런데 꽃이 있는 곳에 있어야 할 꿀벌이 없다는 것을 안 유럽인들이 그곳에 가장 양질의 꿀벌을 방사했다. 신이 나 꽃밭을 누비던 꿀벌들은 훌륭한 꿀을 따 모았다.

그런데 꿀벌의 꿀 모으기는 1년을 넘지 못했다. 어느 한 시기에만 꽃이 핀다면 그 꿀벌들도 꽃이 피지 않는 시기를 위해 열심히 꿀을 모아 두었을 텐데 연중 꽃이 피어 있다 보니 힘들여 꿀을 모아 두지 않아도 늘 맛있는 꿀을 먹을 수 있었고, 그저 부른 배를 두드리며 벌집 속에서 편안히 잠이나 자는 것에 익숙해진 것이다.

익숙함은 우리를 움직이지 않게 하고 결국 현실에 안주하여 발전할 수 없게 만든다. 고통으로 인해 성장한 시간들을 돌아보면 지금 꼭 편하고 좋은 것만이 최선은 아니라는 것을 알 수 있다.

운명을 바꾼 한마디

당신은 아름답게 피어나도록 만들어진 존재다.
매 순간을 아름답게 활용해서 당신의 내면을 가득 채워라.
You are born to bloom beautifully.
Fill up your inner side by making the most of every moment beautifully.

_오프라 윈프리 Oprah Winfrey

온 동네 사람들이 고개를 절레절레 흔들던 꼬마가 있었다. 사람들은 꼬마를 보면 눈살을 찌푸리며 "저런 녀석이 커서 뭐가 되겠어? 사고나 안 치면 다행이지."라고 말했다.

그런데 하루는 한 할머니가 이 골칫덩어리의 머리를 쓰다듬으며 이렇게 말했다. "너는 말을 잘하고 사람들의 시선을 끄는 재주가 있어. 이런 개성을 잘 살리면 크게 될 거다."

할머니의 긍정적인 한마디는 꼬마의 인생을 바꾸어 놓았다. 사람들의 걱정거리였던 아이는 앞날에 대해 진지하게 생각했고 신학 대학에 들어가 훗날 세계적 복음 전도자가 되었다. 그가 바로 빌리 그레이엄 목사다.

가능성의 한마디, 그것이 사람을 살리고 운명을 바꾸고 세상을 일으킨다. 우리가 무심코 던지는 한마디가 운명과 세상을 바꿀 수 있음을 기억하자.

깜빡이 시인의 걸작

우리는 계속 살아가야 한다.
만약 당신이 주변 상황에 화내고 불평만 쏟아낸다면,
다른 사람들은 당신에게 시간을 내주지 않을 것이다.
We should keep on living.
People won't have time for you if you are always angry or complaining.

_스티븐 호킹 Stephen Hawking

일본의 미즈노 겐조는 눈 깜빡이 시인이다. 어렸을 때 홍역을 크게 앓은 후 전신마비가 되었는데 온몸이 해삼처럼 축 처져서 수족을 제대로 움직이지도 못하며, 듣지도 못하고 말하지도 못하는 중증 장애인이 됐다.

그가 의사를 표현할 수 있는 유일한 방법은 눈을 깜빡이는 것이다. 그가 시를 쓸 때에는 그의 어머니가 일본어 50자 표를 아들의 눈앞에 두고 막대기로 한 자 한 자 짚어 내려가면 아들인 미즈노 씨는 어머니가 원하는 글자를 짚었을 때 눈을 깜빡였다. 그러면 어머니는 그 한 글자를 종이에 적었고 그 방법을 반복하여 시 한 편을 완성했다.

어머니와 아들의 인내와 수고, 그리고 신뢰와 사랑이 담겨 있는 시들이 모여 일본 문학의 걸작이 되었다.

진심은 목소리를 타고 흐른다

사람이 저지를 수 있는 가장 심각한 죄 중에
단연코 사악한 것은 말로 저지르는 죄다.

The most wicked crime that human beings
can commit is the crime that uses words.

_알렉산더 로다 로다 Alexander Roda Roda

패러디의 황제로 불리는 코믹 배우 레슬리 닐슨이 재미있는 실험을 했다. 똑같은 주제로 두 번의 인터뷰를 진행하면서 한 번은 진실을 말하고 다른 한 번은 거짓을 말한 것이다. 그리고는 텔레비전과 라디오, 신문을 통해서 대중들에게 "거짓말 인터뷰를 맞혀 보세요."라고 말했다.

그 결과 라디오를 통해 인터뷰를 들은 사람들이 거짓말을 가장 잘 맞혔으며 텔레비전을 통해 본 사람들이 가장 많이 틀렸고 신문을 통해 읽은 사람들은 그 중간이었다고 한다. 결국 진심은 목소리를 통해 전해지는 '말'을 통해서 가장 잘 전달됨을 알 수 있다. 진심을 담은 목소리로 말할 수 있도록 노력하라. 그것이 나와 모두가 살 수 있는 방법이다.

원수에게 이로움을 주는 진정한 용서

성인은 선행에도 악행에도 오로지 선으로 대하며,
더불어 살기 위해 관계에도 늘 마음을 쓴다.
Virtuous men always treat evil deeds with goodness
and care for the relationship to live together.

_노자 Lao-tzu

한 농부가 밤늦게 논에다 물을 대어 놓고 다음날 나가 보았더니 누군가 자신의 논에서 물을 다 빼앗아 가 논이 바짝 말라 있었다. 전날의 수고가 헛되게 사라지자 농부는 무척 화가 났지만 꾹 참으며 다시 물을 끌어 올려 대어 놓았다.

그런데 그 다음날 또 똑같은 일이 벌어졌고 그것이 몇 번이나 반복되었다. 일흔 번씩 일곱 번 용서하라는 예수님의 가르침을 따라 논의 물을 훔쳐 간 범인을 용서하기로 결심했지만 마음에는 평화가 없어서 너무 괴롭기만 했다.

농부가 목사님을 찾아가 물었다. "저는 보복을 하지도 않았고 오히려 다 용서를 해 주었는데도 왜 제게는 기쁨이 없습니까?" 그러자 목사님이 이렇게 말했다. "당신이 직접 그의 논에 물을 대 주기 전에는 평화가 오지 않습니다."

단단한 오동나무를 키워 내려면

장미꽃을 모으기 위해서는 가시에 찔리는 아픔을 감수해야 한다.
To gather roses,
you need to endure the pain of being pricked by a thorn.

_필페이 Pilpay

어느 아버지가 딸을 낳자 오동나무를 심어 정성껏 가꿨다. 그런데 딸이 걷기 시작할 즈음 아버지는 어느 정도 자란 오동나무를 잘라 버렸고 나무는 잘려 나간 자리에 싹을 틔워 다시 자라났다.

시간이 흘러 딸이 초등학교에 입학했을 때 아버지는 오동나무를 또 잘랐다. 나무는 이번에두 무슨 일이 있었냐는 듯이 싹을 틔우고 잘 자라났다.

딸이 시집을 가게 되었을 때 아버지는 드디어 딸의 나이와 똑같은 그 오동나무를 밑동에서부터 완전히 베어 버렸다. 그리고 그 나무를 이용해 시집갈 딸의 장롱을 만들어 주며 이렇게 말했다.

"얘야, 두 번 잘라 준 다음 자란 오동나무야말로 진정으로 단단한 재목이란다. 이러한 과정을 거치지 않고 자란 나무는 속이 비어 좋은 재목이 될 수 없는 법이란다."

행복으로 가는 문

감사하는 마음은 행복으로 가는 문을 열어 주며,
우리를 신과 함께 있도록 도와준다.
그래서 늘 모든 일에 감사하는 사람에게는 근심이 없다.
Gratitude opens the door to happiness and helps us to be with God. Hence,
a person who is grateful to everything has no worry.

_존 템플턴 John Templeton

감사합니다

감사하면 마음이 유쾌해집니다.

감사하면 몸이 가벼워집니다.

감사하면 은혜가 흘러 들어옵니다.

감사하면 사랑과 능력이 생깁니다.

감사하면 건강해집니다.

감사하면 기쁨이 넘칩니다.

감사하면 무조건 좋습니다, 좋아요.

땅과 노력으로 지어진 세상

세상에 쓸모없는 것은 없다.
보잘것없어 보이는 것이라도 소홀히 대해서는 안 된다.
Nothing is useless in the world.
Though they look worthless, we shall not neglect them.

_탈무드 The Talmud

어느 유명한 공연장에서 성대한 오르간 연주회가 열릴 예정이었다. 그런데 오르간에 펌프질을 할 사람이 그만 병이 들고 말았지만 그 사람을 대처할 만한 사람을 찾기가 어려운 상황이 되었다.

일이 이렇게 되자 한 유명한 작곡가가 자신이 그 펌프질을 하겠노라고 지원했다. 그러자 많은 사람들이 작곡가에게 물었다.

"도대체 당신처럼 유명하고 재능 있는 사람이 왜 이런 보잘것없고 천한 일을 하려고 하는 건가요?"

그러자 작곡가는 이렇게 대답했다.

"음악을 위해서 할 수 있는 일이라면 무엇이든 결코 초라하지 않습니다. 오히려 저에게 이런 기회가 주어진 것이 영광이지요."

세상에 보잘것없는 일은 없다. 가장 작고 미미한 일일지라도 누군가의 땀과 노력으로 이루어진다.

매력적인 사람으로 거듭나는 9가지 방법

좋은 인격은
생각과 선택과 용기와 결단을 하나하나 쌓아 가며 이루어진다.

We have to build good character piece by piece-by thought,
choice, courage and determination.

_영국 속담

인간성을 매력적으로 바꾸는 데 필요한 9가지 요소

1. 상대방의 장점만을 보고 약점은 머릿속에서 지워 버려라.

2. 적을 만들지 말고 친구를 만들어라.

3. 다른 사람에게 돈 이야기를 꺼내지 않는다.

4. 살 수 없는 물건은 사지 않는다.

5. 주위 사람과 자신을 비교하지 않는다.

6. 신세를 졌으면 반드시 갚아야 한다.

7. 친구를 소중히 하라.

8. 자기 자신을 사랑하라.

9. 인생을 즐기려고 노력하라.

June

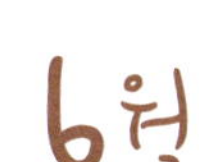

사랑,
그것이야말로 무엇보다
나 자신을 위한 선물이다.

Love is,
above all else,
the gift of oneself.

장 아누이
Jean Anouilh

겨울 추위를 이기는 지극한 사랑

희생적인 헌신이야말로 진정한 사랑을 완성한다.
Devoted dedication completes true love.

_기욤 뒤페 Guillaume Dufay

아파트에서 사는 아주머니가 어미 새 한 마리와 새끼 새 두 마리를 키우고 있었다. 어느 추운 겨울, 아주머니는 새장을 베란다에 걸어 두었다는 것을 깜박 잊어버리고 잠이 들었다. 다음날 아침, 그제야 새들 생각이 난 아주머니가 급히 베란다로 나가 보았지만, 밤새 영하로 내려간 날씨 때문에 이미 어미 새는 둥지에 몸을 덮은 채로 얼어 죽은 상태였다.

자신의 실수로 한 생명이 죽었다는 것에 가슴 아파하며 아주머니는 죽은 새를 조심스럽게 집어 올렸다. 그런데 죽어 있던 어미 새 밑에 두 마리의 새끼 새가 온전히 살아 있는 것이 아닌가!

지극한 사랑은 자신은 얼어 죽더라도 남아 있는 어린 생명들을 살리는 것이다. 이것이 바로 아가페의 사랑이다.

존경이란 무엇인가

_에드윈 더머 Edwin Dummer

존경尊敬이란, 말 그대로 '높여 공경하는 것'을 뜻한다.
다른 사람을 존경한다는 것은,

첫째, 그들의 관심을 존중해 주고 그들의 입장에 서서
　　　그들의 관점에서 인생을 바라보는 것이며,
둘째, 그들에게 감사함을 표현하는 것이며,
셋째, 그들을 믿고 이해하고 함께한다는 것을 말한다.

인생에 존경할 만한 스승이 있다면 그의 인생이 달라질
것이며, 누군가 나를 존경해 주는 사람이 있다면 그 인생은
책임감으로 채워질 것이다.

천재 성악가를 일으켜 세운 어머니의 격려

내 노래를 듣고자 하는 사람이 단 한 명뿐일지라도,
나는 그곳이 어디든 달려가 즐겁게 노래를 부를 것이다.
Even if there is just one person who wants to listen to my song,
I will run anywhere and sing a song with pleasure.

_엔리코 카루소 Enrico Caruso

오래 전 이탈리아 나폴리의 한 공장에서 일하던 소년이 있었다. 그는 힘든 일을 하면서도 늘 노래를 부르며 성악가의 꿈을 키워 가고 있었다. 어렵게 기회가 닿아 한 음악교사에게 레슨을 받게 되었는데 그는 "너는 성악가로서는 정말 빵점이구나. 목소리가 마치 문풍지에 이는 바람 소리 같아." 라고 혹평했다.

소년은 좌절했고 집에 와서 크게 흐느꼈다. 그런 아들을 보고 어머니가 말했다.

"아들아! 너는 할 수 있어. 실망하지 말거라. 다른 사람의 조언이 아닌 네 마음의 소리를 듣는 것이 중요해. 네가 훌륭한 성악가가 될 때까지 이 엄마가 어떠한 희생도 아끼지 않고 너를 도우마."

아들은 어머니의 격려를 받아 노래하기를 멈추지 않았다.

그가 바로 세계적인 성악가 '엔리코 카루소'이다.

끝까지 사랑하기

사랑은 상실과 희생과 단념의 마음에서 나온다.
자신의 모든 것을 다른 이에게 주었을 때 그 사랑은 더욱 풍요롭게 완성된다.
Love comes from loss, sacrifice, and relinquishment.
When you give your everything to another, the love is completed with richness.

_칼 F. 구츠코프 Karl F. Gutzkow

칠레의 산속 늪지에는 '리노데르마르'라는 특이한 개구리가 산다. 이 개구리는 암컷이 알을 낳으면 옆에 있던 수컷이 그 알을 모두 삼켜 식도 부근에 있는 자신의 소리주머니 안에 소중히 간직한다.

알들이 온전히 성숙해지기 전까지는 입을 벌리는 일도 없기 때문에 개굴개굴 소리를 내며 우는 행위도 포기한다. 그리고 알들이 완전히 성장했다고 판단이 되면 그제야 입을 벌려 새끼 올챙이를 세상으로 내보낸다.

사랑의 결실을 맺고 싶다면 끝까지 사랑하기로 결심해야 한다. 그런 아픔과 인내, 그리고 무언가를 소중히 여기는 마음이야말로 사랑을 꽃피우는 동력이 되기 때문이다.

은혜를 기억하라

손해를 본 일은 모래 위에 적고,
은혜를 입은 일은 대리석 위에 기록하라.
Write injuries in sand, kindnesses in marble.

_벤저민 프랭클린 Benjamin Franklin

무더운 어느 날, 두 사람이 길을 걷고 있었다. 햇볕이 내리쬐는데 나무 한 그루 없어 쉬어 갈 수조차 없었다. 땀을 뻘뻘 흘리며 한참을 걷다가 마침내 가지가 무성한 나무 한 그루를 발견했다. 두 사람은 구세주를 만난 기분이었다. 한걸음에 나무 밑 그늘로 달려가 땀을 식혔다. 숨이 막힐 것 같던 가슴이 열리고 이마의 땀방울이 식어 가자 두 사람은 이야기를 시작했다.

"나무란 원래 어디엔가 쓸모가 있는 법인데 여기 이 오리나무는 아무짝에도 쓸모가 없다더군. 정말이지 있으나 없으나 마찬가진 게 이 나무라지 뭔가."

"그러고 보니 정말 그렇군. 쓸모없는 나무야."

이 두 행인은 그 오리나무 때문에 금세 쓰러질 듯한 무더위를 시원하게 피했건만 그 은혜를 잊고 있었던 것이다.

어린 병사의 용기

성공하고자 하는 자는 어떻게든 길을 찾느라 바쁘지만,
그렇지 않은 자는 온갖 변명거리를 구하느라 바쁘다.
Those who want to succeed will find a way;
those who don't will find an excuse.

_레오 아길라 Leo Aguila

UN군 최고사령관으로 한국전쟁에 참전하여 인천상륙작전을 지휘하였던 맥아더 장군. 북한군과 대치하느라 다급하던 때에 벙커를 지키며 꼼짝도 않는 한국 병사를 보고 그가 물었다. "전세가 이렇게 밀리고 있는데 자네는 왜 도망가지 않고 여기서 이러고 있는가?"

그러자 한국병사가 대답했다.

"후퇴하라는 명령은 없었습니다."

젊은이의 대답에 감동을 받은 장군은 병사의 소원을 하나 들어주겠다고 했다. 그러자 그 병사는 "충분한 실탄과 총을 지원해 주십시오."라고 하는 것이 아닌가.

후퇴 명령을 내려 달라고 말할 줄 알았던 맥아더 장군에게 어린 한국군 병사의 말은 충격이었다. 장군은 다른 병사들을 향해 말했다.

"우리는 전력을 다해서 이 나라(한국)를 지켜야 한다."

그 후 인천상륙작전이 실시되었고 서울 탈환에 성공했다.

내가 뿌리내린 곳은 어디인가

대충대충 해도 된다는 유혹에 넘어가서
요령을 피우며 기본원칙을 소홀히 하는 일은 피해야 한다.
You must avoid neglecting the fundamental principles by trying to take
shortcuts, being tempted to be sloppy.

_구니시 요시히코 Kunishi Yoshihiko

뜨거운 태양이 내리 쬐어 아무 것도 살 수 없을 것 같은 사막에도 꽃이 피고 생명이 살아 숨 쉬고 있다. 어떻게 그런 척박한 장소에서 식물들이 자라며 꽃을 피울 수 있는 것일까? 정답은 바로 식물의 '뿌리'에 있다.

'목초'라는 대표적인 사막 식물은 그 뿌리가 7~9미터 정도 되는데 그것은 땅속의 물이 있는 곳까지 닿기 위해 뿌리를 곧고 깊게 뻗기 때문이다.

사막이나 황무지 어디에서나 잘 자라는 '포아풀'이라는 식물은 한겨울에도 죽지 않고 잘 자라기로 유명하다. 이 식물의 생존 비결 역시 뿌리이다. 포아풀의 키는 5센티미터밖에 되지 않지만 뿌리의 전체 길이는 600킬로미터 정도로 어마어마하다. 어떤 척박한 땅에서도 시들지 않고 자라나는 비결은 사방으로 뻗어 있는 뿌리에 있는 것이다.

우리의 뿌리는 어디에 기반을 두고 있는지, 얼마나 깊숙이 뻗고 있는지 생각해 봐야 할 때다.

벽을 허무는 진정한 사랑

끝없이 나누어도 줄어들지 않는 것은 사랑뿐이다.
Only love can be divided endlessly and still not diminish.

_앤 M. 린드버그 Anne M. Lindbergh

죄수들의 어머니라고 불리던 여인, 캐서린 로즈는 평생 교도소를 방문하며 죄수들을 위한 삶을 살았다. 배우지 못한 죄수들에게는 글을 가르쳐 주었고 때로는 함께 먹고 마시며 그들에게 사랑을 부어 주었다. 또한 그녀는 재소자 중에서 장애를 가진 사람들을 가르치기 위해 점자와 수화까지 배웠다.

그러나 1937년, 그녀는 교통사고로 사망했고 그 소식을 들은 죄수들은 단체로 교도소장을 찾아가 문상을 허락해 달라고 요청했다. 결국 교도소장은 캐서린 로즈 여사의 운구가 묘지로 떠날 때 600여 명의 죄수들에게 문상을 허락해 주었고 그들은 운동장에 핀 들꽃을 한 송이씩 들고 그녀의 죽음을 애도했다. 조문 행렬은 무려 800미터에 이르렀고 조문을 마친 죄수들은 한 명의 도망자도 없이 모두 정해진 시간까지 교도소로 되돌아왔다.

진정한 사랑은 인간 사이의 모든 허물을 덮고 막힌 담을 무너뜨리는 가장 강력한 무기이다.

수도원에서도 고칠 수 없는 불평불만

내 불행을 치료해 줄 사람은 나밖에 없다.
그저 늘 마음을 평화롭게 가져야 불행도 사라진다.
It is only I that can cure my misfortunes.
Finding a peace of mind will get rid of misfortunes.

_블레즈 파스칼 Blaise Pascal

입에 불평불만을 달고 사는 사람이 있었다. 주변 사람들이 그에게 수도원에 들어갔다 오면 불평불만이 줄어들 것이라고 조언해 주자 그는 수도원장을 찾아갔다. 수도원장은 그의 불평불만 습관을 고치기 위해 침묵하라는 명령을 내렸다. 단, 3년에 한 마디는 할 수 있다고 했다.

3년째 되는 날 그 사나이는 이렇게 말했다. "방이 너무 춥습니다."

수도원장은 다시 침묵을 명했고, 3년 후 그 사나이는 이렇게 말했다. "잠자리가 너무 불편합니다."

수도원장은 혀를 끌끌 차며 다시 침묵을 명했고, 또 3년 후 그 사나이는 이렇게 말했다. "수도원 음식이 너무 맛이 없습니다."

결국 불평불만을 입에 달고 살던 그 사람은 변하지 않은 모습으로 수도원을 나와야만 했다.

사람다운 사람은 몇 명인가

자신의 일신을 돌보는 것보다 남을 위해 일하는 사람이야말로
참으로 사람이라고 부르기에 부끄럽지 않다.

Only those who work for others,
not for their own benefits, are worthy of being called as human beings.

_스콧 Scott

고대 그리스의 우화작가寓話作家 이솝이 노예로 있을 때의 일이다. 어느 날 주인이 그에게 심부름을 시켰다.

"지금 공중목욕탕에 가서 사람이 얼마나 모여 있는가 보고 오너라."

주인은 목욕탕이 한가한 틈을 타서 목욕을 하러 갈 생각이었다. 이윽고 목욕탕을 둘러보고 온 이솝은 주인에게 이렇게 보고했다.

"사람이 한 명도 없었습니다."

그러자 주인은 서둘러 목욕탕에 갔지만 공중목욕탕은 대만원이었다. 그래서 이솝을 불러 왜 거짓말을 했냐고 물었더니 이솝은 이렇게 말했다.

"목욕탕 가는 길에 위험한 돌이 있었는데 그것을 치우는 사람은 한 명도 없었습니다."

받는 기쁨보다 더 큰 주는 기쁨

다른 사람이 복을 받을 수 있도록 도와줄 때
가장 행복해 지는 것은 바로 나 자신이다.
When you help others to be blessed, it is you that will be the happiest.

_요한 글라임 Johann Gleim

신촌에는 세브란스 병원이 있다. 미국인 선교의사 호레이스 알렌이라는 사람이 1885년에 한국 최초의 서양의학 병원인 광혜원을 세웠고, 은혜를 널리 펼치고 대중을 구한다는 의미로 제중원이라는 이름으로 변경되었다가 1904년에 세브란스라는 이름으로 바뀐 것이다.

제중원 설립자인 알렌 선교사의 후임인 에비슨 선교사가 미국으로 건너가 한국을 위한 모금 활동을 벌일 때 조선 선교에 대한 강연에 감동을 받은 한 사업가가 당시로서는 어마어마한 거액인 1만 달러를 기부했는데 그 사업가가 바로 루이스 세브란스이며 그의 기부로 병원과 학교의 기반이 잡히면서 병원 이름도 세브란스로 바뀌었다.

세브란스 선생의 동상 받침대에는 병원에 기부금을 송금하면서 보낸 편지의 내용 중 한 구절이 새겨져 있는데 그 내용은 다음과 같다.

"받는 당신의 기쁨보다 보내는 나의 기쁨이 훨씬 큽니다."

사람에게 두 손이 있는 까닭

한 손은 스스로를 돕는 것이고
나머지 한 손은 다른 사람들을 돕기 위한 것이다.
The first hand is to help yourself,
the second hand is to help others.

_오드리 헵번 Audrey Hepburn

벨기에서 태어난 한 소녀가 있었다. 정치적인 문제로 집을 나간 아버지를 피해 소녀와 어머니는 네덜란드와 영국을 떠돌며 가난하게 살았다. 아사 직전에 이웃에게 발견돼 겨우 목숨을 건진 일도 있었던 그녀를 살린 것은 유니세프(UNICEF 국제연합아동구호기금)의 구호 빵 한 덩이였다.

그렇게 위기를 극복하고 성장한 소녀는 세계적인 영화배우가 됐고 그녀의 이름은 바로 오드리 헵번이다.

그녀는 "어린이 한 명을 구하는 것은 축복입니다. 어린이 백만 명을 구하는 것은 신이 주신 기회입니다."라고 말하며 유니세프 친선대사로서 전 세계 어린이들을 위해 열정을 아끼지 않았으며 이런 헵번 덕분에 유니세프에 기부하는 사람들도 많아졌다. 헵번은 "사람들은 상처로부터 회복되어야 하며 낡은 것으로부터 새로워져야 하고 병으로부터 회복되어야 하며 고통으로부터 구원받아야 한다."라는 유언을 남기고 63세의 일기로 아름다운 생을 마쳤다.

공기를 더럽히는 말

내가 말을 뱉고 잊었더라도
상대방의 가슴속에 수십 년 동안 화살처럼 꽂혀 있을 것이다.
Although I forget what I say,
the word will be stuck to his heart like an arrow for several decades.

_헨리 W. 롱펠로 Henry W. Longfellow

독일의 유명한 철학자 괴테의 집에는 그의 문학을 사모하는 다양한 분야의 사람들이 모여서 담화를 나누며 교류를 하고는 했다.

그런데 그중에는 가끔 남의 흉을 보거나 음담패설을 하면서 분위기를 흐리는 사람들이 있었다. 그럴 때면 괴테는 얼굴에 웃음을 지우고 이렇게 말했다고 한다.

"여러분, 저의 집에 오셔서 종이 부스러기나 음식 부스러기를 흘리는 것은 괜찮아요. 하지만 다른 사람의 허물을 들추어내거나 음담패설로 얼굴을 붉히게 만드는 것은 용납할 수 없습니다. 그런 더러운 말들은 돌아가실 때 모두 주워 가세요. 그리고 다음에 저희 집에 올 때에는 그런 말들을 절대 가지고 오시면 안 됩니다. 험담과 음담패설은 공기를 더럽히는 것이나 마찬가지이고 우리는 그 공기로 인해 생명을 잃게 됩니다."

아름다운 사람 되기

세상에 빛을 전하는 방법은 두 가지이다.
자신이 촛불이 되거나, 촛불을 비추는 거울이 되거나.
There are two ways of spreading light:
to be the candle or the mirror that reflects it.

_이디스 워튼 Edith Wharton

아름다운 사람은 길을 가다가 무거운 짐을 힘겹게 옮기고 있는 할머니를 보면 조용히 다가가 손 내밀어 따뜻한 이웃이 있음을 알려주는 사람이다.

아름다운 사람은 어린이가 한 손을 높이 들고 녹색 신호등을 기다리면 건널목을 안전하게 건너도록 도와주는 따뜻한 마음을 가진 사람이다.

아름다운 사람은 좁은 길목에서 어깨를 부딪치면 "미안합니다."라는 말을 건네어 바라보는 이의 얼굴에 웃음이 피어나게 하는 사람이다.

아름다운 사람은 작은 도움과 친절에도 "고맙습니다."라는 인사를 건네어 진심을 표현할 줄 아는 사람이다.

아름다운 사람은 먼 곳에 있는 것이 아니다. 우리도 아름다운 사람이 될 수 있다. 아주 조금만 마음의 문을 열 수 있다면 말이다.

지금 가장 중요한 것

우리는 익숙해진 생활에서 벗어나면 절망하지만
오히려 거기서 새롭고 좋은 일이 다시 시작된다.
결국 행복은 바로 우리가 머무는 그곳에 있다.
Out of our familiar life, we are in despair but a new good thing can take place there.
After all, happiness lies where we stay.

_레프 N. 톨스토이 Lev N. Tolstoy

과거는 이미 존재하지 않고 미래는 아직 닥치지 않았으며 존재하는 것은 오직 현재뿐이다. 우리는 지금 살고 있는 '현재' 그 안에서만 우리의 행복을 만들어 낼 수 있다. 왜냐하면 우리가 존재하는 바로 그 순간에만 삶의 아름다움을 가꿀 수 있기 때문이다. 즉, 우리가 자기 자신을 통제할 수 있는 것이 현재이기 때문이다.

지금 가장 중요한 사람은 당신이 무슨 이유에서든지 관계하고 있는 그 사람이다. 왜냐하면 누구나 자기가 이후에도 그 사람과 관계를 유지하게 될 것인지 어떤지를 모르기 때문이다.

그리고 지금 가장 중요한 일은 현재 무슨 이유로든지 관계하고 있는 사람들을 모두 사랑하는 일이다. 사람은 오직 사랑하기 위해서만 이 세상에 태어났기 때문이다.

당당한 삶을 가꾸는 10가지 비법

누구나 인정할 만한 권위를 쌓아라.
그래야만 다른 사람들의 마음을 사로잡아
위대한 승리자가 될 수 있다.

Accumulate authority that no one can disregard.
Then, you can capture other people's hearts and be a great victor.

_발타자르 그라시안 Baltasar Gracian

자기 삶을 당당하게 가꾸는 십계명

1. 힘차게 일어나라.

2. 당당하게 걸어라.

3. 오늘 일은 오늘 끝내라.

4. 시간을 정해 놓고 책을 읽어라.

5. 웃는 훈련을 반복하라.

6. 좋은 말을 하는 훈련을 하라.

7. 하루 한 가지씩 좋은 일을 하라.

8. 어렵다고 포기하지 말라.

9. 사랑하는 것을 멈추지 말라.

10. 매일매일을 점검하라.

성공은 최선의 끝에 따라오는 보너스

천재는 노력하는 사람을 이길 수 없고,
노력하는 사람은 즐기는 사람을 이길 수 없다.

A genius can't beat a hard worker,
but the hard worker can't beat the one who enjoys.

_공자 Confucius

2002년 월드컵 영웅 이영표 선수는 자신이 즐기는 분야를 선택해서 크게 성공했다.

"축구를 즐길 수 있는 곳이라면 어디든 좋다. 연봉은 큰 의미가 없다. 돈보다 즐기면서 한다는 것이 나의 첫 번째 목표이다. 따라서 나의 최종 목표는 빅리거가 아니라, 내가 최선을 다하고 발전하는 것이다. 즐기는 것도 직업이 되면 싫다고 하는데 나는 아직 축구가 재미없었던 적이 한 번도 없었으니 얼마나 다행인가. 내가 즐기고 있는 것을 통해 팬들에게 즐거움도 줄 수 있다면 더 바라는 게 없다. 그게 내가 축구를 하는 이유이다."

진정한 프로란 이런 사람을 두고 일컫는 말일 것이다. 자신의 능력을 믿고, 하고자 하는 일에 열정을 쏟으며, 매 순간 최선을 다한다면 성공은 보너스로 주어지는 선물이다.

당신을 위한 등불

조그마한 친절이, 사랑의 말 한 마디가
이 땅을 저 위의 하늘나라처럼 즐거운 곳으로 만들어 준다.

Little deeds of kindness, little words of love,
help to make earth happy like the heaven above.

_존 F. 케네디 John F. Kennedy

앞을 볼 수 없는 맹인 한 사람이 물동이를 머리에 이고 손에는 등불을 들고 우물가에서 돌아오고 있었다. 그때 그와 마주친 마을 사람이 그에게 말했다.

"정말 어리석은 사람이군! 앞을 보지도 못하면서 등은 왜 들고 다니는 거유?"

그러자 맹인이 대답했다.

"당신이 나와 부딪치지 않게 하려고 그럽니다. 이 등불은 나를 위한 것이 아니라 당신을 위한 것이지요."

누군가를 배려한다는 것은 나보다 먼저 상대방을 위하는 따뜻한 마음에서 우러나온다. 더구나 내가 알지 못하는 그 누군가를 배려한다는 것은 사랑의 극치임이 분명하다. 내가 좋아하는 사람, 나와 관계를 맺고 있는 사람이 아닌 낯선 이웃을 향한 배려는 더 진한 감동으로 전해져 온다.

속마음을 나누는 존재, 친구

진정한 행복은 많은 친구로 얻어지는 것이 아니라
좋은 친구들을 사귐으로써 얻어진다.
True happiness consists not in the multitude of friends,
but in the worth and choice.

_벤 존슨 Ben Jonson

"삶에서 친구들이 차지하는 비중은 자신의 삶에서 자신이 차지하는 비중과 같다. 즉, 친구들과의 우정이 삶 자체라고도 할 수 있는 것이다. 나와 친한 친구는 다섯 손가락으로 꼽을 정도이다. 많은 숫자는 아니지만 적은 숫자도 아니다. 그 친구들과는 절대 다투는 법이 없고 서로 배신한 적도 없다. 이런 건 진정으로 소중하게 간직해야 한다고 생각한다."

러시아 제4대 대통령인 블라디미르 푸틴의 말이다. 세월이 흐를수록, 나이가 들수록 더욱 소중하게 느껴지는 것이 친구와의 진정한 우정이다. 친구란 속마음까지도 나눌 수 있으며, 내가 가장 믿을 수 있고, 나를 알아주는 가장 가까운 사람을 말한다. 옛사람들이 말하기를, 부모형제나 배우자보다도 더 가깝다고 할 수 있는 절대적인 믿음을 줄 수 있는 사람이 친구라고 했다. 아무리 강조해도 진실한 친구와의 우정보다 소중한 것은 없다.

흔들리지 않는 사랑의 진리

가장 큰 행복은, 누군가를 사랑하고
그 사람에게 당신의 사랑을 고백하는 것이다.
The biggest happiness is to love someone
and to confess your love to that person.

_앙드레 지드 Andre Gide

　　프랑스의 유명 작가 앙드레 지드는 사랑을 하는 사람의 첫째 조건으로 순결한 마음을 꼽았다. 상대편의 인격을 존중하지 않고서는 진실한 연애를 하고 있다고 보기 어려우며 그 마음의 뜻과 흔들림이 없어야 한다는 것이 그 이유였다.

　　"사랑은 받는 것보다 주는 것이 더 아름답고 행복하다."라는 말이 있는데, 이것은 앙드레 지드의 "가장 큰 행복이란, 사랑하고 그 사랑을 고백하는 것이다."라는 말과 일맥상통하는 말이기도 하다.

　　부모와 자식 간의 사랑, 남녀 간의 사랑, 조국과 겨레에 대한 사랑 등 다양한 형태의 사랑이 있겠지만, 공통적으로 적용되고 흔들리지 않는 진리는 사랑하는 대상에게 참되고 진실한 마음으로 다가가야 한다는 것이다. 게다가 흔들리지 않는 굳건한 믿음이 있다면 더할 나위가 없을 것이다.

마음이 행복을 결정한다

자신이 행복하다는 것을 모르는 사람은 불행할 수밖에 없다.
Man is unhappy because he doesn't know he's happy; only because of that.

_표도르 도스토옙스키 | Fyodor Dostoevsky

중국 철학자이자 도가道家의 창시자인 노자는 "행복한 순간의 가장 가까운 곳에 불행이 기다리고 있다. 불행한 순간도 그야말로 행복이 깃들 수 있는 하나의 터전이다. 행복에 치우치면 거기는 불행이 가깝고 불행에 치우치면 행복이 가깝다. 세상에는 완전한 행복도, 완전한 불행도 없다."라고 말했다.

행복의 불행은 상황에 의한 것이 아니라 자기 자신의 마음먹기에 따른 것이다. 객관적인 상황이 불행할지라도 자신이 행복할 수 있는 마음을 가진다면 얼마든지 행복할 것이고, 반대로 아무리 좋은 상황이라도 본인 스스로 불행하다고 여긴다면 그 사람은 불행한 사람이다.

물질문명이 발달한 선진국의 행복지수보다 가진 것이 없는 미개발국가의 행복지수가 더 높다는 것이 바로 그 증거일 것이다. 따라서 행복과 불행을 외부 상황에 의한 원인으로 돌리는 것보다는 스스로 행복할 수 있다는 마음을 가질 수 있도록 노력하는 것이 중요하다.

1,000억에서 1을 지우면

봄바람이 언 땅을 녹이듯,
뜨거운 기운이 찬 얼음을 녹이듯 행동하라.
이것이 바로 가정의 규범이다.
Act like the spring wind thaws the frozen land and a touch of warmth thaws
cold ice. This is family norms.

_채근담 Vegetable Roots Discourse

사회적, 물질적 성공을 모두 거둔 사람이 성공에 대한 강의를 했다. 그는 등장하자마자 칠판에 '1,000억' 이라는 글자를 적었다.

"저의 재산은 아마 1,000억은 훨씬 넘을 것입니다. 여러분! 이런 제가 부럽습니까? 지금부터 이런 성공을 거두려면 어떻게 해야 하는지에 대한 강의를 시작하겠습니다. 1,000억 중에 첫 번째 0은 바로 명예입니다. 그리고 두 번째 0은 지위입니다. 세 번째 0은 돈입니다. 이것들은 인생에서 필요한 것들입니다. 그럼 앞에 있는 1에 대해서 설명하겠습니다. 1은 건강과 가족입니다. 여러분, 만일 1을 지우면 1,000억이 어떻게 되나요? 바로 0원이 되어 버립니다. 그렇습니다. 인생에서 명예, 지위, 돈도 중요하지만 아무리 그것을 많이 가지고 있다 하더라도 건강과 가족이 없다면 실패한 인생이 되어 버리는 것입니다."

사람들은 그제야 진정한 성공의 의미를 이해했다.

사람을 이롭게 하는 말

사람은 손에 비수를 들지 않고도
가시 돋친 말 속에 그것을 숨겨둘 수 있다.
A man can hide a dagger in his barbed words.

_윌리엄 셰익스피어 William Shakespeare

고려 충렬왕 때의 문신 추적이 금언金言, 명구名句를 모아 놓은 책 《명심보감》 언어편에는 이런 구절이 나온다.

사람을 이롭게 하는 말은 솜처럼 따뜻하고
사람을 해치는 말은 가시처럼 날카로우니
사람을 이롭게 한 한마디는 천금 같은 가치가 있고
사람을 해친 한마디는 칼로 베는 것처럼 아프다.

이로운 말이라고 해서 거창하고 어려운 이야기를 생각해낼 필요는 없다. 진심이 담긴 격려 한마디로도 이웃을 따뜻하게 할 수 있으니까.

이 세상에는 나 혼자가 아니다

14건의 절도 및 폭행 전력이 있었던 16세의 한 소녀가 또다시 법정에 서게 되었다. 가중 처벌이 있을 것이라는 예상과 달리 여판사는 소녀를 향해 이렇게 말했다. "자, 나를 따라서 힘차게 외쳐 봐. 나는 무엇이든지 할 수 있다. 나는 이 세상에 두려울 것이 없다. 이 세상에는 나 혼자가 아니다."

소녀가 큰 소리로 따라 했다. 하지만 "이 세상에는 나 혼자가 아니다."라고 외치던 소녀의 눈에서 눈물이 흐르고 말았다. 법정에 있던 소녀의 어머니와 주변 사람들의 눈에도 눈물방울이 맺혔다.

어려운 형편에도 간호사의 꿈을 꾸던 소녀가 남학생들에게 집단 폭행을 당한 후 어긋난 삶을 살게 되자 이런 판결을 내렸던 판사는 이렇게 말했다.

"이 아이에게 잘못이 있다면 자존감을 잃었다는 것뿐이다. 이 세상에서 가장 중요한 것은 자기 자신이다. 그 사실만 잊지 않고 살아가면 지금처럼 힘든 일도 모두 이겨 낼 수 있을 것이다."

전쟁을 멈춰 주세요

평화는 언제나 아름답다.
Peace is always beautiful.

_월트 휘트먼 Walt Whitman

　　아프리카 서부 대서양 연안에 있는 코트디부아르는 장기간의 내전으로 인해 난민의 숫자만 무려 70만 명에 육박할 정도로 나라 꼴이 말이 아니었다. 그런 상황에서 2006년 코트디부아르가 역사상 최초로 월드컵 본선 티켓을 거머쥐게 되었다. 그러자 코트디부아르의 축구 천재 드로그바는 무릎을 꿇고 "제발 일주일만이라도 전쟁을 멈춰 주세요."라고 호소했고 그 장면이 전 세계에 방송됐다.

　　그 후 정말 기적처럼 정부군과 반군은 전쟁을 멈췄고 2007년에는 평화협정을 체결해 내전이 끝났다. 한 명의 축구선수가 흘린 눈물이 전쟁을 멈추게 한 것이다.

　　영국 프리미어리그 첼시의 주전 공격수로 활동하고 있는 드로그바는 자신의 이름으로 협회를 설립하여 아프리카 아이들을 위해 축구용품을 무료로 지원하며 자국에 종합병원을 짓기도 하며 평화가 유지될 수 있도록 지속적인 후원을 하고 있다.

작은 친절이 구한 생명

다른 사람의 얼굴에 미소를 가져올 수 있는
가장 빠른 방법은 선행이다.
The quickest way to bring a smile of joy to the face of another is a good deed.

_무하마드 Muhammad

한 남자가 여름이 끝나고 보트 밑에 아주 작은 구멍 하나가 뚫려 있는 것을 보게 되었지만 내년 봄에나 수리해야겠다고 마음먹고 페인트공을 시켜서 칠만 새로 했다.

이듬해 여름, 아이들이 보트를 끌고 호숫가로 나간 후에야 배 밑에 구멍이 뚫려 있었다는 것을 떠올렸다. 아직 수영에 익숙하지 못한 아이들 걱정에 급히 호수로 달려간 남자는 아이들이 잘 놀고 있는 것을 보고 가슴을 쓸어 내렸다. 배를 육지에 대고 살펴보니 누군가가 배의 구멍을 막아 놓은 것이 아닌가? 남자는 페인트공이 배를 고쳐 주었다는 사실을 깨닫고 선물을 들고 그를 찾아갔다. 페인트공은 선물을 받고는 깜짝 놀라 말했다. "제가 배에 칠을 했을 때 대금을 지불해 주셨는데 왜 이런 선물까지 주십니까?"

"당신은 단 몇 분 만에 그 구멍을 막았겠지만 그 작은 선행이 우리 아이들의 생명을 구했소."

보잘것없는 그릇에 담긴 귀한 지혜

껍질을 보지 말고, 그 안에 들어 있는 것을 보라.
Instead of looking at the rind, look at what is inside.

_탈무드 The Talmud

현명하고 지혜로웠지만 얼굴은 못생긴 랍비가 이웃나라의 공주를 만났다. 공주는 그에게 "총명한 지혜가 못생긴 그릇에 담겨 있군요."라고 말했다. 랍비는 공주에게 술이 어디에 담겨 있는지 물었다. 평범한 항아리에 담겨 있다는 대답을 들은 랍비는 이렇게 말했다. "공주께서 어찌 그런 보잘것없는 그릇을 쓰십니까?"

공주는 랍비의 말을 듣고 항아리에 담겨 있던 술을 전부 금그릇과 은그릇에 옮겨 담으라고 명했다. 그러자 술맛은 곧 변해 버렸고 마실 수도 없게 되어 버렸다.

왕에게 꾸지람을 들은 공주가 랍비에게 따졌다. "당신은 어째서 나한테 그런 일을 하라고 했나요?"

"저는 단지 매우 귀중한 것도 때로는 보잘것없는 그릇에 넣어 두는 편이 나을 때가 있다는 사실을 가르쳐 드리고 싶었을 뿐입니다.

세상에서 가장 훌륭한 상품

가장 많은 것을 가진 사람이 아니라,
가장 많은 것을 알고 있는 사람이 가장 크게 성공한다.
He or she who has the most information,
not the most riches, will have the greatest success in life.

_벤저민 디즈레일리 Benjamin Disraeli

커다란 배가 태평양을 지나고 있었다. 부자 상인들 중 한 사람이 학자에게 물었다. "당신은 무슨 물건을 팔러 가십니까?"

학자가 대답했다. "제가 파는 상품은 가장 훌륭한 것이지요. 하지만 안타깝게도 당신들에게 보여 줄 수는 없군요."

상인들은 학자가 잠이 들 때까지 기다렸다가 그의 짐을 열어 보았지만 귀한 물건으로 보이는 것은 나오지 않았다. 그런데 목적지에 닿은 무렵 갑자기 배가 균형을 잃고 쓰러지면서 부자 상인들의 물건들이 모두 물에 잠기고 밀었다. 나행히 목숨을 건진 사람들은 육지에 내렸다. 다른 사람들은 재산을 잃고 망연자실했지만 학자는 곧장 학교로 가서 강연을 시작했다. 그는 그 지역에서 매우 존경을 받았고 곧 재산도 모을 수 있었다. 이제 빈털터리가 된 상인들은 입을 모아 이렇게 말했다.

"선생님의 말이 맞았습니다. 우리는 재산을 잃었지만 당신은 지식을 가졌으니 모든 것 이상을 가진 셈이었어요."

스쳐 지나가는 행복 잡기

작은 일에서 즐거움을 느끼는 사람일수록 행복지수가 높다.
The more easily he can find his joy in the little things,
the higher his level of happiness is.

_헨리 W. 비처 Henry W. Beecher

어느 심리학자가 실험군을 모아 놓고 그들에게 특별한 감정이 느껴질 때마다 일기를 쓰거나 메모를 남기게 했다. 기분이 좋다고 느낄 때, 나쁘다고 느낄 때, 짜증이 난다고 느낄 때, 속상할 때, 행복할 때 등등 모든 기분을 적는 것이다. 우리가 하루하루 살면서 어떤 감정을 경험하며 그 빈도는 얼마나 되는지를 알아보기 위한 실험이었다. 결과를 보니 일기와 메모에 적힌 감정에는 부정적인 단어가 압도적으로 많았다.

심리학자는 같은 실험군에 조금 다른 실험도 진행했다. 무선호출기를 나눠준 후 불시에 연락을 해서 현재의 감정을 알려달라고 한 후 자신이 그 감정을 기록한 것이다. 그랬더니 화가 나고 속상하고 두려움을 느끼는 등의 부정적인 감정보다 즐겁고 재미있고 행복한 느낌의 긍정적인 감정이 두 배나 많았다.

우리가 살아가는 순간순간은 행복한 때가 훨씬 더 많지만 그것을 잘 인식하지 못할 뿐이다.

자기를 학대하지 마라

그 누구도 나를 구할 수 없을 뿐 아니라 구해 주려 나서지도 않는다.
그저 스스로 내 삶의 길을 걸어가야 한다.
No one can and no one may. We ourselves must walk the path.

_붓다 Buddha

여러 가지 힘든 상황들로 인해서 그 마음의 짐을 이기지 못하고 스스로 목숨을 끊는 사람들이 늘어나고 있다. 숨이 끊어지기 전까지도 그 사람은 이러저러한 방법으로 스스로를 학대하며 괴롭히는 것이다.

자신을 사랑하는 것은 다른 사람을 사랑할 수 있는 첫걸음이 되기도 한다. 그렇다면 우리는 왜 자신을 사랑해야 하는가? 로버트 슐러 목사가 그 이유에 대해 이렇게 말한다.

"첫째, 당신은 이 세상에서 단 한 사람이다. 둘째, 우리는 자신만의 지문을 가지고 있다. 이것은 당신만의 각인을 이 세상에 새길 수 있다는 말이다. 셋째, 당신에게는 독자적인 능력이 있다. 보이지 않을지라도 그 가능성을 발견하고 실현해야 한다. 넷째, 당신에게는 천명天命이 있다. 독자적인 목적을 위해 태어난 것이니, 그 목적을 이루어야 한다."

7월

오직 나만이
내 인생을 변화시킬 수 있다.
그 어느 누구도 나를 대신할 수는 없다.

Only I can

change my life.

No one can do it for me.

캐롤 버넷
Carol Burnett

쉬면서 삶을 정비하라

한여름 나무 그늘 밑 잔디에 누워 졸졸 흐르는 물소리를 들으며
하늘을 떠다니는 구름을 보는 것은 결코 어리석은 짓이 아니다.
It is not wasting your time to lie on the grass under the tree and see clouds
drifting in the sky in the summer.

_존 러벅 John Lubbock

미국 서부 개척시대의 일이다. 모두들 꿈과 희망을 찾아 어려운 길을 떠났고, 언젠가는 행복하게 살 수 있을 것이라는 기대에 부풀어 있었다.

그들 중 일부는 하루도 쉬지 않고 길을 걸었고, 일부는 일주일 중 하루를 쉬면서 길을 갔다. 하루도 쉬지 않고 길을 걸은 사람들이 새로운 땅에 먼저 도착했다고 생각하기 쉽지만 현실은 그렇지 않았다.

오히려 쉬면서 늦게 출발한 사람들이 먼저 도착했고, 쉬지 않고 먼저 출발한 사람이 늦게 도착했을 뿐만 아니라 도착한 사람들의 숫자에도 큰 차이가 있었다.

쉬지 않고 움직인 사람들은 대부분은 과로로 인해 오는 도중 길에서 죽어 버렸고, 쉬면서 체력을 정비한 사람들은 낙오자 없이 안전하게 도착했다.

인생의 경주도 마찬가지다. 쉬지 않고 달리는 사람보다 쉬면서 삶을 정비하는 사람이 더 멀리, 더 오래 뛸 수 있다.

아내에게 바치는 언어 보약 10첩

이 세상에서 가장 행복한 남자는
좋은 여자와 결혼한 남자다.

The happiest man in the world is the one
who has married a good woman.

_탈무드 The Talmud

아내를 위한 보약 10첩

1. 당신 음식 솜씨는 일품이야.

2. 역시 나는 처복이 많아.

3. 다 당신 기도 덕분이야.

4. 당신은 애들 키우는 데 타고난 소질이 있어.

5. 언제 이런 것까지 배웠어? 대단하네.

6. 처녀 때나 지금이나 변함이 없어.

7. 내가 당신 안 만났으면 어떻게 됐을까?

8. 아마 당신 같은 사람 찾기가 쉽지 않을 거야.

9. 여보, 고마워.

10. 사랑해!

세상에서 가장 강한 사람

만족할 줄을 알면 즐거움을 찾을 수 있지만,
더 큰 탐욕을 부리면 근심거리를 만나게 된다.
If you are satisfied, you can find joy; if you are greedy,
you will meet something to worry about.

_명심보감 A Handbook To Engrave On Your Mind

행복은 결코 세상 속에 있는 것이 아니다. 손으로 잡을 수 있는 것도, 눈으로 볼 수 있는 것도, 입으로 말할 수 있는 것도, 두 귀로 들을 수 있는 것도 아니다.

하지만 어느 누가 "영원히 불행하다." 혹은 "영원히 행복하다."라고 단언할 수 있을까? 내가 불행하다 생각하면 한없이 불행해지는 것이고, 행복하다 생각하면 말할 수 없는 기쁨이 넘쳐 나는 것이다.

그 작은 생각의 차이가 두 갈래의 길을 걷게 한다. 남을 이기는 사람이 강하다 말할 수 없고 스스로를 다스릴 줄 아는 사람, 그가 가장 강한 사람이다.

행복은 결코 세상 속에 있는 것이 아니라 자신 안에 변함없이 머물고 있는 것이다.

끝까지 감사하라

성실한 사람은 편안하게 생활하며 늘 이익을 보지만,
방탕하고 사나운 사람은 위태로운 삶을 살며 늘 해를 입는다.

A sincere person leads a peaceful life and always get a benefit; a debauched
person of violent temper leads a precarious life and always suffer a loss.

_순자 Xun-zi

옛날에 어느 마음씨 좋은 부자가 있었다. 그가 생일을 맞이하여 종들에게 이렇게 말했다. "내일 너희들을 다 해방시켜 줄 것이다. 다만 오늘 밤새도록 새끼줄을 꼬아라. 될 수 있는 한 가장 가늘게 꼬아야 한다."

어차피 마지막이라는 생각에 대부분의 노비들은 새끼줄을 대충대충 꼬기 시작했다. 그런데 어느 노비는 '하루가 지나면 나는 자유의 몸이 된다. 감사하는 마음으로 정성껏 일하자.'라고 생각하며 주인의 명령대로 새끼줄을 얇게 꼬기 시작했다.

다음날 아침, 주인이 광문을 활짝 열어 놓고 노비들을 불러 모아 이렇게 말했다. "어제저녁에 꼰 새끼줄에 엽전을 꿸 수 있는 데까지 꿰서 가지고 나가거라."

대충 굵게 새끼줄을 꼰 종들은 새끼줄 끝에 겨우 몇 개의 엽전만을 꿸 뿐이었지만 가늘게 새끼줄을 꼰 종은 많은 엽전을 가지고 나올 수 있었다.

자기 자신을 정확히 파악하라

무지에 둘러싸여 있으면서도 스스로 현명하다고 망상하는 자는 위험하다.
그 바보는 맹인에게 인도되는 맹인과 다를 것이 없다.
He who is under the delusion that he is wise and scholarly,
albeit being surrounded by ignorance, is dangerous.
He is like a blind man guided by a blindman.

_우파니샤드 Upanishad

사슴이 물에 비친 자신의 모습을 보고 있었다.

"나는 어쩌면 이렇게 아름답고 우아한 뿔을 가지고 있을
까? 이렇게 쭉쭉 뻗은 뿔을 좀 보라지. 정말 너무 아름다워.
어휴, 그런데 다리는 이게 뭐람. 좀 더 튼튼하고 굵었으면 얼
마나 좋아?

그렇게 한참이나 자신의 모습을 보던 사슴의 귀에 사냥
꾼의 총소리가 들렸다. 너무나 놀란 사슴은 반대편으로 열심
히 뛰기 시작했다. 날렵하고 힘찬 다리가 아니었더라면 그렇
게 멀리까지 도망치지 못했을 것이다. 그때서야 사슴은 다리
의 고마움을 알게 되었다. 한숨 돌리며 고개를 돌리는 순간,
사슴의 뿔이 나뭇가지에 걸리고 말았다. 꼼짝도 못하고 허둥
대다가 사냥개에게 물려 죽어 가던 사슴이 중얼거렸다.

"이 뿔만 없었어도 멀리 달아날 수 있었을 텐데……."

마음이 어두우면

마음의 옷도 갈아입지 않고 마음의 눈을 감은 채 세상을 보는 사람은
언제나 불행하다는 말을 입에 달고 살 뿐이다.

He who does not change his clothes of heart and see the world
with his eyes closed will always say that he is unhappy.

_모리스 마테를링크 Maurice Maeterlinck

영국의 과학 잡지 〈뉴 사이언티스트〉가 햇빛과 사람의 관계에 대해서 조사를 했다. 그 결과 밝고 따뜻한 햇살을 받으며 사는 사람들이 잿빛 하늘 아래 사는 사람들보다 훨씬 건강하다는 사실을 밝혀냈다.

이 보고서에 따르면 프랑스에서 건강 실태를 조사했는데, 북부 칼레 지역에 거주하는 주민들은 남부 피레네 지역에 거주하는 주민들보다 소화기 계통의 암이나 간경화증에 걸릴 확률이 3배나 높은 것으로 나타났다고 적혀 있다. 또한 햇빛을 받지 못한 지역에 사는 사람들의 자살 건수도 그렇지 않은 지역에 비해 월등히 높았다.

환경의 문제만이 아닐 것이다. 마음이 어두운 것도 마찬가지라는 사실을 잊지 말아야 한다.

앞길이 막히면 뜬눈으로 고민하라

우리 삶에 끼어드는 불필요한 문제와 모순들을 해결할 유일한 방법은
오로지 사랑뿐이다.
It is only love that can solve unnecessary problems
and contradictions that interfere in our life.

_레프 N. 톨스토이 Lev N. Tolstoy

월터 헌트와 헤스타는 사랑하는 사이였다. 남자는 그녀의 아버지를 찾아가 결혼을 허락해 달라고 말했지만 가난한 남자에게 시집가서 고생할 딸의 모습을 볼 수 없었던 아버지는 한 가지 제안을 했다. "열흘 안에 천 달러를 벌어 오면 내 딸과의 결혼을 허락하겠네."

"네, 그렇게 하겠습니다. 기다려 주십시오." 헌트는 호언장담했지만 어떻게 돈을 벌어야 할지 알 수 없었고 뜬눈으로 고민하는 밤이 이어졌다. 며칠 후, 부활절 기념 축제에 참가한 헌트는 사람들을 둘러보다가 기막힌 아이디어를 떠올렸다.

"핀으로 리본을 꽂으니까 옷에 달았을 때 잘 빠지기도 하고, 심지어 살에 찔리기도 하잖아?"

헌트는 살을 찌르지 않는 핀을 만들기 위해 철사를 사다가 한쪽 끝을 구부리고 홈을 만들어 옷핀을 만들었다. 그리고 이 옷핀을 팔아 천 달러를 손에 쥐고 열흘째 되는 날 헤스타의 아버지를 찾아가 결혼 허락을 받아 냈다.

한 발짝 더 앞서는 정신

용기로 두려움을 파괴하라.
약간의 용기와 노력을 더하면 결국 승리는 너를 찾아온다.
Fear is met and destroyed with courage.
Some man or woman with a little more courage, a little more effort, brings victory.

_제임스 F. 벨 James F. Bell

고대 그리스 최강의 도시인 스파르타는 적의 침입을 방어하는 군사적 요충지였다. 이곳에서는 엄격한 훈련과 교육을 통해 전사들을 배출했는데 그것이 오늘날 '스파르타 교육'으로 이어지는 시초가 되었다.

어느 날 스파르타 검술 교육이 있었다. 그런데 한 청년이 짧은 검을 지급받고서 지휘관에게 말했다.

"제가 가진 것은 매우 짧아서 전투할 때 불리합니다. 바꿔주십시오."

그러자 지휘관은 전사의 어깨를 잡고 이렇게 말했다.

"검이 짧다면 그것은 문제가 되지 않는다. 그저 한 발짝 더 빨리 적진 속으로 들어가라. 문제는 짧은 검이 아니라 한 발짝 더 앞서는 정신이 있느냐 없느냐에 달려 있다."

자기 생각에 확신을 가져라

쓸데없는 변론은 자제하고
중요하지 않은 일은 버려 두어라.
Abstain unnecessary arguments and abandon unimportant things.

_순자 Xun-zi

중앙아메리카 동남쪽에서 태평양과 대서양을 잇는 파나마 운하는 1914년 미국에 의해서 건설됐는데 역사상 손꼽히는 난공사로 불린다. 16세기 초에 운하 건설이라는 아이디어를 떠올렸지만 현실적인 문제들이 존재했으며 결국 완공되기까지 인부 27,500명이 사망한 것으로 집계된다.

건설 총 책임자는 공사 내내 불리한 지리적 여건과 악천후를 견뎌 내야 하는 한편, "운하는 완공될 수 없다."는 비난 여론에 맞서야 했다. 하지만 그는 어떤 말을 하는 대신 그저 묵묵히 공사장을 지키며 운하가 건설되는 데에 힘을 쏟았다.

많은 사람들이 그에게 물었다. "왜 그런 모함을 받으면서까지 참는 것입니까?"

주위 사람들이 안타까워하며 물을 때마다 그는 "때가 되면 말하겠소."라고 대답할 뿐이었다.

결국 운하는 완공되었고 국제 해운 무역의 중요한 통로 역할을 감당하고 있다.

하루를 보면 인생이 보인다

하루하루를 어떻게 보내는지 알면
그 사람이 어떻게 삶을 살아가는지 알 수 있다..
How we spend our days is, of course, how we spend our lives.

_애니 딜러드 Annie Dillard

기원전 551년에 태어난 공자는 동아시아 인문주의의 원형이 된 고대 중국의 사상가이다. 그가 이렇게 말했다.

"일생의 계획은 젊은 시절에 달려 있고, 일 년의 계획은 봄에 있으며, 하루의 계획은 아침에 달려 있다. 젊어서 배우지 않으면 늙어서 아는 것이 없고, 봄에 밭을 갈지 않으면 가을에 바랄 것이 없으며, 아침에 일어나지 않으면 아무 한 일이 없게 된다."

하루하루가 모여 우리의 일생이 되기에 하루를 어떻게 보내느냐가 중요한 것이다. 실패란 실천의 다른 말일 뿐이다. 꿈꾸지 않고 계획하지 않고 움직이지 않으면서 가을의 수확을 기대하는 사람만큼 뻔뻔한 사람도 없다.

모든 도전은 용기를 준다

연을 날리듯 꿈을 우주로 날려 보내라.
당신이 날린 그 꿈이 무엇을 가지고 돌아올지는 아무도 알지 못한다.
Throw your dreams into space like a kite,
and you do not know what it will bring back.

_아나이스 닌 Anais Nin

1998년, 플로리다 주 케이프 커내버럴의 케네디 우주센터에서 우주왕복선 디스커버리호가 힘차게 날아올랐다. 이번 우주여행의 목적은 인류 진화의 비밀을 풀기 위한 것으로, 인체가 무중력 상태에서 어떻게 작용하는지 알아보는 것이었다.

이 우주선에 탑승한 우주인 중에는 77세의 글렌 씨도 있었다. 우주여행을 하기에는 너무 고령이었지만 그는 인류의 미래를 위해 자신의 몸을 아끼지 않았다. 우주에 나간 비행사들 중 최고령이었던 그는 우주에서 음식을 섭취하는 데에 최초로 성공했으며 우주에서 음식을 먹고 소화하는 과정이 지구에서의 과정과 크게 다르지 않다는 것도 밝혀냈다.

얼마 전 그는 오바마 대통령으로부터 자유의 메달을 수여 받았다. 그것은 미국에서 민간인에게 주는 '최고 명예의 상'으로 불린다. 모든 도전은 많은 사람에게 용기를 준다.

정신을 한곳에 모으면

정신을 한곳으로 집중하면 이루지 못할 일이 어디 있겠는가.
You can achieve anything when you concentrate your mind on one point.

_주자 Chu-hsi

중국의 남송시대 학자인 주자는 "정신일도하사불성精神—到何事不成"이라 말했다. 이는 정신을 한곳으로 집중하면 무슨 일인들 이룰 수 있다는 뜻이다.

가난 때문에 초등학교도 겨우 졸업하고 머슴살이, 다방 청소꾼, 커피 점원 등 사람들이 꺼리는 일이어도 쉬지 않고 하던 한 소년이 있었다. 돈을 더 벌고 싶은 마음에 충무로에 있는 라이온스 협회식당에 어렵사리 취직을 하게 됐는데 그곳에서 그는 요리의 신세계에 빠지게 되었다. 하루라도 칼을 놓는 날이 없었고, 늘 남들보다 일찍 출근해 밤늦게까지 쉬지 않고 일하고, 연습하고, 연구했다.

그렇게 40년의 세월이 지났다. 결국 그는 얼마 전 고용노동부로부터 금탑산업훈장을 받았다. 그가 바로 대한민국 조리명인 1호인 김용중 씨이다.

현실을 고민한 다음 도전하라

자기 본연의 모습으로 살아가는 사람이야말로
가장 큰 특권을 누리며 사는 사람이다.
The privilege of a lifetime is being who you are.

_조셉 캠벨 Joseph Campbell

엉금엉금 기어가던 거북이가 하늘을 올려다봤다. 그때 독수리가 멋진 날개를 펼치고 하늘을 유유히 노니고 있었다. 그런 늠름한 자태를 한참이나 바라보던 거북이는 자기도 단 한 번만이라도 하늘을 날아 보고 싶다는 생각이 간절해졌다.

"독수리님, 제 모든 걸 드릴게요. 그러니 제발 저에게 하늘을 나는 법을 가르쳐 주세요."

독수리는 일언지하에 거절했다.

"거북이는 하늘을 날 수 없어."

하지만 거북이는 포기하지 않았다. 거북이의 끈질긴 요청에 못 이겨 독수리는 발톱으로 거북이를 움켜쥐고 하늘 높이 날아올랐다. 그리고 그곳에서 거북이를 놓아 주었다. 거북이는 잠시나마 하늘을 나는 기분을 맛보았지만 얼마 지나지 않아 그대로 떨어져 바위에 부딪혀 죽고 말았다.

도전은 아름답다고 하지만, 아무 고민도 없는 무모한 도전은 하지 않느니만 못하다.

한없이 고요한 사랑

사랑이란 겨우 하나를 주고 더 받기를 바라는 것이 아니다.
사랑이란 아홉을 주고도 미처 주지 못한 하나를 안타까워하는 것이다.
Love is not wanting to receive more after you give just one.
Love is feeling sorry not to give one more after you give nine.

_브라운 Brown

미국 잡지 〈라이프〉의 한 기자가 영국을 방문했다가 지하철 대합실 식당에서 허름한 옷차림의 연로한 부부를 보게 되었다.

주문한 비스킷과 차가 나오자 남편은 비스킷 반쪽을, 아내는 차 한 모금을 먹기 시작했다. 서로를 바라보는 눈동자에는 한없이 고요한 평화가 맴돌았다. 그리고 잠시 후 남편은 틀니를 뽑아 옆에 있는 냅킨으로 깨끗이 닦아서 부인에게 주었다. 부인은 그 틀니를 착용한 후 남은 비스킷 반쪽을, 남편은 부인이 마시던 차를 한 모금 먹었다.

서로가 가진 것을 나누는 마음이 있기에 가난도 문제가 되지 않았던 노부부는 각자의 틀니를 가질 만큼 넉넉하지는 못했지만 이것을 불평하지 않고 오히려 서로의 사랑을 표현하는 기회로 만들었던 것이다. 이들의 사진을 찍은 기자는 〈아름다운 참 사랑의 모습〉이라는 제목을 붙여 주었다.

오해를 빼고 이해를 더하면

대부분의 싸움은 아주 작은 오해에서 벌어진다.
Most fights stem from small misunderstandings.

_골던 딘 Gordon Dean

$\langle 5-3=2+2=4 \rangle$

오해해서 세 걸음 물러나 생각하면 이해가 되고
이해에 이해를 더하면 사랑이 시작된다.

금방 시작된 사랑은 없다.

오해에서 천천히 한 걸음, 한 걸음 물러선 뒤에
이해를 하고 또 이해를 하다 보면
따뜻한 사랑은 소리 없이 온다.

가족휴가 전에 점검해야 할 10가지

여행은 결혼과 같다. 여행을 망치는 가장 확실한 길은,
스스로 모든 것을 조종할 수 있다고 생각하는 것이다.

A journey is like marriage.
The certain way to be wrong is to think you control it.

_존 스타인벡 John Steinbeck

가족휴가 잘 보내는 10가지 방법

1. 가족 모두가 즐길 수 있는 공통의 취미를 찾는다.

2. 테마가 있는 여행을 통해 휴가 앨범을 만든다.

3. 주변의 가까운 가족들과 함께 떠난다.

4. 여행에 필요한 최소한의 짐만 챙긴다.

5. 각자 매일 여행일지를 기록해 본다.

6. 어른들만 할 수 있는 놀이는 지양한다.

7. 휴가지에서 만큼은 스마트폰을 꺼 놓는다.

8. 각자가 할 일을 분담한다.

9. 아이들이 맡은 일을 해내면 칭찬한다.

10. 부모의 추억이 깃든 장소를 찾아간다.

나라를 지키는 학생

소년을 교육하는 것은
국가의 기초를 닦는 가장 근본적이며 기본적인 일이다.
The foundation of every state is the education of its youth.

_디오게네스 Diogenes

어떤 마을에 이웃 나라의 유명한 학자가 찾아왔다. 시장은 그를 친절히 안내하며 마을의 안보 상태를 확인시켜 주었다. 잘 훈련된 군사들과 그들이 훈련하는 부대, 전쟁이 나면 어떻게 공격할 수 있는지를 설명하며 국방력에 대해서 자랑을 늘어놓았다.

시장이 학자를 데리고 이곳저곳 구경을 시켜 준 뒤 숙소로 돌아와 물었다.

"우리 마을이 잘 지켜지고 있지요?"

그러자 학자가 대답했다.

"나는 아직 이 나라가 어떻게 지켜지고 있는지를 보지 못했습니다. 나라를 지키는 것은 병사가 아니라 학생들입니다. 왜 나를 제일 먼저 학교로 데려가지 않았습니까?"

나밖에 모르는 변화

자기 자신을 이겼을 때보다 더 신나는 일은 없다.
그러니 내면에서 올라오는 적들을 물리치고
승리를 얻을 수 있도록 노력해야 한다.
Nothing is more exciting than winning the victory over oneself. Hence,
we need to make efforts to defeat the enemies coming from inside.

_배시 영 Bassie Young

몇 해 전 세계 빙상 경기 연맹 세계선수권대회에서 2연패를 달성한 이상화 선수에게 어느 기자가 물었다.

"아직 어린 나이에 고된 훈련을 견디기 힘들었을 텐데, 슬럼프는 없었나요?"

"저는 슬럼프가 자기 내면에 있는 꾀병인 것 같아요. 마음속 어디엔가 하기 싫은 구석이 있는데 슬럼프라는 핑계를 대면서 계속 안 하는 거죠. 그래서 저는 반대로 계속 도전했어요. 끊임없이… 혼자 야간 운동을 한 적도 많아요. 그런데 다음 경기에서 성적이 좋지 않잖아요? 그래도 주저하지 않고 또 달렸어요. 그렇게 달리면 아주 조금씩 조금씩 좋아지는 게 보여요. 아주 미세하게. 그런데 그런 변화는 자기밖에 모르는 거예요. 그 미세한 작은 발전을 토대로 달렸어요. 계속……."

각종 대회의 메달을 석권하고 있는 그녀는 지금도 스케이트화를 신고 얼음 위를 달리며 자신만 알 수 있는 미세한 변화를 느끼고 있다.

걸작은 하루아침에 이루어지지 않는다

한 아름의 나무도 티끌만 한 싹에서 자라고,
천릿길도 발밑에서 시작된다.

A giant tree grows from a little sprout;
A journey of a thousand miles begins with the first step.

_노자 Lao-tzu

그 어떤 것도 하루아침에 쉽게 이루어지지 않는다.

베토벤은 교향곡 하나를 쓸 때 최고한 12번 이상 고쳤다.

미켈란젤로가 〈최후의 심판〉을 그리는 데는 8년의 시간이 걸렸으며,

레오나르도 다 빈치가 〈최후의 만찬〉을 그리는 데는 무려 10년이 걸렸다.

헤밍웨이는 《노인과 바다》를 80번이나 다시 썼다.

박경리가 대하소설 《토지》를 쓰는 데 26년이 걸렸다.

괴테는 23세 때부터 《파우스트》를 쓰기 시작해서 82세가 되던 해에 완성했다.

그들의 명작은 날마다 꾸준히 하는 힘에서 나왔다.

놀라운 우리 몸

하찮은 일이라도 늘 관심을 가지고 마음을 쏟는 사람이
세상에서 가장 훌륭하고 위대한 사람이다.
You can be the greatest man in the world.
when you give your whole mind even to small things.

_새뮤얼 스마일스 Samuel Smiles

    심장의 무게는 겨우 300그램에 불과하지만 하루 10만 번 이상을 뛴다. 뇌의 무게는 평균 1,300그램이며 140억 개의 신경 세포를 가지고 있고, 700만 개의 세포가 움직여서 우리의 사고를 돕는다. 시신경은 약 70만 개의 신경섬유로 이루어져 있어 눈에 들어오는 1억 3천 2백만 건의 정보를 뇌에 기록하고 전달하며 폐활량은 약 3,000밀리리터로 하루에 2만 3천 번의 숨을 쉴 수 있게 해 준다. 혀는 약 8센티미터인데 하루에 4,800개의 단어를 말할 수 있도록 하며 이외에도 우리가 인식하지 못하는 많은 요소들이 쉬지 않고 움직여 우리가 살 수 있게 해 준다.

    하찮게 여기는 일일수록 없어서는 안 되는 것들이 얼마나 많은지! 인식하지 못하고 있는 사이에도 부지런히 움직이는 덕분에 우리는 호흡하며 살아갈 수 있다.

교육의 다른 말은 실천

진실을 사랑하는 사람이라고 해서
그가 반드시 진실을 행동으로 옮긴다고는 말할 수 없다.
He who loves truth does not always act sincerely.

_공자 Confucius

　　스위스의 유명 교육자이며 사회비평가인 페스탈로치는 자녀 교육의 중요성을 강조한 사람이다. 그는 《린할트 겔트로우트》라는 소설의 등장인물 겔트로우트의 입을 통해 자녀 교육에서 가장 중요한 것은 지시나 말이 아닌 행동임을 강조했다.

　　"이웃을 사랑하라고 가르칠 때에는 말보다 이 빵을 이웃에게 나누어 주는 모습을 보여 주고, 기도하라고 명령하는 것이 아니라 직접 식탁에 앉아 감사기도를 하며, 복종하라고 윽박지르지 않고 먼저 행동으로 윗사람을 섬기는 것을 보여 주어라. 입으로만 하고 귀로만 듣는 교육은 '도덕의 부스러기'가 되어 학교에서 오다가 잊어버리고 만다."

　　올바른 자녀 교육은 가능한 많은 대화시간을 가지며 부모가 삶으로 보여 주는 것이다.

나를 칭찬해 주기

모든 이들의 가장 훌륭한 스승은 자기 자신이다.
자기만큼 스스로를 잘 알고, 격려해 줄 수 있으며,
존중해 주는 스승은 없다.
The greatest teachers are themselves. There is none like you who knows you
better, encourages you better and respect you better.

_탈무드 The Talmud

　한국이 낳은 세계적인 소프라노 조수미. 그녀는 신이 내려 준 목소리를 가졌다는 평가를 들으며 세계에서 최고의 대우를 받으며 노래하는 살아 있는 전설이다. 최고의 자리에 있는 그녀는 매일 밤 잠자리에 들기 전 자기 자신을 향해 일기를 쓴다고 한다.

　"수미야, 너 오늘 노래 정말 잘했어. 넌 정말 최고야. 내일도 잘할 수 있어. 힘내!"

　조수미 씨의 성공은 타고난 재능도 한몫했지만 그보다 날마다 자기 이름을 부르며 칭찬했던 데서 나왔다고 해도 과언이 아니다.

　내가 나를 인정하면 다른 사람이 나를 인정하고, 다른 사람이 나를 인정하기 시작하면 어디를 가더라도 다른 사람들에게 인정받는 사람이 된다.

그림 하나를 사흘 안에 팔려면

성공을 붙잡지 못하는 사람에게는 재능이 아니라 인내력이 없다.
Those who cannot seize success do not have perseverance, not talents.

_고다마 미쓰오 Kodama Mitsuo

그림을 그리는 젊은이가 있었다. 그는 그림으로 꼭 성공해서 큰돈을 벌고 싶었다. 어느 날 자신이 그린 그림을 들고 유명한 노 화가를 찾아갔다.

"선생님. 제 그림을 좀 봐 주십시오. 제가 그림으로 성공할 수 있을까요? 선생님처럼 성공하려면 어떻게 해야 하나요?"

노 화가는 젊은이의 그림을 한참 동안 살펴보았다. 그리고 드디어 입을 열었다.

"자네는 이 그림을 그리는 데 얼마의 시간이 들었는가?"

"부끄럽게도 꼬박 사흘이나 걸렸습니다. 다른 그림들도 대개 그 정도의 시간이 걸립니다. 그런데 이걸 팔려면 2, 3년의 세월은 걸리는 것 같습니다."

그러자 노 화가가 다시 말했다.

"그렇군. 그러면 앞으로는 그림 하나를 그리는 데 2, 3년의 시간을 들여 보게나. 그러면 그 그림은 사흘 안에 꼭 팔리고 말걸세."

달라지기 위해 노력하라

자신이 어떤 사람인지를 깨달을 때
우리는 비로소 자유로움을 느낄 수 있다.
You can feel free only when you realize who you are.

_에크하르트 톨레 Eckhart Tolle

많은 사람들이 성공하려고 애쓴다. 어려서부터 공부에 목숨을 걸고 대학에 가서도 각종 자격증과 시험에 쉴 틈이 없다. 직장에 들어가서는 또다시 경쟁이 시작되고 점점 더 성공을 갈망하게 되지만 성공은 좀처럼 손안에 들어올 기미가 보이지 않는다.

경영인이자 작가인 세스 고딘은 성공의 방법에 대해 이렇게 말한다.

"성공하는 유일한 방법은 남과 달라지는 것이다. 하지만 남들과 다르다는 이유만으로 꼭 필요한 사람이 되는 것은 아니다. 꼭 필요한 사람이 되는 유일한 방법은 남들과 달라지기 위해 노력하는 것이다. 남들과 다를 것이 없다면 무수한 사람들 중 한 명에 불과하다. 대체불가능한 사람만이 살아남을 수 있다."

세상 그 누구도 나와 비슷할 수가 없다. 그것을 아는 순간 성공이 다가온다.

걱정을 잠시 참아 보기

걱정 없는 인생을 바라지 말고, 걱정에 물들지 않는 연습을 하라.
Do not expect life without worry; try not to be affected by worry.

_알랭 Alain

건물의 입구에서 꽃을 파는 할머니가 있었다. 그녀는 옷차림도 허름하고 많이 노쇠했지만 언제나 밝은 표정으로 손님들을 맞았다. 건물 주인이 할머니에게 물었다. "

무슨 좋은 일이 있으세요? 표정이 항상 밝아 보이세요."

그러자 할머니가 꽃보다 더 환하게 웃으며 대답했다.

"좋은 일이라고 할 만한 게 어디 있겠어요? 제 걱정을 트럭에 담으면 아마 100대 분량도 더 될 거예요."

주인이 되물었다.

"그런데 어떻게 그런 밝은 표정을 지을 수 있으세요?"

할머니는 그에게 행복한 삶을 살 수 있는 비결을 알려 주었다.

"저는 걱정거리가 생기면 사흘 동안 기다린답니다. 그렇게 사흘만 참으면 어김없이 새로운 해가 뜨지요."

분노보다 강한 기다림의 힘

상대가 이길 수 없는 조건을 갖추어 놓고
상대를 기다려 싸워 이기는 사람이 뛰어난 장수이다.

The great generals first put themselves beyond the possibility of defeat,
and then waited for an opportunity of defeating the enemy.

_손자 Sun-tzu

도원결의桃園結儀 이후 운명을 같이 하기로 약속한 동생 관우가 오나라의 흉계에 걸려 비참한 죽음을 당했다는 소식을 들은 촉한의 황제 유비는 즉시 백만 대군을 몰아 오나라로 쳐들어갔다.

절체절명의 위기를 당한 오나라는 새파랗게 젊은 서생 육손이란 사나이를 사령관으로 임명했고 그는 혈기왕성한 군인들에게 방어의 임무만 주었다. 그런 모습을 보고 촉나라 군인들은 온갖 모욕적인 언사를 던지며 비아냥거렸지만 육손은 기다렸다.

드디어 정해 놓은 시간이 지나 때가 됐다고 생각한 육손은 자리를 떨치고 일어나 유비의 백만 대군을 순식간에 격파하고 700여 리에 걸친 촉군의 진지를 완전히 유린해 버렸다.

기다릴 줄 안다는 것은 이처럼 무서운 힘을 그 내면에 지니고 있다.

제일 잘할 수 있는 일

내가 완전히 나 자신이 되었을 때,
또는 가장 기분이 좋을 때 가장 풍부한 악상이 머릿속을 가득 채운다.

When I become myself completely or when I feel so great,
the most rich musical motif fill my head.

_볼프강 A. 모차르트 Wolfgang A. Mozart

하림통상의 설립자 김흥국 사장은 초등학교 시절부터 병아리 기르는 취미에 빠져 있었다. 그는 공부하는 시간보다 병아리와 노는 시간이 더 많았고 중학교를 졸업하고 나서는 집안의 반대를 무릅쓰고 농업고등학교에 입학했다. 그는 병아리와 함께 하는 미래를 꿈꾸며 궂은일도 마다하지 않았고 고등학교를 졸업할 때에는 이미 7천 5백만 원 정도 되는 재산을 마련해 두었다.

결국 그는 자기가 하고 싶은 병아리 기르는 일을 하면서 보람을 느끼고 행복을 찾았으며 연간 매출 3천 억 원에 이르는 회사를 세울 수 있었다.

하고 싶은 일을 하면 성공은 따라 온다. 좋아서 하는 것보다 더 잘할 수 있는 일은 없다.

정상의 기쁨을 아는 사람

현실이 가파른 오르막처럼 느껴지고
더 이상 오를 힘이 없을 때에는 정상에 올랐을 때의 모습을 생각하라.

When you feel the reality is like a steep ascent and you have no strength to cilmb,
think of the picture that you are on the top of the mountain.

_래리 버드 Larry Bird

히말라야 고산족들은 소나 양의 값을 특이하게 매긴다. 무게를 따지거나 겉모습을 보는 것이 아니라 그 짐승의 버릇을 보고 값을 정하는 것이다. 그들의 계산에 따르면 짐승들이 풀을 먹을 때 아래에서부터 위로 오르며 먹으면 비싼 값에 팔리고 위에서 아래로 내려가며 먹으면 싼 값에 팔린다. 온통 벼랑뿐인 히말라야에서 하향 습성에 길들여지면 풀 없는 저지대에서는 곧 굶어 죽게 되기 때문이다.

힘겹고 도망치고 싶은 순간에 있다면 지금 이 시간이 성공을 향한 삶의 자양분이 될 것이라는 믿음을 가지는 것이 중요하다. 쉬운 길만 찾는 사람들은 정상의 기쁨을 모른다. 정상으로 올라가는 길에 널려 있는 수많은 바위와 계곡을 건너지 못했기 때문이다.

그때 올바르게 가르쳐 주셨더라면

아이를 사랑하거든 매를 아끼지 말고,
아이를 미워하거든 먹을 것을 많이 줘라.
If you love the child, do not spare the rod;
if you hate the child, give him plenty of food.

_명심보감 A Handbook To Engrave On Your Mind

바닷가에서 놀던 어촌 소년이 물새알을 발견하고 집에 가져왔더니 어머니가 그것으로 맛있는 반찬을 해 주었다. 다음 날부터 소년은 바닷가에서 노는 것이 아니라 물새알을 찾아 헤맸다. 하루는 물새알을 줍지 못하고 돌아오는데 어느 집에서 암탉이 알을 낳고 우는 소리가 들렸다. 소년이 집으로 달걀을 가지고 오자 어머니는 달걀을 삶아 주었다. 다음 날부터 소년은 바닷가도 나가지 않고 남의 집 닭이 알 낳는 것만 살폈다. 소년의 도둑질은 습관화되어 갔으며, 어른이 되어 갈수록 대담해지고 규모도 커져 결국 사형수가 되고 말았다.

그는 죽기 전에 이렇게 한탄했다.

"내가 어린 시절 물새알을 가지고 왔을 때 제자리에 가져다 놓고 오도록 올바르게 가르쳐 주셨더라면 이렇게 죽는 신세가 되진 않았을 것입니다."

스스로 지도를 만들어라

승자는 눈을 밟아 길을 만들지만 패자는 눈이 녹기만을 기다린다.
A winner treads a path through the snow; a loser waits until the snow thaws.

_탈무드 The Talmud

여행을 좋아하는 한 청년이 강의 흐름을 표시한 정밀 지도 한 장을 구했다. 이미 그 강을 다녀온 전문가들이 만든 지도였다. 그는 그 지도에 의지해서 강을 따라 내려갔다. 전문가가 만든 것이니 그것만 믿으면 된다고 생각했다.

그런데 하루 만에 강의 흐름과 지도의 표시가 다른 곳을 만나게 되었다. 지도만 의지하고 왔던 청년은 어찌할 바를 몰라 하다가 그 자리에 주저앉아 버렸다. 하지만 잠시 생각에 잠겼던 그는 곧 자리를 박차고 일어나 그가 가지고 있던 지도를 가방에 넣어 버리고 스스로 강을 따라 걸어가면서 자신만의 지도를 그리기 시작했다.

살아가는 데에는 두 가지 길이 있다. 지도를 의지하고 걸어갈 것인지 스스로 지도를 만들 것인지는 나의 선택에 달려 있다.

삶의 길잡이를 찾아라

누구에게나 배울 점이 존재한다.
그러므로 나는 모든 이의 제자이다.

In every man there is something wherein I may learn of him,
and in that I am his pupil.

_랠프 W. 에머슨 Ralph W. Emerson

눈 덮인 알프스 산맥을 등반하는 데에는 반드시 길잡이가 필요하다. 아무리 완벽한 장비와 기구를 갖추었다 해도 길잡이가 없으면 생명까지 잃을 수 있다.

인생의 산맥을 오를 때도 마찬가지다. 혼자인 것만 같을 때, 험한 길을 걸어야 할 때, 위기상황을 만났을 때, 길을 잃었을 때마다 나를 안내해 줄 길잡이가 있다면 쉽게 지쳐 쓰러지는 대신 한 번 더 힘을 내어 올바른 방향을 찾아 이동하려 할 것이기 때문이다.

'좀 더 좋은 길잡이를 만났더라면 훨씬 덜 고생했을 텐데, 좀 더 일찍 바르게 사는 방법을 제대로 가르쳐 주는 스승이 내 옆에 있었더라면 지금보다 훨씬 더 가치 있는 삶을 살았을 텐데.'라는 생각이 든다면 주위를 살펴보아라. 나에게 길잡이가 되어 줄 사람이 분명히 있을 것이다.

A u g u s t

8월

삶은 과감한 모험이든가,
아니면 아무것도 아니든가
둘 중 하나다.

Life is either
a daring adventure
or nothing.

헬렌 켈러
Helen Keller

황금보다 중요한 내일의 씨앗

멀리 앞을 보지 못하면 큰일을 이루기 어렵다.
You can't achieve a great work without looking far ahead.

_중국 속담 Chinese Proverb

한 여객선이 심한 폭풍우로 항로를 잃고 헤매다가 어느 무인도에 난파되었다. 목숨을 건진 사람들이 배 주위를 살펴보니 다행히 몇 달치의 식량과 여분의 씨앗이 있었다. 그들은 우선 살아야 했기에 씨앗을 심기로 결정하고 땅을 파기 시작했다. 그런데 열심히 땅을 판 그곳에 황금덩어리가 있는 것이 아닌가. 모두가 씨앗 뿌리는 것도 잊고 황금을 캐느라 온 무인도를 뒤지기 시작했다.

몇 달 후, 황금이 산더미처럼 쌓였고 모두가 지쳤다. 설상가상으로 식량까지 바닥이 났다. 그제야 사람들은 씨앗을 뿌리려고 했지만 때는 너무 늦었다. 씨앗이 자라서 곡식이 될 때까지 버틸 힘도, 양식도 없었기 때문이다.

황금을 캐는 것 보다 내일을 위한 씨앗을 심는 것이 얼마나 가치 있는지를 아는 사람에게만 내일이 주어진다.

던진 이에게 되돌아오는 사랑의 부메랑

행복한 사람이 될 수 있는 확실한 길은 누군가를 사랑하는 것이다.
The surest way to be a happy person is to love somebody.

_레프 N. 톨스토이 Lev N. Tolstoy

오스트리아의 심리학자 알프레드 애들러 박사는 그에게 찾아온 우울증 환자에게 이렇게 말했다.

"딱 2주 동안 제 처방을 따르면 당신은 건강해질 거예요. 별로 어려운 것도 아닙니다. 약도 필요 없어요. 그저 매일매일 어떻게 하면 남을 기쁘게 해 줄 수 있을지를 궁리하고 그걸 실천하면 되거든요."

값비싼 약을 먹거나 까다로운 처방이 내려질 것이라고 생각했던 많은 환자들은 이런 그의 말을 듣고 크게 실망했을지도 모른다. 하지만 그의 말대로 행동한 사람들에게는 당장 그 효과가 나타나기 시작했다. 다른 사람들을 돕고 어려운 이웃에게 웃음을 건넸더니 자신의 우울증이 없어졌다고 고백하는 환자들이 생긴 것이다.

세상을 향해 던진 사랑의 부메랑은 나에게 돌아온다.

마음의 정원, 언어 가꾸기

친절한 말 한마디는 석 달 겨울을 따뜻하게 만들 수 있다.
A kind word can make three months of winter warm.

_일본 속담 Japanese Proverb

발명가 에디슨의 집에 도둑이 들어 그가 아름답게 꾸며 놓았던 정원을 엉망으로 만들어 버렸다. 꽃 도둑이 들어와 꽃을 따간 것까지는 좋았는데 닥치는 대로 꽃을 따서 줄기가 상하기도 하고 뿌리가 뽑힌 것도 있었다. 그래서 에디슨은 쪽지를 써서 가위와 함께 정원에 놓아두었다.

"꽃 도둑님, 앞으로 꽃을 꺾을 때에는 부디 가위를 이용해 주시기 바랍니다."

그러자 다음 날 쪽지에 이런 답장이 적혀 있었다.

"집주인님, 매달아 놓으신 가위는 잘 듣지 않습니다. 부디 칼날을 잘 갈아서 걸어 두시면 고맙겠습니다."

속이 상했다고 거친 말을 하면 결국 그 말이 내게로 돌아온다. 언제나 따뜻한 마음으로 남을 배려하는 마음이 필요하다.

인맥을 관리하는 노하우

평소에 남에게 공손하고 맡은 일에 신중하며 사람을 진실하게 대하라.
그러면 비록 오랑캐 땅에 간다 할지라도 안전할 수 있을 것이다.

Always be kind to others, be prudent in your work, and be truthful to others.
Then, you will be safe even when you are in a land of barbarians.

_공자 Confucius

인맥관리를 잘하는 열 가지 방법

1. 먼저 인간이 되자.

2. 적을 만들지 말자.

3. 스승부터 찾아내자.

4. 인연을 소중히 하자.

5. 강렬한 첫인상을 남기자.

6. 다시 만나고 싶은 사람이 되자.

7. 하루에 3번 참고, 3번 웃고, 3번 칭찬하자.

8. 내 일처럼 기뻐하고, 슬퍼하자.

9. 조건 없이 주고, 더 많이 주자.

10. 한 번 인맥은 영원한 인맥으로 만나자.

리더십은 인격이다

높은 지위에 있는 사람일지라도 그에게 순수한 인격이 없다면
그를 둘러싼 어두운 그늘을 피할 수 없을 것이다.
Without pure personality, though he is in a high position,
he can't avoid dark clouds which surround him.

_요한 페스탈로치| Johann Pestalozzi

미국 명문대학교를 3년 만에 졸업하고 MBA 과정을 우수한 성적으로 졸업한 메리는 30세가 되기도 전에 뉴욕의 큰 출판사의 부사장이 되었다. 그녀의 인상적인 리더십에 감동한 이사회는 그녀에게 제안을 하나 했다.

"우리가 출판사 하나를 더 만들려고 하는데 메리 양이 대표를 맡아 주실 수 있겠소?"

그렇게 출판사의 대표가 됐지만 메리의 회사에 뭔가 잘못된 점들이 드러나기 시작했다. 직원들은 몇 달 만에 회사를 그만두었고 어렵게 구한 저자들도 계약이 끝나면 곧바로 다른 출판사로 떠나 버렸다. 이사회는 메리의 해고를 결정했는데, 그것은 그녀의 동료와 계약자들의 말이 결정적이었다.

"그녀는 자신의 목표를 위해서라면 무엇이든 할 사람이에요. 거짓말, 도둑질, 사기까지도요."

메리는 리더십의 영역에서 매우 중요한 '인격'에 대해 잘 알지 못했던 것이다.

미래를 바탕으로 오늘을 계획하라

소망과 희망을 가진 사람은 이미 미래에 살고 있다고 말할 수 있다.
We can say that those who have hope and wish are living in the future.

_세퍼 Scheffer

간다 마사노리는 일본의 대표 경영 컨설턴트이자 베스트셀러 작가이며, 거기에 뛰어난 재테크 감각을 이용해 자수성가한 백만장자이기도 하다. 그는 성공하는 사람들에 대해 이렇게 말한 바 있다.

"성공하는 사람들은 미래로부터 역산해서 현재의 행동을 결정합니다. 99퍼센트의 사람들은 현재를 보면서 미래가 어떻게 될 것인지 예측하지만 1퍼센트의 사람은 미래를 내다보며 지금 어떻게 행동해야 할지 생각하는 것입니다. 그런 사람들은 성공할 수밖에 없지요. 그리고 대부분의 사람들은 그런 1퍼센트의 사람들을 이해하기 어려워합니다."

역산사고법은 '내가 성공한 모습'을 그리면서 지금 내가 어떤 일을 해야 하는지를 계산하고 행동하는 방식이다. 오늘이 나의 꿈을 실현시켜 주며, 꿈이 오늘의 나를 만드는 것이다.

박 서방과 상길이

훌륭한 말은 가장 훌륭한 무기가 된다.
Great words become the greatest weapons.

_토머스 풀러 Thomas Fuller

박상길이라는 백정이 푸줏간에서 일을 하고 있는데 양반 두 사람이 고기를 사러 왔다. 그중 한 사람이 말했다. "애, 상길아. 고기 한 근 다오." 그러자 박상길은 솜씨 좋게 칼로 고기를 베어서 양반에게 내어 주었다.

그런데 다른 양반은 상대가 비록 천한 신분의 백정이긴 하지만 나이가 지긋한 사람에게 말을 함부로 하기가 미안했다. 그래서 "박 서방, 여기 고기 한 근 주시게."라고 말했다. 그러자 박상길은 마찬가지로 솜씨 좋게 칼로 고기를 베어서 다른 양반에게도 내어 주었다.

그런데 처음에 고기를 산 양반이 보니 나중에 온 양반의 고기가 자기 고기보다 갑절은 더 되어 보였다. 양반이 화가 나서 소리쳤다. "야, 이놈아! 같은 한 근인데 어째서 이 사람 것은 이렇게 크단 말이냐?" "예, 그건 상길이가 자른 것이고, 이건 박 서방이 자른 것입니다."

인간의 존엄성

인간은 누구나 신이 만든 피조물이며
각각 신성한 불멸의 힘을 가지고 있다.
Every human is a creature made by God and each of us has immortal power.

_마하트마 간디 Mahatma Gandhi

최근에 미국에서 가장 긴 역사를 가진 코네티컷 주의 한 신문이 200여 년 전의 광고에 대한 사죄문을 게재했다. 당시 이 신문은 회사의 수입을 위해 이런 광고를 실었다.

'건강하고 잘생긴 15세 흑인 소년을 싸게 팝니다.' '도망 간 흑인 노예를 찾아 주는 사람에게 포상금 5달러를 드립니다. 키는 5피트, 나이는 15살.'

이 신문은 당시 노예 매매 광고를 게재하고 광고료를 받았는데 이 노예 광고는 놀랍게도 돼지나 식료품 등을 판매하는 광고와 함께 실렸다.

이 신문사의 대변인은 당시의 잘못을 이렇게 고백했다.

"지난 세기에 발생한 끔찍한 인신매매 광고 등 우리의 선대들이 저지른 범행에 대해 진심으로 사과합니다."

사람은 세상에서 가장 소중한 존재다.

우정을 함부로 깨트리지 마라

도움이 아닌 경쟁이 아름다울 수 없고,
겸손이 아닌 자만이 고상할 리 없다.
Competition, not help, can't be beautiful;
conceit, not modesty, can't be elegant.

_존 러스킨 John Ruskin

어느 작은 마을에 검은 수탉과 붉은 수탉이 살고 있었다. 그 둘은 태어날 때부터 늘 함께였고 무엇을 해도 항상 떨어지는 법이 없는 절친한 사이였다. 그런데 어느 날 이웃 마을에 살던 예쁜 암탉이 작은 마을로 이사를 왔다.

예쁜 암탉의 미모와 도도한 모습을 본 검은 수탉은 곧 사랑에 빠졌다. 그런데 아뿔싸! 그건 붉은 수탉도 마찬가지였다. 암탉 하나를 놓고 절친한 수탉 두 마리가 사랑에 빠지자 우정도 온데간데없이 사라졌다.

결국 이 둘은 예쁜 암탉을 놓고 결투를 벌이게 됐다. 수많은 구경꾼들 앞에서 두 마리의 수탉은 온 힘을 다해 싸웠다. 검은 수탉이 붉은 수탉의 벼슬을 쪼아 버렸고 붉은 수탉은 원통했지만 패배를 인정하며 물러섰다. 기쁨에 겨운 검은 수탉은 지붕으로 올라가 목청껏 노래를 불렀고 그 소리에 잠에서 깬 독수리가 날아와 그를 채 가 버렸다.

새벽형 인간은 정말 좋은 것일까

느낌과 의지대로 자연스럽게 살고 싶다.
그 누구도, 내 삶을 대신해서 살아 줄 수 없기 때문에
나는 나답게 살고 싶다.
I want to live freely by my own feeling and will.
As no one else can live my life instead of me, I want to live like me.

_법정 Bup-jung

새벽형 인간에 대한 이야기가 뜨겁다. 새벽형 인간이란 새벽에 일어나는 것만을 의미하는 것이 아니라 모든 생체 리듬이 새벽과 아침으로 옮겨지는 것을 말한다.

우리의 몸은 하나의 리듬을 가지고 움직여야 그 기능이 가장 효율적으로 유지될 수 있다. 그러므로 새벽형과 저녁형을 동시에 가질 수는 없다.

새벽형 인간이 되려면 복잡하고 힘든 일은 가능한 한 아침으로 몰고, 저녁에는 단순한 일을 처리하고 일찍 잠을 잘 수 있어야 한다. 그렇지 않으면 결국 생체리듬이 깨져 만성적인 수면 부족과 집중력 및 기억력 저하, 몸의 활력이 저하되는 증상 등이 생길 수 있다. 그리고 면역력도 떨어져 쉽게 병에 걸릴 수도 있다. 따라서 무리하게 새벽형 인간으로 바꾸면 그만큼 건강해지는 것이 아니라 오히려 건강을 해치는 결과를 빚을 수도 있다.

세상에서 가장 위대한 동물

인간이란 얼마나 가난하며, 얼마나 풍요하며, 얼마나 비굴하며,
얼마나 당당하며, 얼마나 복잡하며, 얼마나 멋진 존재인가!

How poor, how rich, how humble, how servile, how confident, how complex,
and how wonderful human beings are!

_에드워드 영 Edward Young

태평양 한가운데 있는 하와이 주의 와이키키 해변가에는 해양 동물원이 있다. 전부 구경하려면 2시간 정도 소요되는 동물원인데 거기에는 세계 각지에서 온 사나운 맹수들이 많이 있다.

그곳의 명물은 〈The greatest animal in the world 세상에서 가장 위대한 동물〉라는 팻말이 적힌 동물 우리다. 사람들이 호기심을 느끼고 팻말 쪽으로 다가가면 커다란 거울 하나를 보게 된다. 즉, 세상에서 가장 위대한 동물은 바로 인간이라는 뜻이다. 다른 동물들이 아무리 몸집이 크고 힘이 세다 해도 지혜로운 인간을 따를 수는 없다. 그러므로 인간에게는 각자가 가지고 있는 지혜와 용기, 그리고 힘을 아름답게 사용하는 재주가 필요하다.

모든 사람의 일을 아무도 하지 않는다면

당신이 살고 있는 세상을 사랑과 평화로 가득 채우고 싶다면,
먼저 당신 스스로가 깨어나야 한다.

If you want to fill the world you are living in with love and peace,
you need to awaken yourself first.

_제임스 알렌 James Allen

옛날에 '모든 사람 everybody', '어떤 사람 somebody', '누구라도 anybody', '아무도 nobody'라는 특이한 이름의 네 사람이 살고 있었다. 어느 날, 무척 중요해서 꼭 해야 하는 일이 생겼다. 그리고 그 일은 '모든 사람'이 하도록 요청받았다. 하지만 '모든 사람'은 '어떤 사람'이 그 일을 할 거라고 생각하고 그 일을 소홀히 했으며, 그 일은 '누구라도' 할 수 있는 일이었지만 결국엔 '아무도' 하지 않았다.

'어떤 사람'은 매우 화가 났다. 왜냐하면 그 일은 '모든 사람'의 일이었기 때문이다. '아무도' 역시 '모든 사람'이 그 일을 하지 않을 것이라고는 전혀 생각지 않았다. 중요한 일이었음에도 불구하고 결국엔 이 일은 '모든 사람'이 '어떤 사람'을 비난하고 애초에 '누구라도' 할 수 있었던 일을 '아무도' 하지 않음으로써 끝이 났다.

나부터 도우라

영웅이란 용기의 첫발을 내딛는 사람이다.
A hero is the one who makes the first step of courage.

_탈무드 The Talmud

　　1965년 뉴욕 퀸즈에서 키티 제노비즈라는 여자가 살해되었다. 제노비즈가 살해되는 장면을 이웃 38명이 각자의 집에서 창문을 통해 바라보았는데 단 한 명도 경찰을 부르거나 여자를 도와주기 위해 움직이는 사람이 없었다.

　　뒤에 경찰이 그들을 불러다 조사하자 그들은 한결같이 "다른 사람이 도와줄 것이라고 생각했다."라고 대답했다. 그 이후 '제노비즈의 경우Genovese Case'라는 말이 생겨났고, 최근 미국의 몇 개의 주에서는 위기를 보고도 도와주지 않는 사람을 처벌하는 법을 만들었다. 로드 아일랜드의 경우 이런 무관심한 사람들에게는 500달러의 벌금을 부과하고 있다.

　　누군가 할 것이라는 기대나 추측보다 내가 먼저 행동하는 발걸음이 가장 아름답다.

의사가 되기 위한 조건

훌륭한 의사는 병을 치료하지만
위대한 의사는 환자의 마음까지 치료한다.
The good physician treats the disease;
the great physician treats the patient who has the disease.

_윌리엄 오슬러 William Osler

미국에 이민 간 한인 2세가 명문 컬럼비아 대학교 의과대학에 지원했다. 그는 성적도 뛰어나서 미국 대학입학 자격시험인 SAT도 만점을 받았다. 집안 형편도 부유해서 무난히 합격되리라고 믿었다. 그런데 그가 받은 것은 불합격 통지서였다. 의아해하는 학생과 그 가족들은 불합격 사유를 읽고 수긍할 수밖에 없었다.

"귀하의 성적은 아주 우수합니다. 가정형편이나 여러 조건들도 만족스럽습니다. 그런데 귀하의 서류 어디를 보아도 헌혈했다는 기록이 없습니다. 다른 사람을 위해서 헌혈한 경험도 없는 귀하가 어떻게 환자를 돌볼 수 있겠습니까. 귀하는 의사가 될 자격이 없습니다."

누군가를 도우려는 마음이야말로 가장 좋은 치료제이며 가장 훌륭한 자격을 부여한다.

끝까지 하면 된다

세상에서 가장 중요한 일들은
전혀 가망이 없는 것처럼 보이는 데도
끝까지 노력하는 사람들이 이루어 냈다.

Most of the important things in the world have been accomplished
by people who have kept on trying when there seemed to be no hope at all.

_데일 카네기 Dale Carnegie

우물을 잘 파기로 소문이 난 업자가 있었다. 다른 사람들은 아무리 파도 물이 나오지 않아 포기해 버린 곳도 그가 가면 곧 맑은 물이 콸콸 쏟아졌다. 사람들은 우물을 잘 파는 그의 능력을 신기해하며 그에게 물었다.

"당신은 어쩌면 그렇게 우물을 잘 팝니까?"

그러자 그는 이렇게 대답했다.

"나는 우물을 파는 데 실패한 경우가 없습니다. 그래서 다른 사람이 실패한 곳에 곧잘 불려 다니지요. 내가 우물을 잘 파는 비결은 딱 하나입니다. 다른 사람은 물이 나올 곳을 골라서 파다가 안 나오면 포기하지만, 나는 아무 곳이라도 물이 나올 때까지 팝니다."

될 때까지 하는 것, 그 자세가 메마른 곳에서도 맑은 물을 만날 수 있게 만든다.

모든 것은 사랑으로

아무리 받아도 충분하지 않고 아무리 주어도 부족한 것,
그것이 사랑이다.

The only thing we never get enough of is love;
and the only thing we never give enough of is love.

_헨리 밀러 Henry Miller

사랑

우리들은 어떻게 태어났는가.

사랑으로.

우리들은 어떻게 멸망하는가.

사랑으로.

우리들은 무엇으로 자기를 극복할 수 있는가.

사랑으로.

우리들은 무엇으로 사랑을 찾을 수 있는가.

사랑의 빛으로.

우리들은 무엇으로 밤새울 수 있는가.

사랑의 감동으로.

우리들은 무엇으로 하나 될 수 있는가.

사랑의 온기로.

_볼프강 W. 폰 괴테

나눔에 인색한 부자는 오래 가지 못한다

아무리 부자라 할지라도 남에게 베풀지 않는다면
소금도 없이 차려진 음식처럼 쓸모가 없다.
However rich he is, he is useless like a dish without salt if he has no charity.

_탈무드 The Talmud

먼 옛날, 이집트에 한 부자 노인이 살고 있었다. 엄청난 기근이 닥친 해에도 노인은 창고에 많은 곡식을 보관하고 있었기 때문에 아무 걱정이 없었다.

굶주림에 지친 마을 사람들이 노인을 찾아와서 식량을 팔라고 애원했지만 그는 나중에 더 많은 돈을 받기 위해 일언지하에 거절했다.

많은 사람들이 굶어 죽었지만 노인이 원하는 금액을 가져오는 사람이 없었기에 그는 곡식을 팔지 않았다. 하지만 당장 먹을 것이 급했던 사람들이 노인의 요구대로 비싼 값을 지불하기로 하고 식량을 달라고 애원하자 노인은 그제야 비장한 미소를 지으며 창고 문을 열었다.

그런데 그 순간 노인은 충격을 받아 그 자리에서 죽고 말았다. 벌레들이 창고 가득 쌓여 있던 곡식을 다 망쳐 놓았기 때문이다.

준비는 철저하게

천 리의 둑도 개미구멍에서 무너지기 시작하고,
백 길의 큰집도 작은 굴뚝 구멍에서 나오는 연기로 불탄다.

A bank of a thousand miles may crumble through borings by ants, and a
house of one thousand feet may burn through smoke from a chimney hole.

_회남자 Huai-nan-zi

미국 시카고에서 실제로 있었던 일이다.

어머니에게 꾸지람을 들은 두 형제가 가출을 했다. 그들은 집을 나가겠다는 쪽지 한 장을 써 놓고 집에 있던 통조림을 잔뜩 챙겨 집을 나갔다. 나중에 그 사실을 안 부모님이 너무 놀라서 경찰에 신고를 하려고 전화기를 든 그때, 아이들이 현관문을 열고 집으로 들어오는 것이 아닌가. 화가 머리 끝까지 난 아버지가 아이들을 향해 물었다.

"집에는 왜 들어온 거냐!"

그러자 아이들은 이렇게 대답했다.

"깡통 따개를 깜빡 잊고 안 가져갔어요."

혼자 모든 것을 움켜쥐면

모든 것을 가지고자 하는 욕심에서 비롯된 탐욕이
오히려 모든 것을 잃어버리는 주범이 된다.

The greed that stems from the desire to have everything
will be the main cause that you lose everything.

_미셸 드 몽테뉴 Michel de Montaigne

사막을 오가며 장사를 하던 아라비아 상인이 우연히 오아시스를 발견했다. 게다가 그 길은 사막을 가로지르는 지름길이었다. 그는 많은 사람들이 이 사실을 알면 언젠가 물이 다 바닥날지도 모른다고 생각해 아무에게도 말하지 않고 혼자만 그 길을 이용했다.

오아시스 옆에는 키 큰 야자수가 한 그루 있어서 길을 오가다가 지칠 때면 그늘 밑에서 쉬어가기도 했다. 여느 때와 다름없이 그늘 밑에서 쉬고 있던 상인은 이런 생각이 들었다. '나무 때문에 누군가 이 오아시스를 찾아내면 어떡하지? 게다가 야자수 뿌리가 샘물을 다 빨아들이면?'

결국 상인은 야자수를 잘라 버리고서야 길을 떠났다. 하지만 며칠 뒤 그는 나무 그늘을 잃어 바싹 말라 버린 물의 흔적만을 볼 수 있었다.

포기하고 싶을 때

자신이 가진 지식을 세상을 위해 제대로 활용하지 못한다면
그 지식 또한 결국에는 쓸데없는 것이 될 것이다.

If you can't utilize your knowledge for the world,
the knowledge will be useless in the end.

_뤼신우 Lui Shin-woo

많은 사람들이 하던 일이 힘들거나 어려움이 닥치게 되면 여러 가지 핑계를 대며 중도에 포기하거나 다음으로 미루고는 한다. 하지만 천재 발명가로 평가받는 에디슨은 포기하고 싶다는 생각이 들 때마다 지금 하고 있는 연구가 성공했을 때에 일어날 수 있는 파생 효과를 글로 정리하고는 했다. '파생 효과'는 어떤 일이 일어나면 그 일로 인해 크고 작은 수많은 일들이 일어나게 되는 것을 말한다.

에디슨은 전구에 대한 아이디어를 정리한 것이 노트 한 권 분량이라면 그것을 발명함으로써 얻을 수 있는 파생 효과에 대해 기록한 노트는 9권 분량에 이르렀다고 한다. 한 가지 목표를 포기하면 수많은 파생 효과들까지도 모조리 포기해야 한다는 생각이 그를 최고로 만들었다.

남탓을 하기 전에

자기반성은 엄중히 하고, 다른 사람을 꾸짖는 것은
약하게 하면 남의 원망이 내게서 멀어진다.
People's grudge against you will die away when you are stern in
self-reflection and lenient in criticism.

_공자 Confucius

영국의 작은 마을에 제과업자가 하나 있었다. 그는 마을
에 있는 한 농부에게 버터를 공급 받아서 빵을 만들어 팔았
다. 그러던 어느 날, 어쩐지 이상하다는 생각이 들어 납품 받
은 버터의 정량을 재기 시작했다. 한동안 농부가 가져다주는
버터의 무게를 일일이 기록해 두고 살펴보았더니, 역시나 버
터의 무게는 정량에 미치지 못했다.

화가 난 제과업자는 농부를 법정에 고발했고 농부는 재
판을 받게 되었다. 그런데 재판에 져서 벌금을 받은 것은 다
름 아닌 제과업자였다. 농부가 이런 말을 했기 때문이다.

"저는 너무 가난하여 저울이 없습니다. 그래서 그 제과업
자가 파는 1파운드짜리 빵의 규격에 맞게 버터를 자르고 포
장해서 납품을 했던 것입니다."

시련은 쭉정이를 날려 보내는 시간

훌륭한 인간들이 가지고 있는 두드러진 특징은
그들이 혹독한 시련을 이겨 냈다는 것이다.

This is the mark of a really admirable man:
steadfastness in the face of trouble.

_루트비히 판 베토벤 Ludwig van Beethoven

힘든 일이 생길 때마다 "환난에 시달린다."고 한다. 환난이라는 말은 '탈곡기에서 곡식을 탈곡한다'라는 말에서 유래했다.

농부의 손길로 무럭무럭 자란 곡식들은 알곡과 쭉정이로 구분되기 위해 탈곡기에 들어가는 환난의 과정을 겪어야 한다. 그 힘겨운 탈곡의 시기가 지나면 어느 것으로도 쓸 수 없는 쭉정이는 땔감으로 쓰이기 위해 아궁이로 가는 것이다. 탈곡기에 들어가 껍질이 깎이는 고통을 겪고, 키질을 할 때마다 흔들리며, 바람이 불 때마다 쭉정이는 날아간다. 키질과 바람이라는 모든 환난을 겪은 곡식만이 알곡이 되어 곡식 창고에 들어간다.

지금 겪는 환난의 시간은 쭉정이가 날아가고 있는 시간이다.

영혼 없는 음악

삶을 지탱하는 본질적인 힘은 영혼에 있다.
우리의 삶은 바로 그 영혼의 힘으로 움직이고 있는 것이다.
The essential power that sustain our life lies in the soul.
Our life is moved by the power of the soul.

_마르쿠스 아우렐리우스 Marcus Aurelius

중국에는 전국에서 음악적 재능을 가진 뛰어난 아이들을 선발하여 교육하는 국립 관현악단이 있다. 13억이 넘는 인구 중에서 특별히 뽑힐 정도이니, 그 아이들의 천재적인 재능에 대해서는 말할 필요도 없다. 게다가 공산주의 특유의 스파르타식 교육으로 훈련했기 때문에 어린 아이들이라 하더라도 어려운 곡도 곧잘 연주할 수 있다.

어느 날 유명한 바이올린 연주가인 아이작 스톤이 중국을 방문하여 아이들의 연주를 듣게 되었다. 국립 관현악단의 관장이 자랑스러워하며 그에게 소감을 묻자 그가 대답했다.

"어린 나이에 이렇게 기교 있는 음악을 연주 하는 아이들이 있다니 참 놀랍군요. 게다가 실수 한 번 하지 않고 연주하면서도 음악에 영혼이 없다는 것은 더욱 놀랍네요."

행복을 느끼는 건 개인의 몫

만족의 샘은 우리 마음에 있다. 그러므로 다른 것을 변화시키며
행복을 찾으려는 사람은 인간의 본성을 모르는 사람이다.

The spring of satisfaction lies inside our mind. Hence, he who seeks
happiness by changing other things has so little knowledge of human nature.

_새뮤얼 존슨 Samuel Johnson

한국의 영문학자이자 수필가이며 번역가로서《살아온 기적, 살아갈 기적》등의 책을 쓰기도 했던 장영희 교수는 어렸을 때 소아마비를 앓아 목발에 의지하지 않으면 한 걸음도 걸을 수 없었다. 어려서부터 책을 좋아했던 그녀는 대학 진학 후 미국 유학길에 오르기도 했으며 한국으로 돌아와서는 학생들을 가르치는 데에 힘썼다. 또한 그녀는 암이 세 차례나 발병해 고된 치료를 받으면서도 희망을 잃지 않고 따뜻한 글을 쓴 작가였다. 그녀는 늘 웃는 낯으로 사람들을 만나며 그들의 어려움에 귀 기울였다.

"행복이란 특별한 것이 아닙니다. 그저 이 세상에서 숨 쉬고 배고플 때 밥을 먹을 수 있고 화장실에 갈 수 있는 것, 그냥 이렇게 살아 있는 것이 행복하다는 것이라고 굳게 믿어요."

행복과 불행을 가르는 것은 우리의 환경이나 형편이 아니다. 행복과 불행을 느끼는 것은 오로지 자기 마음의 몫이다.

세상을 즐겁게 바꾸어라

당신 스스로 세상에 원하는 변화가 되어라.
Be the change you want to see in the world.

_마하트마 간디 Mahatma Gandhi

1951년, 멤피스에 사는 한 남자가 부인과 아이들을 데리고 가족여행을 떠났다. 부푼 가슴을 안고 즐겁게 떠났던 여행이었지만 엉망이었던 숙박 시설 때문에 여행을 망치고 말았다. 침구는 지저분했고, 종업원들은 불친절했으며, 호텔 안의 편의시설은 엉망이었다. 그런데 이 여행이 그에게 삶의 전환점을 가져다주었다. 그는 집으로 돌아오자마자 아내에게 말했다. "여보, 우리 호텔을 지읍시다. 이름만 들어도 누구나 믿고 찾아올 수 있는 호텔 말이오."

그 당시 많은 호텔이 서비스와 고객 안전은 뒷전인 채 그저 돈 벌기에만 급급하여 범죄의 온상이 되던 시기였다. 그는 저렴한 가격으로 사람들에게 좋은 서비스를 제공할 수 있는 호텔을 만들기 위해 곧바로 호텔 설계사를 구했고 멤피스 교외에 호텔을 지었다. 그가 바로 전 세계에 72시간마다 하나씩 생긴다는 '홀리데이 인'을 만든 케몬스 윌슨이다.

관계가 성공을 만든다

신은 인간의 마음을 먼저 본 후에야 그의 머리를 본다.
God first sees human's heart and then sees his head.

_탈무드 The Talmud

　　스티븐 케이시는 미국 실리콘 밸리에서 인포시크 등 4개의 IT 업체를 성공적으로 자리 잡게 만든 벤처기업인이다. 그는 자신의 성공 비결을 이렇게 말한다.

　　"내가 사업에 성공할 수 있었던 것은 좋은 인간관계를 맺었기 때문이다. 나는 MIT 공대에서 최고의 공학 기술을 배웠지만 정작 가장 중요한 인간관계에 대해서는 배우지 못했다. 하지만 IT 사업을 성공시키는 가장 중요한 요인은 뛰어난 기술이 아니라 좋은 인간관계이다. 나에게 공학기술과 인간관계의 기술 중 한 가지를 택하라고 한다면 나는 주저하지 않고 인간관계 기술을 선택할 것이다."

　　사람과 사람 사이에 100퍼센트 진심이 통하기는 어렵다. 그만큼 인간관계는 어려운 것이지만 그것만큼 사람과 사람 사이를 이어 주는 것도 없다. 좋은 인간관계는 나에게 좋은 기운과 즐거운 시간과 든든한 믿음을 심어 준다.

나누기 위해 노력하는 삶

나눔은 소비가 아니라 모두가 행복해지기 위한
가장 확실하고 빠른 '투자'다.
Sharing is not consumption but the surest
and quickest 'investment' for happiness of all.
_룰라 다 실바 Lula da Silva

빌 게이츠는 컴퓨터로 세상을 바꾸고 싶다는 목표가 있었다. 그는 레이크사이드 고등학교 동창인 폴 앨런과 함께 최초의 소형 컴퓨터용 프로그램 언어인 베이직을 개발했고, 나중에는 마이크로소프트사를 설립했으며 세계 최고의 부자가 되었다.

그의 아내 멜린다는 아프리카 아이들을 향한 사랑을 멈추지 않았다. 남편과 함께 '빌&멜린다 게이츠 재단'을 설립해 저개발국가의 질병 퇴치와 빈민 구호를 위한 자선사업을 시작했고 '세상을 바꾸고 싶다는 아름다운 목표'를 세우게 된 것이다.

한 사람의 사랑이 가정을 바꾸었고, 그 가정은 세상을 바꾸기 위한 움직임을 시작했다. 게이츠 부부는 더 많은 돈을 벌기 위해서가 아니라 가진 것을 나누기 위해 노력하고 있다. 나눔의 삶을 실천하는 이 부부의 모습이 아름다운 이유이다.

꿈을 놓지 않는 사람

모든 사람은 자신에게 찾아온 행운을 빚는 장인匠人이다.
Everyone is the master who shapes his own luck that comes to him.

_마튀랭 레니에 Mathurin Regnier

1965년, 영국 웨일즈의 시골 마을에서 태어난 한 소녀는 책을 읽고 글을 쓰는 것을 좋아했다. 대학에서 불문학을 전공한 뒤 작가의 꿈을 위해 틈틈이 습작을 했지만 어려운 가정형편 때문에 꿈을 접고 포르투갈에서 영어 교사로 일하며 돈을 벌어야 했다. 현지 기자와 결혼해 딸까지 낳았지만 남편의 폭력으로 이혼한 뒤 그녀는 생후 4개월 된 딸과 함께 영국으로 돌아왔다.

어느 날 방 안에서 학생 때 쓰던 습작 노트를 발견하고 다시 펜을 들기 시작한 그녀는 어린 소년이 마법 세계에서 겪는 모험 이야기를 썼다. 그 책이 바로 전 세계 서점을 강타한 《해리 포터》다. 가난 속에서도 꿈을 놓지 않았던 저자 조앤 롤링은 영국 최고 문학상인 올해의 작가상을 수상하고 왕실 작위까지 받는 영광을 누렸다.

꿈을 포기하지 않는 자, 그가 바로 꿈을 이루는 자이다.

고난은 성장하지 않으나 사람은 성장한다

승리는 언제나 싸움에서 물러서지 않는 자가 차지한다.
Victory is always possible for the person who refuses to stop fighting.

_나폴레온 힐 Napoleon Hill

한 청년이 1940년에 세계 최고봉인 에베레스트 등정에 도전했다. 하지만 고된 산행으로 인해 동료는 등정 중에 죽음을 맞이했고, 그 청년은 겨우 목숨만 부지한 채 산을 내려와야 했다. 원정에 실패하고 나서 그가 말했다.

"에베레스트여, 이번엔 네가 이겼지만 다음에는 내가 널 이길 것이다. 나는 계속 성장하고 있기 때문이다!"

그 후 그는 에베레스트와 비슷한 산들을 수없이 오르내리며 체력을 길렀고 진짜 에베레스트에 오르기 위해 장비를 보강했으며 치밀한 등정 계획도 세웠다. 그리고 1953년, 세계 최초로 에베레스트 산을 등반한 사람으로 기록되었으며 1958년에는 남극점을 밟았고 1985년에는 수형 비행기로 북극점에 닿았다. 그가 바로 20세기 가장 위대한 탐험가로 불리는 에드먼드 힐러리이며 장애물 앞에서 물러서지 않는 정신이야말로 그를 진정한 영웅으로 만들어 준 원동력이다.

실패를 부르는 10가지 나쁜 습관

패배라는 단어를 생각하면 결국 패배하는 것이다.
그것을 믿지 않는 태도를 지녀야 한다.
If you think the word 'lose', you will lose ultimately.
You must not believe the very idea. -

_노먼 V. 필 Norman V. Peale

실패하는 사람들의 10가지 업무 습관

1. 자신이 무엇을 바라고 있는지 제대로 알지 못한다.

2. 중대한 문제에 직면하면 싸워 보지 않고 타협하는 자
   세를 취한다.

3. 더 나은 미래를 위해 투자하기보다는 지금의 생활에
   안주한다.

4. 자신의 가능성에 대해 별로 신뢰하지 않는다.

5. 문제 분석이나 계획을 수립하지 않고 타성에 의존한다.

6. 기발한 아이디어나 기회가 와도 실행할 힘이 없다.

7. 자신의 일이 아니면 회피하고 책임을 전가한다.

8. 끊임없이 상대방의 잘못을 지적한다.

9. 작은 장애물에도 쉽게 포기한다.

10. 타인의 시선이나 비난이 두려워 앞에 나서지 않는다.

희망, 목표, 꿈은 하나다

희망이 있는 곳에 행복의 싹이 움튼다.
Where there is hope, a bud of happiness opens.

_요한 W. 폰 괴테 Johann W. von Goethe

마운트 쿡 국립공원에서 산악 구조대원으로 일하던 마크 잉글리스는 1982년 11월, 사나운 눈보라를 만나면서 얼음 동굴에 2주간 고립됐다. 이 사고로 인해 그는 무릎 아래 두 다리를 절단해야 했으나 절망하지 않았다. 대학에 입학하여 공부를 시작했고, 의족을 단 채 스키 타는 법을 배웠고, 사이클 타는 법을 배운 뒤 2000년 시드니 장애인 올림픽에서 은메달을 따기도 한 것이다. 그는 다시 산에 오르고 싶었다. 결국 그의 바람대로 의족을 단 채로 3,754미터의 마운트 쿡 정상에 올랐으며, 이것으로 용기를 얻은 그는 8,850미터의 에베레스트까지 정복하게 된다.

재가 장애인들이 바깥 세상으로 나올 수 있도록 도와주는 '백업 뉴질랜드' 프로그램의 후원자이기도 한 그에게 뉴질랜드 정부는 2003년, 장애인에 대한 기여를 인정하며 국가 훈장을 수여했다. 그에게 희망은 목표였으며, 목표는 꿈이 되어 그를 '꿈을 이룬 사나이'로 만들어 준 것이다.

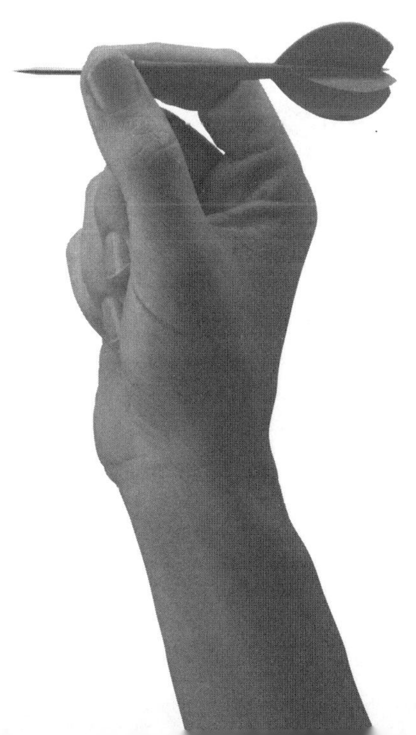

9월

때로는
살아 있다는 것 자체가
용기가 될 수 있다.

Sometimes
even to live is
an act of courage.

세네카
Seneca

슬기로운 상인

늙은 우자愚者는 젊은 우자보다도 더 어리석은 법이다.
Old fools are more foolish than young ones.

_라 로슈프코 La Rochefoucauld

물건을 사려고 도시에 들른 상인은 큰돈을 전부 몸에 지니고 있는 것이 불안해서 조용한 곳에 가서 땅에 묻어 두었다. 그런데 그 다음 날 보니 돈이 감쪽같이 사라진 것이 아닌가. 그곳에서 조금 떨어진 곳에 집이 하나 있었는데 상인은 그곳에 살고 있는 사람이 돈을 꺼내 갔다고 생각했다.

상인은 마당에 나와 있는 그 집 노인에게 다가가 물었다.

"어르신, 제가 물건을 사려고 이 도시에 오면서 은화 500개가 든 지갑과 800개가 든 지갑을 가지고 왔는데 작은 지갑은 어젯밤에 몰래 묻어 두었습니다. 그런데 큰 지갑이 문제네요. 이것을 어떻게 하는 게 좋을까요?"

그러자 노인이 말했다.

"나라면 작은 지갑을 묻어 둔 곳에 함께 묻어 두겠소."

그날 밤 상인은 자신의 지갑을 다시 땅 속에 묻는 노인의 모습을 보면서 비로소 웃을 수 있었다.

눈앞에 숨어 있는 보물 창고

눈앞의 이익에 사로잡히면 자신의 참된 처지를 볼 수 없다.

If you seek immediate gains, you can't see your real situation.

_장자 Chuang-tzu

1876년, 러시아는 흉작으로 굶어 죽어 가는 국민들을 살리기 위한 방편으로 알래스카 땅을 미국에 팔았다. 17대 대통령이었던 앤드류 존스는 미국 본토의 5분의 1 크기였던 그 땅을 720만 달러라는 천문학적인 금액에 사들였지만 '얼음밖에 없는 쓸모없는 땅을 산 바보 대통령'이라는 비난을 감수해야 했다.

하지만 30년이 지난 후, 알래스카에서 금광이 발견됐고 땅 속에는 엄청난 양의 석유와 천연가스가 있다는 것이 밝혀졌다. 게다가 그곳은 군사 전략적 가치로도 없어서는 안 될 땅이었고, 결국 미국은 헐값에 황금 덩어리를 사들인 최고의 거래를 한 것이었다.

1860년대에 벌어진 크림 전쟁에서 패한 후 재정난에 시달리다가 얼음 덩어리에 불과하다고 판단한 알래스카를 팔아버렸던 러시아는 뒤늦게 땅을 치며 후회했지만 이미 시간을 돌릴 수는 없었다.

관객 한 명도 소중히 하라

인생은 한 권의 책과 같아서
어리석은 사람은 아무렇게나 책장만 넘기지만,
현명한 사람은 한 장 한 장 공들여 읽는다.
Life is like a book. A fool leafs it through without attention.
A wise man reads it deliberately page by page.

_장 파울 Jean Paul

영국의 한 순회 극단이 있었다. 그들은 지방 곳곳을 돌며 노래를 부르고 악기를 연주하고 춤을 추었지만 공연이 그리 성황리에 이루어지지는 않았다. 곧 경제적 어려움에 시달리게 되었으며 단원들은 점점 의욕을 잃어 갔다. 어느 날 밤, 한 단원이 말했다.

"오늘 밤 꼭 공연을 해야 합니까? 어제도 관객이 별로 없었는데, 오늘은 날씨도 이렇게 좋지 않으니 어제보다도 사람이 더 없을 것 같은데요."

모두 고개를 끄덕였지만 단장은 완고했다.

"그렇게 생각할 수도 있지. 하지만 우리는 한 명의 관객도 소중히 생각해야 하지 않겠나?"

그날 밤 공연이 끝난 후 단장이 단원들을 모아 놓고 한 장의 쪽지를 읽어 주었다.

'멋진 공연 잘 봤습니다. 여러분의 국왕이.'

타고난 약점은 하늘의 은혜

역경에 대처하는 방법은 두 가지다.
역경을 변화시키려고 애쓰거나, 역경에 맞서도록 자신을 바꾸거나.
There are two ways to deal with hardships. Struggle to change hardships,
or change yourself to cope with hardships.

_필리스 바텀 Phyllis Bottome

일본의 기업가 마쓰시타 고노스케는 '기업 경영의 신'으로 불린다. 마쓰시타 기업은 네셔널, 파나소닉, 케크닉스, 빅터 등의 히트 브랜드를 보유하고 있으며 직원이 19만 명이나 되는 대기업이다. 그의 성공 비결을 묻는 기자에게 마쓰시타가 이렇게 말했다. "나는 하늘로부터 세 가지 은혜를 받았소. 이는 곧 가난한 것, 허약한 것, 못 배운 것이오."

그게 무슨 은혜냐며 깜짝 놀라는 기자에게 그가 이렇게 덧붙였다.

"가난했기에 부지런히 일할 수 있었고, 건강하지 못했기 때문에 늘 건강을 돌보아 90세가 넘게 살아 있고, 제대로 배우지 못했기 때문에 늘 세상 모두로부터 무언가를 배우려고 노력했으니 이게 은혜가 아니고 뭐겠소? 타고난 약점은 약점이 아니라 오히려 삶을 강하게 해 주는 삶의 밑천이지요."

지금 당신의 삶에 이루지 못한 꿈이 있다면, 지금 당신을 만든 모든 고난이 하늘이 준 선물이라고 생각하고 감사하라.

싸움이 날아들거든 무시하라

현명한 자는 다툼을 멀리하지만
어리석은 자는 누구에게나 싸움을 건다.
A wise man keeps away from fights, but a fool starts a fight with everyone.

_솔로몬 Solomon

한 남자가 길을 걷다가 주먹만 한 크기의 돌멩이를 보게 되었다. "웬 돌멩이가 가로막는 거야?" 남자가 큰 소리를 내며 돌멩이를 발로 걷어차자 돌멩이가 두 배로 커졌다. "어허, 이게 뭔가? 해괴한 돌멩이군!" 그러자 돌멩이는 또 두 배로 커졌다. 깜짝 놀란 남자가 들고 있던 지팡이로 돌멩이를 내리쳤다. 그러자 돌멩이는 또 두 배로 커졌다. 이번에는 지팡이를 이용해 사정없이 내려치자 돌멩이는 어느새 거대한 바위가 되어 남자가 가던 길을 막아 버렸다. 그때 어디선가 이런 소리가 들렸다.

"그 돌멩이의 이름은 '싸움'이다. 애초에 네가 돌멩이를 무시해 버렸다면 아무 일도 일어나지 않았을 것을, 그것과 맞서 상대하다 보니 결국 네 갈 길도 가지 못하고 인생을 망쳐 버리지 않았느냐?"

사랑은 일등석에 앉지 않는다

겸손을 배우려 하지 않는 사람은 결국 아무것도 배우지 못한다.
Those who are not willing to learn modesty cannot learn anything.

_O. 메러디드 O. Meredith

알베르트 슈바이처 박사는 신학과 철학을 공부한 의학박사다. 그는 화려한 삶을 포기하고 척박한 땅인 아프리카로 건너가 병원을 짓고 봉사 활동을 시작했다. 1965년, 90세를 일기로 세상을 떠날 때까지 그는 흑인들과 생사와 희로애락을 함께했다.

1952년에 노벨 평화상을 수상하고 받은 상금 전액으로 나환자촌을 세우기도 했던 그가 한번은 아프리카 주민들을 위한 기금을 모으기 위해 고향에 들렀던 적이 있었다. 기차역에는 수많은 환영 인파와 기자들로 장사진을 이루고 있었는데 일등석 앞에서 아무리 기다리고 있어도 그가 나타나지 않는 것이었다. 얼마 후 저쪽 삼등석 플랫폼에서 그가 걸어오는 것이 보였다. 왜 거기서 내리냐는 누군가의 질문에 슈바이처가 싱긋 웃으며 대답했다.

"사등석이 없어서요."

가슴속 난로에 불을 지펴라

나누어 줄 줄 알아야 높아질 수 있다.
물을 나누어 주는 구름은 드높고,
물을 저 혼자 간직하는 바다는 낮은 것처럼.
Distribution will lift you higher: the cloud that distribute water stays high
and the ocean that keeps water stays low.

_수바시타 Subhasita

어느 고아원에 매달 도움의 손길을 보내 주는 사람이 있었다. 그는 일정 금액의 돈과 선물을 꾸준히 보냈었지만 자신의 신상이 알려지는 것을 원하지 않았기 때문에 그에 대해 아는 사람은 아무도 없었다. 그 사람과 선행에 대한 소문이 퍼지면서 한 신문기자가 흥미를 가지고 취재를 시작했다.

알고 보니 그 사람은 가진 게 많이 없는 일용직 노동자였다. 이렇게 어려운 형편인데 어떻게 고아들을 도울 수 있느냐는 기자의 물음에 그가 대답했다.

"많은 것을 가졌다고 많을 것을 줄 수 있는 것은 아니지요. 사랑을 주는 데 필요한 것은 물질이 아니라 가슴의 온도니까요. 사랑을 줄 수 있느냐 없느냐는 마음속에 어떤 난로를 넣고 사느냐에 달린 것이지요."

당신이 아름다운 이유

맑고 아름다운 인격은 어떤 것에도 배척받는 일이 없다.
결국 그 안에 기쁨과 행복을 가득 담을 수 있는 이유이다.

A pure and beautiful personality is not excluded in any case.
This is the reason why we can fill it up with pleasure and happiness.

_제임스 알렌 James Allen

당신은 아름답습니다

모든 일에 최선을 다하는 당신은 아름답습니다.

언제나 웃으며 친절하게 대하는 당신은 아름답습니다.

베풀 줄 아는 마음을 가진 당신은 아름답습니다.

아픔을 감싸 주는 사랑이 있는 당신은 아름답습니다.

약한 자를 위해 봉사할 줄 아는 당신은 아름답습니다.

병든 자를 따뜻하게 보살피는 당신은 아름답습니다.

늘 겸손하게 섬길 줄 아는 당신은 아름답습니다.

삶의 아름다움에 물들이기

향수 가게에 들어갔다 나오면
자기도 모르는 사이에 몸에 향수 향기가 밴다.
After you are out of the perfume shop,
your body is permeated with perfumes.

_탈무드 The Talmud

아름답고 깨끗하다고 손꼽히는 싱가포르에는 세계적인 새 공원이 있다. 이곳에 살고 있는 홍학은 세계에서 가장 아름다운 연분홍색을 가지고 있기로 유명하다.

홍학 우리 뒤쪽에는 작은 연못이 있는데 물의 깊이는 홍학들의 발이 잠길 만큼 얕다. 그곳에 홍학들의 먹이인 물고기들이 살고 있는데 연못의 물 색깔이 홍학의 색깔과 같은 연분홍색을 띠고 있다.

세계에서 가장 예쁘다는 평가를 받는 홍학들은 자기 몸 색깔과 같은 아름다운 색의 물을 보고, 그 물 속에 있는 물고기를 먹고, 그 물을 마시며 산다. 그러다 보니 자연스럽게 세계에서 가장 예쁜 색을 가지게 된 것이다.

지금 우리는 어디에 발을 담그고 무엇을 마시며 어떤 이야기를 듣고 사는 것일까? 내 주변에 어떤 빛을 퍼뜨리며 살고 있는 것일까?

세상은 몰라도 나는 안다

거짓말로는 자신의 몸과 명예, 이익 같은 것들을 절대 지킬 수 없다.
도금이 벗겨지면 언젠가는 때운 자리가 드러나는 법처럼.

Lies can't protect your body, honor, and interests,
as the patched part is exposed when the gilt comes off.

_앙드레 지드 Andre Gide

어느 대학교가 학교 건물을 짓기로 결정했다. 공사가 시작됐는데 완공이 되기까지 건축 비용 100만 달러가 부족해 곤란에 빠졌다. 교직원들이 모여 아무리 머리를 쥐어 짜내도 돈을 마련할 방법이 없었다. 그때 정부 고위 관리가 총장에게 솔깃한 제안 하나를 건넸다. 서류 두 장에 사인만 해 주면 학교 측에 바로 100만 달러를 희사하겠다는 내용이었다. 총장이 서류를 자세히 살펴보니 사인을 하게 되면 고위 관리는 300만 달러를 얻고 자기도 건축비 100만 달러가 생기는 위조 서류였다.

총장은 고민에 빠졌다.

'눈 딱 감고 사인하면 학교는 재정 문제를 해결할 수 있을 거야. 아무도 모르게 처리하면 되는 거잖아.'

하지만 총장은 서류에 사인하지 않았다. 아무도 모를지라도 자기 자신은 알고 있기 때문이었다.

집은 있어도 가정이 없다면

몸은 떠나도 마음은 머물러 있는 곳이 우리의 집이다.
그리고 집이야말로 우리가 사랑해야 할 모든 것이다.

Where we love is home, home that our feet may leave,
but not our hearts. Home is everything we shall love.

_올리버 W. 홈스 Oliver W. Holmes

영국의 시인 C. 스와인은 가정에 대해 이렇게 말했다.

"가정은 사랑하는 사람들이 있는 곳입니다. 어떤 것이든 애정을 느끼는 것이 있어야 합니다. 가정은 마음을 기쁘게 하는 속삭임이 있는 곳입니다. 아무도 반갑게 맞이할 사람이 없는 곳을 어찌 집이라고 할 수 있을까요. 가정은 우리를 만나 주고 사랑해 주는 사람들이 있는 곳입니다."

요즘 "집은 있으나 가정은 없다."는 말을 종종 듣게 된다. 핵가족이 보편화되고 어른 아이 할 것 없이 모두가 바쁜 현대에는 같은 식구들이라고 하더라도 얼굴 한 번 보고, 같은 식탁에 앉아 밥 한 끼 먹기가 힘들다.

하지만 여전히 가정의 중요성은 강조해도 지나치지 않다. 사랑하는 사람이 있는 가정을 더욱 따뜻하게 보듬을 필요가 있다.

조건 없는 영원한 사랑

_에리히 프롬 Erich Fromm

어떤 군인이 전장에 나가 싸우다 몸에 상해를 입고 상이 군인으로 제대를 했다. 힘겨운 발걸음을 옮기며 집으로 돌아왔지만 부인은 아기를 놓아두고 집을 나간 지 오래였다. 직장도 구할 수 없었던 그는 어린 아기를 등에 업고 구걸을 해서 먹고 살았다.

그 와중에도 그는 집을 나간 아내의 흔적을 찾아서 삼천리 방방곡곡을 뒤지며 아이에게 엄마를 찾아주려고 노력했다. 하지만 그런 노력도 빛을 보지 못한 채 그만 3년 만에 부산의 어느 거리에서 행려병자로 죽고 말았다.

어린 아이는 내내 아버지의 등에 업혀 있었는데 남자의 몸에서는 사진 한 장과 유서가 나왔다. 자기를 버리고 나간 아내의 사진 뒤에는 이렇게 적혀 있었다.

'사랑하는 아내여, 나는 그대를 사랑했다. 지금도 사랑하고 있다. 앞으로 영원히 사랑하겠노라.'

성현이 싫어한 인간상

가장 위대한 미덕은 감사하는 마음이다.
그리고 감사하는 마음은 모든 미덕의 근원이 된다.
Gratitude is not only the greatest of virtues, but the parent of all the others.

_키케로 Cicero

중국의 성인으로 추앙받는 공자는 자신이 싫어하는 인간상 4가지를 꼽았다.

첫째, 타인의 실패를 기뻐하는 자.
둘째, 윗사람을 헐뜯는 자 앞에서는 맞장구치고 뒤에서는 욕하는 자.
셋째, 용기는 있으나 예의가 없는 자.
넷째, 은혜를 원수로 갚는 자, 곧 감사할 줄 모르는 자.

공자는 그중에서 가장 싫은 사람은 감사할 줄 모르는 자라고 했다.
감사는 부메랑과 같아서 내가 뱉은 "감사합니다." 한마디가 상대의 마음을 움직여 결국 내가 잘 되는 효과를 가지고 온다.

어쩌면 그 사람일지도 모르는데

기회는 어떤 종류를 막론하고 그것을 볼 줄 알고
휘어잡을 줄 아는 사람이 나타나기 전까지는 숨어 있다.

An opportunity of any kind hides until the one
who can see and grasp them appears.

_로렌스 굴드 Laurence Gould

어느 마을에 태도가 반듯하고 정직하게 살기 위해 노력하는 청년이 있었다. 그는 평소에도 "내가 존경할 만한 지혜를 가진 사람을 꼭 만나 보고 싶어."라는 말을 입에 달고 살았다. 정말 그런 사람을 만날 때를 대비해 늘 의복을 갖추고 있을 정도였다.

하루는 누더기를 걸친 거지 하나가 찾아와 하룻밤만 재워 달라고 말했다. 현인 대신 거지가 찾아오자 청년은 짜증이 나는 목소리로 말했다. "여기는 여관이 아니오."

밥이라도 달라고 애원하는 거지를 내쫓고 들어오는 아들을 보며 아버지가 나지막이 중얼거렸다. "그 사람이 바로 네가 오랫동안 기다렸던 현인일지도 모르는데……."

카토는 이렇게 말했다. "현자가 어리석은 자로부터 배우는 것은 어리석은 자가 현자에게 배우는 것보다 많다. 현자는 어리석은 자의 실책을 보고 이를 피할 수 있지만, 어리석은 자는 자의 행위를 보고서도 아무 것도 얻는 바가 없기 때문이다."

자랑할 수 없는 고통

우리는 불행의 그물이 있음을 알면서도 그것을 피하기는커녕
관능적인 향락에 걸려들어 허우적거린다.

We know there is a net of misfortune. Instead of avoiding it,
we get caught trapped in sensual pleasure.

_인도 격언 Indian Maxim

어느 날씨 좋은 일요일, 골프를 너무나 사랑하는 목사가 교회에 가야 할지 말아야 할지 고민을 시작했다. 그는 결국 몸이 아프다는 핑계를 대고 골프장으로 향했다.

이 모습을 본 천사가 "저 목사를 혼내 줘야 하지 않을까요?"라고 말하자 하나님은 고개를 끄덕였다. 그때, 목사가 1번 홀에서 힘차게 스윙을 했는데 볼은 무려 350야드를 날아가 그린 위에 떨어진 뒤 홀 컵으로 빨려 들어갔다. 홀인원이 된 것이다!

"하나님! 뭔가 잘못된 것이 아닙니까?" 경악하는 천사의 말에 하나님이 미소를 지으며 말했다. "이 일을 누구에게 자랑하겠느냐? 자랑을 하면 목사이면서 주일 설교를 빠지고 골프 친 것이 들통 날 텐데. 자랑하고 싶은데 자랑할 수 없는 고통보다 더 큰 고통이 어디 있겠느냐."

지금 이 순간에 감사하라

어리석은 자는 행복이 어딘가 먼 곳에 있다고 생각할 뿐이지만
현명한 자는 행복을 자기 발치에서 키운다.
The foolish man seeks happiness in the distance;
the wise grows it under his feet.

_제임스 오펜하임 James Oppenheim

공자가 길을 걷다가 싱글싱글 웃으며 춤을 추는 이상한 노인을 만났다. 그런데 더 이상한 것은 지나가는 모든 사람들이 그 노인에게 공손히 인사를 하는 것이었다. 공자가 생각하기에 '그래도 중국에서는 나를 모르는 사람이 거의 없고 다들 나를 존경하는 터인데, 나를 보고 인사를 안 하고 얼핏 보기에 정신이 빠진 것 같은 저 노인을 보면서는 다들 인사를 하다니 웬일인가.' 싶었다. 궁금한 마음이 든 공자가 노인에게 물었다. "그렇게도 생을 즐거워하면서 어떻게 모든 사람들에게 존경을 받으시는지 궁금합니다."

그러자 노인이 말했다. "하늘이 나를 세상에 보내실 때 뱀이나 개, 돼지 혹은 곤충으로 만들지 아니하시고 만물의 영장인 사람으로 내신 것이 얼마나 감사한가. 내 나이 90세까지 건강하게 지내는 것도 큰 축복이고 감사지. 게다가 이렇게 나이가 많아도 즐겁게 일할 수 있으니 너무 감사해서, 일하다가 쉴 때면 즐거워서 춤을 추는 것일세."

게으름뱅이의 변명

게으른 자는 자기의 손을 그릇에 넣고서도
입으로 올리기를 괴로워한다.
When a lazy man has a meal, he puts his hand into the bowl.
Then he is too lazy to lift his hand to his mouth.

_성경 The Bible

큰 빚을 지고서도 게으름만 피우는 사람이 있었다. 돈을 갚을 생각은 하지도 않고 오히려 평소보다 더 일도 하지 않은 채 시간만 보냈다. 보다 못해 채권자가 물었다. “당신은 돈을 갚을 생각이 있긴 한 거요?” 그러자 그는 당당하게 대답했다. “당연히 있고말고요. 당신의 돈을 갚기 위해 세 가지 방법을 생각하고 있는데, 그 세 가지가 다 쉽지 않아서 답답해하고 있던 참입니다.”

채권자가 다시 물었다. “대체 그 세 가지가 뭐요?”

“하나는 당신이 갑자기 죽어서 돈을 받을 수 없게 되면 좋겠고, 둘째는 당신이 가지고 있는 차용증서가 분실되든가 불에 타든가 했으면 하는 것이고, 셋째는 길을 가다가 우연히 많은 돈을 주웠으면 하는 것입니다. 그런데 운이 없는지 그 세 가지 중 하나도 이루어지지 않는군요.”

시험에 들지 않는 비결

아무리 약한 사람이라도 이루고자 하는 바에 온 힘과 정신을 집중하면 무엇이든 이룰 수 있다.

No matter how weak he is, he can realize everything if he concentrates his strength and mind on his goal.

_샤를 드 몽테스키외 Charles de Montesquieu

젊은 재상이 왕에게 물었다. "어떻게 하면 시험에 들지 않고 맡은 일을 잘 감당할 수 있습니까?" 그러자 왕은 답을 주는 대신 이렇게 말했다. "여기 기름이 가득 든 잔을 들고 거리에 나가 병사들이 있는 곳까지 다녀오거라. 기름을 쏟거나 한 시간 안에 돌아오지 못하면 엄벌에 처하겠다. 네 뒤에는 칼을 든 군인이 뒤따를 것이다."

재상은 땀을 뻘뻘 흘리며 기름을 쏟지 않은 잔을 들고 제 시간에 도착했다. 왕이 물었다. "길모퉁이의 구둣가게와 쌀을 파는 가게를 보았는가?" "보지 못했습니다." "그렇다면 가구점은 보았는가?" "죄송합니다. 기름을 쏟지 않으려고 정신을 집중하느라 아무것도 보지 못했습니다." 왕이 미소를 지으며 말했다. "그렇다. 맡은 일에 충실하다 보면 시험에 들 겨를이 없느니라."

시험이란 내 삶에 방관하고 틈새를 허락할 때 생기는 것이다. 그저 묵묵히 맡은 일에 최선을 다한다면 시험은 나를 괴롭힐 수도 없이 그저 지나가 버린다.

내 안에 있는 천국

행복은 그대가 찾아 헤매는 안경과 같다.
안경은 이미 그대의 코 위에 있는데 어디에서 찾을 수 있단 말인가?
Happiness is like the glasses that you are searching for.
Where can you find them when they are already on your nose?

_파울 회러비거 Paul Hornberger

사고로 두 다리를 잃은 여인이 있었다. 사람들은 그녀를 볼 때마다 안타까운 눈빛을 보내고는 했지만 오히려 그녀의 얼굴에는 웃음이 떠나지 않았다.

그녀가 말했다. "나는 고통과 근심은 우리 인생에 불행을 가져다주기는 하지만 오히려 그것이 좋은 성격을 만들어 낸다는 것을 경험했습니다. 물론 고통 그 자체는 절대 반가운 것이 아니지요. 그러나 그 고통은 우리가 외부에서 찾을 수 없는 행복을 내 안에서 찾을 수 있도록 도와줍니다. 사람들은 눈에 보이는 행복을 잡으려고 허둥대지만 그것은 거의 불가능합니다. 행복은 근본적으로 내적인 상태, 내적인 성공을 말합니다. 나는 천국이 우리의 안에 있다는 것을 압니다."

어쩌면 우리는 행복을 너무 어렵게 생각하고 멀리서 찾는 중인지도 모른다. 그것이 우리 가까이 살고 있다는 것을 깨닫는 순간 천국의 삶이 펼쳐질 것이다.

고난을 통해 열매를 맺는다

나는 고난과 역경을 달라고 기도한다.
어려움 하나 없이 성취되는 일이란 없기 때문이다.
I pray to God to give me adversities and hardships,
as nothing can be achieved without difficulties.

_오비디우스 Ovidius

감나무에 감이 달리지 않으면 감나무 주인은 나무 밑동에 개나 소를 매어 놓았다고 한다. 감이 달리지 않으면 거름을 주면 되지 개나 소를 감나무에 매어 놓는 게 무슨 상관이 있을까 싶지만 다 나름대로 이유가 있는 행동이다. 감나무에 묶여 있는 짐승이 이리저리 움직일 때마다 감나무 껍질이 까지게 되는데 그러면 나무는 위기를 느끼게 되고 자연히 열매를 잘 맺게 된다는 것이다.

누구나 인생의 고난을 겪는다. 고난은 우리에게서 많은 것을 빼앗아 가기도 하며 삶을 포기하고 싶을 만큼 처절한 고통을 주기도 하지만 그것의 유익이 전혀 없는 것은 아니다. 그 고난의 시간으로 인해 우리는 그동안 알지 못했던 삶의 진실들을 알게 되며 비로소 아름다운 열매를 맺게 되는 것이다.

지금 껍질이 까지는 시기일뿐이다. 좀 더 크고 탐스러운 열매를 맺을 수 있다는 것을 믿고 기다리는 자가 달콤함을 누릴 수 있다.

마음의 눈을 크게 떠라

의심은 대개 쓸데없는 고통이다.
Suspicion is very often a useless pain.

_새뮤얼 존슨 Samuel Johnson

어떤 나무꾼이 도끼를 잃어버렸다. 아무리 기억을 더듬어 이곳저곳 뒤져 보았지만 도끼를 찾을 수 없었다. 한참이나 헛간을 뒤지던 나무꾼이 이웃집 소년을 보게 되었는데 소년의 행동이 좀 수상쩍게 보였다. 자신만 보면 눈길을 피하고 허둥대며 달아나는 것 같았고 우물쭈물 대다가 말끝을 흐리는 게 무엇을 숨기고 있는 게 분명했다.

소년이 도끼를 훔친 범인이라고 단정 지은 나무꾼은 끼니도 거른 채 자나 깨나 소년을 잡을 생각에 골몰했다. 그러던 어느 날 마당 뒤 우물가에 나갔던 나무꾼은 깜짝 놀랐다. 그곳에 도끼가 있었기 때문이다. 그 후에 소년을 보니 그렇게 천진난만하게 보일 수가 없었다.

소년에게 달라진 것은 하나도 없었다. 그저 그 소년을 바라보는 나무꾼의 마음이 달라졌을 뿐이다. 아름답지 못한 마음 때문에 애꿎은 소년만 도둑이 되었던 것이다.

올바른 성공

세상의 어떤 것도 그대의 정직과 성실만큼
마음을 다해 그대를 도와주는 것은 없다.
Nothing in the world heartily helps you like your integrity and sincerity.

벤저민 프랭클린 Benjamin Franklin

　　벤저민 프랭클린은 미국의 인쇄업자이자 출판가이며, 발명가이자 정치인이었다. 미국의 독립선언서 기초 위원이기도 했던 그는 비누와 양초를 만드는 가난한 집안의 10번째 아들로 태어나 어린 시절부터 인쇄소에서 일을 해야 했던 불우한 시간을 보냈지만, 20세기 초에는 인쇄업자로 성공을 거두었고 25세에는 펜실베니아 대학교에 도서관을 설립할 정도로 많은 돈을 모아 사회에 기부하기도 했다. 그런 그가 '진정한 성공'에 대해서 이렇게 말했다.

　　"성공하기란 그렇게 어려운 일이 아니다. 다만 그 방법이 올바르지 않기 때문에 성공하지 못하는 것이다. 성공하기 위해 안달이 난 사람들은 대개 남의 성공을 시기하는 마음이 강하다. 하지만 중상모략의 방법으로는 절대 성공하지 못한다. 게다가 자신의 능력은 생각하지도 않고 단숨에 2단, 3단 뛰어 오르려는 사람도 성공하지 못하며 만약 그 자리에 올랐다고 하더라도 곧 떨어지고 만다."

빗나간 명사들의 예언

미래는 확실하지 않은 것에서
작은 가능성을 찾아내는 사람들의 것이다.
The future belongs to those who see possibilities
before they become obvious.

_요한 W. 폰 괴테 Johann W. von Goethe

"공기보다 무거운 기계가 하늘을 난다는 게 말이나 됩니까?"

_1895년, 스웨덴 왕립 과학원 의장 켈빈

"이 세상에 컴퓨터는 다섯 대 정도면 충분해요."

_1934년, IBM 전 회장 토머스 왓슨

"이제 기타 음악은 한물갔어요."

_1962년, 비틀즈를 퇴짜 놓은 데카 레코드사 사장

"집마다 컴퓨터를 가지고 있을 이유는 없습니다."

_1977년, 이퀴프먼트사 회장

"640킬로바이트면 개인이 쓰기에 충분한 용량이죠."

_1981년, 빌 게이츠

"CD 게임의 수명은 길어야 6개월입니다."

_1985년, 닌텐도 회장

"아마 미래의 컴퓨터는 1.5톤 정도면 될 겁니다."

_1949년, 과학의 발전을 예견한 한 과학자

내가 여기 있어요

마음의 상처에 부드러운 손을 올려 주는 사람이
진정한 치유의 힘을 가진 사람이다.

Those who, have chosen rather to share our pain
and touch our wounds with a warm and tender hand.

_헨리 나우웬 Henri Nouwen

고통 받고 있는 사람에게 해 줄 수 있는 최상의 일은 무엇보다도 '함께 있어 주는 것'이다. 사랑한다고 수백 번 고백하는 것보다도 고통스러울 때 함께 있어 주는 것이 더욱 가치 있다. 고통을 겪는 사람은 "당신을 위해 내가 여기 있어요." 라는 말을 가장 듣고 싶어 한다.

온 마음과 정신을 집중해서 '마음의 소리'를 듣는 훈련을 계속하면 다른 사람의 고통을 알아차릴 수 있게 된다. 만일 어떤 사람이 고통 가운데 있음에도 불구하고 아직 그 누구도 그 사람의 고통을 진정으로 알아주고 들어주지 못했다면, 아직 그의 마음의 소리를 들어주는 이가 없다는 뜻이다. 마음의 상처를 치료해 주는 것은 어렵고 돈이 많이 드는 일이 아니다. 그저 따뜻한 말 한마디와 그를 이해하는 동감의 눈빛, 그것 하나면 어려움에 빠지고 상처에 아파하는 사람을 온전히 치유할 수 있는 위대한 의사가 될 수 있다.

당나귀의 최후

자신이 칭찬 받을 만하다고 느끼는 신자는, 예수를 태운 당나귀가
사람들이 자신을 향해 절을 하고 옷을 벗어 깔아 준다고 착각하는 것과 같다.

The believer who thinks that he himself is worthy of praise is no different from the
donkey that carries Christ and deludes itself that people bow their heads to and spread
their cloaks on the road for it.

_찰스 C. 콜튼 Charles C. Colton

어느 마부가 당나귀 등에 돌부처를 싣고 절을 향해 가고 있었다. 길가에 있던 많은 사람들이 돌부처를 보고 합장 배례를 하자 당나귀는 자기를 향해 경배하는 것이라는 착각에 빠졌다. 우쭐대며 교만한 마음이 든 당나귀가 마부의 지시대로 가지 않자 화가 난 마부는 당나귀의 등짝을 채찍으로 내리쳤다.

깜짝 놀란 당나귀가 펄쩍 뛰어오르자 등에 있던 돌부처가 땅에 떨어지며 당나귀의 발을 찧고 말았고 결국 당나귀는 쓸모없는 존재가 되어 주인에게 버림받는 신세가 됐다.

내 뒤에 있는 돌부처에게 하는 절을 나에게 하는 것으로 착각하고 우쭐대는 사람들이 많다. 하지만 교만은 패망의 선봉이라는 말을 명심하면 어리석은 당나귀 같은 최후는 맞지 않을 것이다.

더러운 얼굴

_헨리 스미스 Henry Smith

BC 4세기 경, 그리스 키니코스학파의 대표적 철학자인 디오게네스는 옷 한 벌과 지팡이 한 자루, 봇짐 하나만 지니고 나무통을 집 삼아서 사는 검소한 사람이었다. 어느 날 그가 한 부자의 초대를 받았는데 그는 오직 자신을 위해서만 지갑을 여는 이기적인 사람이었다. 그가 디오게네스를 초대한 이유도 자신의 넓고 아름다운 집을 자랑하기 위해서였는데 정말 부자의 정원은 온갖 화초로 가득했고, 집안은 각종 보석으로 사치스럽게 꾸며져 있었다.

그는 자기 집을 자랑하는 데 여념이 없어 디오게네스에게는 단 1분도 말할 수 있는 기회를 주지 않았다. 그때 별안간 디오게네스가 부자의 얼굴에 가래침을 '퉤!'하고 뱉으며 말했다. "당신의 집은 너무 깨끗하고 아름다워서 가래침을 뱉을 만한 곳이 없군요. 단지 교만과 위선으로 가득한 당신의 얼굴이 내게는 쓰레기통처럼 보입니다."

디오게네스는 진정한 행복은 외적 조건이 아니라 스스로에게서 나온다는 것을 잘 알고 있었다.

진 사람의 고통만큼 남는 그림자

이기는 것 다음으로 좋은 것은 지는 것이다.
The next best thing to winning is losing.

_한국 속담 Korean Proverb

미국의 카네기 공과대학에서 인생살이, 직장생활, 사회생활에서 실패한 사람들 1만 명을 표본조사했다. 그런데 일반적으로 생각하는 것과는 전혀 다른 의외의 연구 결과가 나타났다. 보고서에 따르면 전문적 기술과 지식이 부족해서 실패한 사람은 얼마 되지 않고 85퍼센트 이상의 사람들이 이모저모의 인간관계에서 실패한 것으로 나타났다고 한다.

일본의 도쿠가와 이에야스는 이렇게 말했다.

"싸움에서 이긴다는 것은 매우 통쾌한 일이다. 그러나 한 사람이 이기면 한 사람은 지고, 진 사람의 고통만큼 그림자가 남는다. 그런고로 싸우지 않고 이기는 것이 이기는 것이다. 싸워서 내가 이기고 진 사람이 있고, 그리고 상대가 나를 미워하고 있다면, 그건 절대로 승리가 아니다."

모두가 행복해지는 관계, 그것이 진정한 승리이며 가장 아름다운 모습이다.

분노의 돌덩이를 피하라

양쪽 모두 욕심을 부리기 때문에 다툼이 일어난다.
서로가 양보하거나,
혹은 한쪽이라도 양보하면 다툼이 일어날 수가 없다.
Fights take place as both sides are greedy.
Fights can't take place when either both sides or one side gives way.

_뤼신우 Lui Shin-woo

사냥꾼들이 곰을 잡는 방법 중 하나는, 곰이 잘 다니는 길목에 커다란 돌덩이를 매달아 놓는 것이다. 그러면 그곳을 지나던 곰은 돌덩이에 머리를 부딪치게 되고 화가 난 곰은 돌덩이에 덤벼들어 싸움을 걸기 시작한다. 줄에 매달려 있는 돌덩이와 자기 머리를 서로 부딪쳐서 누가 더 센지 자웅을 가리는 것이다.

애초에 돌덩이를 피해 돌아가면 될 것을 가지고 싸움을 하던 곰은 피를 흘리며 쓰러지고 그때 사냥꾼들은 재빨리 달려와 곰을 끌고 가기만 하면 된다.

오늘도 얼마나 많은 사람들이 어리석은 힘겨루기로 인해 스스로를 파멸의 길로 빠뜨리는지 모른다. 집착과 질투, 오만과 고집이 깊은 수렁으로 끌고 가는 것이다. 피해 갈 것은 그냥 피하고 더 소중한 곳에 마음을 두는 삶이 소중하다.

뭐든 깨어져야

교만은 춥고 황량한 산꼭대기라면
겸손은 기름지고 유수한 계곡과 같다.
Arrogance is like a cold and desolate mountain peak;
modesty is like a fertile and mild valley.

_오스틴 Austin

어느 화창한 봄날, 나이 많은 수도사가 수도원 정원에서 흙을 고르고 있었다. 그때 혈기가 왕성하고 종종 교만한 모습을 보이는 젊은 수도사가 그에게 다가왔다. 노 수도사는 젊은 수도사에게 말했다.

"여기 이 단단한 흙에다 물을 좀 부어 주겠나?"

젊은 수도사가 물을 부었지만 물은 옆으로 다 흘러가고 말았다. 그러자 노 수도사는 망치로 흙을 깨어 부서진 흙을 모아 놓고 젊은 수도사에게 다시 한 번 물을 부어 보라고 말했다. 그제야 물은 잘 스며들었고 부서진 흙이 뭉쳐졌다. 그 모습을 보며 노 수도사는 미소를 지었다.

"이제야 물이 잘 스며드는구먼. 여기에 씨를 뿌리면 꽃을 피우고 열매를 맺을 수 있을 테지. 주님은 뭐든 깨어져 틈이 생겨야 꽃을 피울 수 있게 하신다네."

이간질의 무서움

재능은 경기를 이길 수 있게 해 준다.
하지만 팀워크는 우승을 가져온다.
Talent wins games,
but teamwork and intelligence wins championships.

_마이클 조던 Michael Jordan

사이가 좋은 황소 네 마리가 있었다. 언제나 서로 가깝게 지냈기 때문에 어떤 위험이 다가와도 서로 힘을 합해 대처해 나갈 수 있었다. 그런데 그런 황소들을 노리는 사자 한 마리가 있었다. 영리한 사자는 자신이 황소와 일대일로 붙으면 이길 수 있어도 한 번에 네 마리를 상대할 수는 없다는 것을 알았다. 그래서 한 가지 꾀를 부렸다.

사자는 소들이 풀을 뜯고 있을 때 약간 뒤쳐진 황소에게 살금살금 다가가 귓속말로 말했다. "그거 알아? 쟤네들이 너 흉을 보고 있다는 거?" 그리고 다음 날은 다른 소에게 가서 말했다. "넌 모르지? 쟤네들이 너 없을 때 얼마나 네 욕을 하는지."

마침내 네 마리의 황소는 각자 뿔뿔이 흩어지게 되었고 사자는 네 번의 훌륭한 식사를 할 수 있었다.

10월

작은 변화가
일어날 때에야
진정한 삶을 살게 된다.

True life is
lived when
tiny changes occur.

레프 N. 톨스토이
Lev N. Tolstoy

거미가 가르쳐 준 용기

계속 아래를 내려다 봐라.
눈에 보이는 것이 즐겁지 않더라도 결코 움츠러들지 마라.
Keep looking below surface appearances. Don't shrink from doing so just
because you might not like what you find.

_**콜린 파월** Colin Powell

한 군인이 군대를 이끌고 전장에 나섰다가 참패를 당하여 군대가 거의 전멸되고 말았다. 몇몇의 잔여병과 함께 숲 속으로 숨어든 그는 전쟁에 참패한 것도 수치스럽고 자신 때문에 많은 병사들이 죽었다는 죄책감 때문에 칼을 빼들고 자살하려고 했다.

그때 한 마리의 거미가 거미줄을 치려고 애쓰는 것이 그의 눈에 들어왔다. 바람이 불기도 하고 나뭇가지 등으로 인해 계속 미끄러지기만 하던 거미는 7번의 시도 끝에 거미줄을 칠 수 있었다. 그 모습을 본 그는 "그래, 나는 겨우 한 번 실패했을 뿐이다!"라고 하며 심기일전했고 다시 전쟁터에 나가 대승리를 거두었다. 그가 바로 영화 브레이브 하트에도 나오는 스코틀랜드의 독립 영웅 로버트 1세이다.

모든 성공에는 실수가 기반이 된다. 실수를 통해 배우고 일어서는 사람이 성공의 면류관을 쓰고 영웅의 자리를 차지할 수 있다.

나이를 잊게 한 친구들의 응원

우리는 성숙해지기 위해서 나이라는 비싼 대가를 치른다.
Age is a very high price to pay for maturity.

_톰 스토파드 Tom Stoppard

독일의 작곡가 브람스가 50세 때의 일이다. 그는 그 즈음 머릿속을 맴도는 멜로디를 오선지에 그려 보면 마음에 들지 않아 구겨 버리기를 반복하고 있었다.

"나이를 먹으면 이렇게 늙어 쓸모없어지는 것인가……."

자조가 깊어지던 어느 날 친구와의 약속이 생각나 친구의 집을 찾았다. 그곳에서 많은 친구들을 만나 즐거운 시간을 보내고 있을 때 친구가 말했다. "오늘 50회 생일을 맞은 친구 브람스가 앞으로도 더욱 멋진 음악을 만들기를 기원하며!"

음악을 포기할까 고민했던 자신이 부끄러워졌던 브람스는 죽는 날까지 음악만을 생각했고 52세에 〈교향곡 제4번 마단조〉를, 63세에 〈11개의 코랄 전주곡〉 등을 남겼다.

나이는 숫자에 불과하다는 말은 너무 상투적으로 들려서 우리는 그 의미까지 종종 하찮게 생각할 수 있다. 하지만 너무 늦은 나이란 없다. 그저 성숙해지는 과정을 위해 치르는 비싼 대가일 뿐이다.

그럼에도 불구하고

마치 어머니가 목숨을 걸고 자식을 지키듯이,
모든 살아 있는 것에 대해서 한없는 자비심을 발하라.
Do an act of charity to every living thing
as a mother risks her life to protect her child.

_붓다 Buddha

인도의 가난한 지역 콜카타에서 평생 봉사 활동을 하면서 삶을 마감했던 테레사 수녀. 지금도 테레사 본부 벽에는 이런 시가 붙어 있다고 한다.

"사람들은 때로 믿을 수 없고, 앞뒤가 맞지 않고 자기중심적이다. 그럼에도 불구하고 그들을 용서하라.

당신이 친절을 베풀면 사람들은 당신에게 숨은 의도가 있다고 비난할 것이다. 그럼에도 불구하고 친절을 베풀라.

사람들은 약자에게 동정을 베풀면서도 강자만을 따른다. 그럼에도 불구하고 소수의 약자를 위해 싸우라.

당신이 몇 년을 걸려 세운 것이 하룻밤 사이에 무너질 수도 있다. 그럼에도 불구하고 다시 일으켜 세우라.

당신이 지닌 최고의 것을 세상과 나누라. 언제나 부족해 보일지라도 그럼에도 불구하고 최고의 것을 세상에 주라."

당당하게 도와달라 말할 것

인간은 서로 도와야 하며, 친구나 형제에게 도움을 받은 사람은
물질뿐만 아니라 사랑, 존경심, 감사하는 마음을 되돌려 주어야 한다.
Human beings must help each other. Those who were helped by friends or
brothers must give back not just materials but also love, respect, and gratitude.

_레프 N. 톨스토이 Lev N. Tolstoy

깊은 산골에 소년과 아버지가 함께 살고 있었다.

하루는 큰 비가 내려 집 앞에 있는 나무가 쓰러져 길을 막
아 버렸다. 소년은 혼자서 그 나무를 치워 보려고 기를 썼지
만 어린 소년의 힘으로는 끄떡도 하지 않았다. 소년이 나무
앞에서 쩔쩔매고 있을 때 아버지가 나와서 물었다.

"아들아, 네가 할 수 있는 일은 모두 다 해 보았니?"

"예, 아빠. 제가 할 수 있는 일은 모두 다 해 보았는데도 이
나무는 전혀 움직이지 않아요."

"아니다. 네가 아직도 하지 않은 일이 하나 있단다. 그게
무엇인지 알겠니?"

"잘 모르겠는데요?"

"너는 이 아빠에게 도와달라는 말을 하지 않았어."

당신은 정말 할 수 있는 것을 다 했는가? 도움의 손길을
내미는 것은 부끄러운 것이 아니라 용기 있는 행동이다.

메이저리거의 메시지

어제의 내가 오늘의 나를 만들었다.
꿈을 포기하지 않으면 언젠가는 다 이룰 수 있다.
Yesterday's I have made today's I.
All can realize their dreams unless they give up.

_박찬호 Park Chan-ho

1994년 메이저리그에 데뷔한 박찬호는 1997년 IMF 사태로 인해 절망감에 빠졌던 우리나라 국민들에게 공 하나로 희망의 메시지를 전달했다.

그는 수차례의 슬럼프를 겪기도 했지만 그럴 때마다 끊임없는 노력과 불굴의 투지를 보여 주며 다시 마운드에 서는 투혼을 발휘하고는 했다. 모든 사람들이 자신을 박찬호가 아닌 코리언이라고 불렀기 때문에 자연스럽게 자신은 대한민국을 대표한다는 마음을 가지게 되었고, 슬럼프 때문에 야구를 포기하지 않고 열심히 재활하여 공을 던지는 것이 애국하는 것이라고 믿었기 때문에 가능한 일이었다.

그는 우리 모두에게 "졌기 때문에 포기하는 것이 아니라, 포기하는 것이 지는 것이다. 결국 스스로 끝났다고 하기 전까지는 아무것도 끝나지 않는다."라는 말로 좌절과 역경을 이기는 방법을 전해 주었다.

주어진 모든 것에 만족하라

다른 사람들보다 좋은 조건을 가졌으면서도
무언가를 더 갖기 위해 노력하는 사람은
영원히 행복의 맛을 느끼지 못할 것이다.

Those who strive for more—even though they have better conditions than others—
will not taste happiness forever.

_알랭 Alain

어느 나라에 고약한 병에 걸려 고생하던 왕이 있었다. 의원들의 치료도 별 효과가 없자 점성술사를 불러오게 하였다. 점성술사가 말하길, 왕의 병을 고치는 방법은 항상 만족해하며 사는 사람이 입고 있는 윗옷을 밤낮으로 입는 방법밖에는 없다고 일러 주었다.

왕은 신하들에게 명하여 전국을 뒤져서라도 그런 사람을 찾아서 옷을 얻어 오라고 명령했다.

여러 달이 지나서 신하들이 왕 앞에 무릎을 꿇고 앉아 보고를 했다.

"그래, 만족하며 사는 사람을 찾기는 하였는가?"

"네, 폐하. 그런 사람을 찾았습니다."

"그런데 왜 빈손인가? 그 사람의 윗옷은 가져오지 못한 것인가?"

"폐하, 그는 윗옷을 입지 않고 살고 있었습니다."

만족은 물질이 아니라 마음에 달려 있다.

우리 동네에서부터 시작하기

사소하고 특별하지 않은 준비 뒤에 눈부신 성취가 따라온다.
Spectacular achievement is always preceded by unspectacular preparation.

_로버트 H. 슐러 Robert H. Schuller

한 마을에 네 명의 청년이 동시에 빵집을 개업했는데 이름이 퍽 재미있었다. 첫 번째 청년은 '우리나라에서 가장 맛있는 빵집'이라고 지었고 두 번째 청년은 '세계에서 가장 맛있는 빵집'이라고 지었으며 세 번째 청년은 '우주에서 가장 맛있는 빵집'이라고 지었다.

그런데 손님들은 첫 번째 청년도 아니고 두 번째 청년도 아니고 세 번째 청년도 아닌 네 번째 청년의 빵집으로만 몰려들었다.

네 번째 청년이 지은 빵집 이름은 '우리 동네에서 가장 맛있는 빵집'이었다.

작은 일에 최선을 다하는 사람이 큰일을 할 때에도 최선을 다한다. 최고가 되려면 가장 작은 것에 정성을 쏟아야 하는 법이다.

성공은 실패의 끝에 온다

성공하겠다는 결의야말로
다른 어느 것보다 중요하다는 사실을 항상 명심하라.
Always bear in mind that your own resolution to succeed is
more important than any one thing.

_에이브러햄 링컨 Abraham Lincoln

그의 어머니는 사생아로 태어나 마을에서 손가락질을 받으며 성장했고, 네 살 때 동생의 죽음을 경험했다. 일곱 살 때 그의 가족은 일하던 농장에서 쫓겨나 살 곳을 잃었다. 아홉 살 때는 어머니가 돌아가셨으며 열여덟 살 때에는 여동생이 죽었다. 두 아들도 그의 품에서 죽어 가는 것을 지켜봐야 했다.

스물두 살 때에는 근무하던 회사가 파산하여 일자리를 잃었고, 이듬해에는 주의회 위원 선거에 입후보했으나 13명의 후보 중 8위에 그쳤다. 그는 연거푸 낙선의 고통을 겪었으며 그의 인생은 온통 실패의 연속이었다. 하지만 그는 고난의 세월을 통해 생명의 소중함과 인간의 존엄성을 깨달았다.

낙선의 연속이었지만 그는 끝까지 도전하여 51세가 되던 해에 미국 16대 대통령으로 선출되었다. 그의 이름은 에이브러햄 링컨이다.

관계의 기본

다른 사람에게 너그러운 자는 사람들의 마음을 얻을 수 있지만,
힘과 권력으로 엄하게 다스리는 자는 사람들의 노여움을 얻는다.
He who is generous to others will win their hearts, but he who is harsh to
others with his power and authority will arouse their anger.

_세종대왕 Sejong the Great

인간관계 십계명

1. 사람들에게 환영한다고 말하라.

2. 사람들을 웃음으로 대하라.

3. 그 사람의 이름을 불러라.

4. 친절한 모습을 유지하라.

5. 성심껏 행하라.

6. 진정으로 사람들에게 관심을 가져라.

7. 칭찬은 관대하게, 비판은 조심스럽게 하라.

8. 타인의 감정을 잘 고려하라.

9. 타인의 견해를 신중하게 판단하라.

10. 남을 위한 일에 기민하게 행동하라.

사흘만 볼 수 있다면

신의 사랑 속에서 살아가는 방법은 단 하나 뿐이다.
늘 감사하는 마음으로 살아가는 것.
There is only one way to live in the love of God. Being grateful all the time.

_바바 하리 다스 Baba Hari Dass

미국의 작가이며 교육자이자 사회주의 운동가였던 헬렌 켈러는 인문계 학사 학위를 받은 최초의 시각, 청각 중복 장애인이었다. 그녀가 쓴 《3일 동안만 볼 수 있다면》이라는 책에 이런 글귀가 있다.

"내가 만약 사흘간 세상을 볼 수 있다면 첫째 날에는 나를 가르쳐 준 설리번 선생님을 찾아가 그분의 얼굴을 보겠습니다. 그리고 산으로 가서 아름다운 꽃과 풀과 빛나는 노을을 보고 싶습니다. 둘째 날에는 새벽에 일찍 일어나 먼동이 터 오는 모습을 보고 싶습니다. 그리고 저녁에는 영롱하게 빛나는 하늘의 별을 보겠습니다. 셋째 날에는 아침 일찍 큰길로 나가 부지런히 출근하는 사람들의 활기찬 표정을 보고 싶습니다. 점심때에는 아름다운 영화를 보고 집에 돌아와 사흘간 눈을 뜨게 해 주신 하나님께 감사의 기도를 드리고 싶습니다."

우리는 참된 행복과 감사의 조건을 이미 가지고 있다.

존경을 부르는 10가지 비법

남에게 대접받고자 하는 대로 남을 대접하라.
Treat others the way you wish to be treated.

_성경 The Bible

타인으로부터 존경을 받는 10가지 법칙

1. 처음 만나는 사람의 이름을 잘 기억하라.

2. 타인을 편안하게 해 주는 사람이 되라.

3. 느긋하고 편안한 마음을 갖도록 노력하라.

4. 이기적이 되지 말라.

   모든 것을 다 알고 있는 척하지 말라. 평범하고 겸손하라.

5. 자신의 성격 결함을 개조하라.

6. 타인에게 도움을 줄 수 있도록 하라.

7. 불평불만을 버리고 자신의 잘못을 솔직히 인정하라.

8. 모든 사람을 진심으로 사랑하라.

9. 주위 사람의 성공에 대하여 축하하라.

   그리고 슬픔이나 실망에 처한 사람을 위로하라.

10. 당신과 함께하면 사소한 것이라도 얻을 수 있다는

    생각을 갖게 하라.

사랑은 아픔을 이긴다

어떠한 악도 사랑에 빠져 있는 사람을 해치지는 못한다.
No evil can hurt the one who is in love.

_레프 N. 톨스토이 Lev N. Tolstoy

몇 해 전, 하버드대학교 심리학 교수팀이 사랑은 바이러스에 대한 저항력을 강화시킨다는 실험 결과를 발표했다.

그들은 학생들을 모아 놓고 인자한 얼굴을 한 성직자가 난민 병원에서 사랑의 마음으로 환자들을 돌보는 아름다운 영상을 보여 주었다. 그러고 나서 감기 바이러스에 대항하는 저항력을 알아보는 IG-A 검사를 하고 1주일 뒤에 이 학생들을 불러 이번에는 나치가 유태인을 잔혹하게 학살하는 기록 영화를 보여 주었다. 그리고 똑같이 IG-A 검사를 했다.

그 결과 연구팀은 학생들이 간접적으로라도 사랑의 감정을 느꼈을 때 IG-A 수치가 더 높아졌다는 것을 알아 낸 것이다.

사랑이 바이러스를 이길 힘을 부여하는 능력이 있음이 과학적으로 증명된 사례이다. 비단 바이러스뿐만은 아닐 것이다. 사랑은 아픔을 이기는 무한한 힘과 능력이 있으며 그것이 우리를 다시 일어서게 한다.

마음을 껄끄럽게 하는 작은 모래알

사람들은 먼 곳에서 행복을 찾아 헤매지만
그것은 우리가 손만 뻗으면 잡힐 만한 곳에 숨어 있다.
You traverse the world in search of happiness,
which is within the reach of every man.

_호라티우스 Horatius

사하라 사막 횡단 대회가 열렸다. 많은 사람들이 도전했지만 사막의 열기를 견디지 못하고 중도에 포기하고 말았다. 최종 우승을 한 사람에게 기자들이 물었다.

"가장 고통스러웠던 것은 무엇입니까? 뜨거운 태양 아래 물도 없는 사막을 홀로 걸어와야 하는 것이었습니까?"

그러자 우승자가 말했다. "아닙니다."

"그러면 가장 가파르고 험한 길을 맨손으로 올라가야 했던 것이었나요?"

"그것도 아닙니다."

"그렇다면 모래사막 아래로 떨어졌을 때였습니까?"

"아닙니다. 사실 저를 가장 괴롭히고 고통스럽게 만들었던 것은 신발 속에 들어 있는 자그마한 모래알이었습니다."

나를 어렵게 만드는 것은 내 안에 해결되지 않고 계속 남아 있는 작은 찌꺼기일 수 있다는 것을 잊지 말아야 한다.

손을 꼭 잡아 주세요

　　미국의 회중파 전도사인 무디가 어느 겨울, 어린 딸과 함께 산책을 나갔다. 무디는 꽁꽁 언 길을 걸어야 하는 딸이 걱정이 되어 이렇게 말했다.

　　"얘야, 길이 너무 미끄러우니 아빠 손을 잡고 걷자꾸나."

　　하지만 딸은 혼자 걸어가겠다고 고집을 피웠고 무디도 딸의 의견을 존중하여 더 이상 말하지 않았지만 불안한 마음을 감출 수 없었다. 아니나 다를까 딸은 몇 발자국 가지도 못하고 엉덩방아를 찧고 말았다.

　　딸은 그제야 "아빠가 손가락 하나만 잡아 주면 갈 수 있을 거예요."라며 손가락 하나를 내밀었다. 하지만 몇 발자국 가지 못하고 다시 눈길 위로 벌러덩 넘어지고 말았다.

　　"아빠. 이제는 손을 꼭 잡아 주세요."

　　무디는 딸의 손을 꼭 잡고 걸으며 딸이 넘어지려는 순간마다 순식간에 바로 잡아 일으켜 세워 주었다. 우리에게도 늘 곁을 지켜 주던 부모님의 손길이 있다.

'그냥'은 없다

한 젊은이가 대학을 졸업하고 미국 뉴욕박물관에 임시직으로 취직을 했다. 그는 매일같이 남들보다 한 시간 일찍 출근해서 박물관을 구석구석을 닦으며 하루를 시작했다. 그 모습을 지켜보던 박물관장이 물었다.

"자네는 대학 교육까지 받은 사람이 이따위 청소나 하는 것이 부끄럽지 않은가?"

그러자 청년은 웃으며 대답했다.

"그냥 청소가 아닙니다. 박물관 청소입니다."

청년은 성실성을 인정받아서 정직원으로 채용됐으며 알래스카 등지를 찾아다니며 고래와 포유동물에 대한 연구에 열중했다. 그 결과 그는 세계에서 가장 권위 있는 '고래 박사'로 불렸고 영화 주인공의 실제 모델이 되기도 했으며 뉴욕박물관 관장까지 지냈다. 그가 바로 앤드루스 박사다.

자기에게 베푸는 선물, 용서

용서는 누군가를 미워하면서 생기는 괴로움에서 나를 해방시킨다.
그러므로 용서는 자기에게 베푸는 가장 큰 선물이다.

Forgiveness has a strength to liberate oneself from the pain caused by the
hatred towards someone else. Hence, to forgive is the greatest present for
oneself.

_달라이 라마 Dalai Lama

사랑과 용서를 제일 중요한 가치로 평가했던 제 264대 교황 요한 바오로 2세는 이렇게 말했다.

"사람은 사랑 없이 살 수가 없다. 사람에게 사랑이 계시되지 않을 때, 사람이 사랑을 만나지 못한 때, 사랑을 체험하고 자기 것으로 삼지 못할 때, 사랑이 깊이 참여하지 못할 때, 사람은 자기에게도 이해되지 않는 존재로 머물게 되고 그 삶도 무의미해진다.

용서는 세상에 죄보다 강한 사랑이 현존한다는 증거다. 용서가 없는 세상은 사람들이 정의라는 이름으로, 다른 사람들과 맞서서 자신의 권리만을 주장하는 냉혹한 세계에 지나지 않는다."

사랑은 기뻐하는 사람들과 함께 기뻐하고, 고통받는 사람들과 더불어 고통을 받는 능력이다. 화해는 다른 사람들에 대한 승리가 아니라, 자신에 대한 승리이다.

자신을 100퍼센트 믿어라

당신이 사랑을 받으면서 태어났다는 사실을 알고,
이 세상을 떠날 때에도 똑같이 사랑을 받으며 간다는 것을 안다면,
우리의 삶이 어렵고 힘든 것만은 아니라는 사실도 알게 될 것이다.
If you enter this world knowing you are loved and you leave this world knowing
the same, then everything that happens in between can be dealt with.

_마이클 잭슨 Michael Jackson

얼마 전 세상을 떠난 마이클 잭슨은 미국은 물론 전 세계를 들썩이게 했던 팝스타이기 이전에 인종차별을 극복한 성공의 아이콘이었다. 그가 한 인터뷰에서 이렇게 말했다.

"남들은 내가 생각하는 것을 믿지 않았다. 모두 의심이 너무 많았다. 하지만 스스로 의심하기 시작하면 최선을 다할 수 없다. 자신을 믿지 못한다면 누가 나를 믿어 주겠는가? 일단 작업에 들어가면 나는 할 수 있다는 자신감이 생긴다. 계획에 착수할 때는 그것을 100퍼센트 믿는다. 그리고 내 모든 혼을 작업에 불어넣는다. 그러다가 죽어도 상관없다고 생각할 정도로 몰입한다. 그것이 바로 나 자신이다."

삶에 대한 책임은 자신에게 있다. 자신이 믿고 옳다고 생각한 것을 선택한 이상 모든 열정과 노력을 쏟아 붓는 것 외에는 다른 방법이 없는 것이다.

후회 없는 삶을 살기 위한 3가지 비결

인생에 완전한 만족이란 없다. 그저 자신이 찾고자 하는 것을 위해
하루하루 노력하는 삶이 모여서 참된 인생을 만든다.

There is no complete satisfaction in life.
True life is made up of everyday efforts for your goals.

_요한 W. 폰 괴테 Johann W. von Goethe

미국의 신학자이자 사회학자인 토니 캄폴로가 후회 없는 삶을 살기 위한 세 가지 비결에 대해서 이렇게 말했다.

첫째, 날마다 반성하는 삶을 살아라. 아무런 되새김 없이 무심코 흘려보낸 자신의 시간들을 후회하는 것이다. 지나온 하루를 돌아보며 자신을 반성하고 더 나은 내일을 계획하는 삶은 하루하루를 아름답고 가치 있게 만든다.

둘째, 용기 있는 삶을 살아라. 눈앞의 이익을 좇아 양심을 버리고 불의와 타협하면 나중에 자신이 얼마나 어리석은 선택을 한 것인지 깨닫게 된다. 진실을 말할 용기가 없어 외면하며 산 날들은 언젠가 뼈아픈 상처가 되어 돌아온다.

셋째, 죽은 후에도 무언가 남는 삶을 살아라. 지금까지 목표를 세우고 꿈을 꾸며 힘들게 달려왔지만 그게 다 물거품처럼 없어지고 마는 허망한 것들이었음을 깨닫게 될 것이다. 다시 태어나도 없어지지 않을 것들, 참된 가치들을 추구하며 살겠다는 다짐을 해라.

샘물은 퍼낼수록 맑은 물이 솟아난다

자신의 기분을 좋게 하는 가장 좋은 방법이 있다.
그것은 다른 사람의 기분을 좋게 하며 기운을 북돋워 주는 것이다.
I know the greatest way to please oneself.
That is to lift someone else's spirit by pleasing him.

_마크 트웨인 Mark Twain

"다른 사람이 잘 되기를 축복한다면 그 축복이 메아리처럼 나를 향해 돌아온다. 힘들어도 웃어라. 절대자는 웃는 사람을 좋아한다. 마음의 무게를 가볍게 하라. 마음이 무거우면 세상이 무겁다. 아낌없이 베풀어라. 샘물은 퍼낼수록 맑은 물이 솟아난다."

우리나라 대표적 기업인인 이건희 회장의 말이다. 그는 절망 속에서도 희망을 잃지 말라며, 희망만이 희망을 키운다는 말을 자주 한다. 그리고 그는 인연을 소중하게 생각하며, 세상을 향해 인색하지 말라고도 조언한다.

인간은 사회적 동물이라는 진리는 변함이 없다. 이는 자신만의 이익을 위한 이기적인 삶보다는 다른 사람들과 더불어 아끼고 존경하는 사회를 만들어야 그 사회가 행복한 사회라는 말로 바꿔 말할 수 있다.

그리고 우리 모두는 '사랑은 받는 것보다 주는 것이 더욱 행복하다'는 진리를 너무나 잘 알고 있다.

스트레스를 해소하는 짧은 인사말

삶에서 소소한 즐거움을 끊임없이 느끼는 사람은
행복한 삶의 비결을 가지고 있는 사람이다.
One of the secrets of a happy life is continuous small treats.

_아이리스 머독 Iris Murdoch

우리는 하루에도 수없이 많은 고민과 걱정을 한다. 하지만 과거에 대한 후회, 미래에 대한 불안 등 우리를 옥죄는 걱정과 스트레스에서 벗어나야만 육체와 정신에 행복이 들게 된다.

저술가이자 연설가로 유명한 데일 카네기는 걱정과 고민으로 고통받는 사람들이 어떻게 그것을 해결했는지에 대하여 오랜 기간 연구조사를 진행했고, 실제 경험을 통해 고민을 해결할 수 있는 확실한 처방전을 만들었다. 그리고 우리에게 '스트레스를 줄일 수 있는 방법'에 대해 여러 가지 제안을 내놓았다.

그중에서도 가장 크게 감동을 주고, 가장 큰 치료 효과를 누린 것은 "처음 뵙겠습니다.", "고맙습니다.", "힘내세요." 같은 짧은 말 한마디로 이루어진 인사말을 건네는 방법이었다. 우리 서로서로가 행복한 감정을 나누고 공감할 수 있다면 그것이야말로 그 무엇보다도 훌륭한 치료제가 된다.

권위 앞에서 당당하게 행동하라

소박한 취향, 약간의 용기, 어느 정도의 자제력, 자신의 일을 향한 애정, 그리고 무엇보다도 떳떳한 양심이야말로 행복의 필수 조건이다.

The necessary ingredients of happiness are simple tastes, a certain degree of courage, self denial to a point, love of work, and above all, a clear conscience.

_조르주 상드 George Sand

영국인들이 '가장 위대한 영국인'으로 꼽는 영국의 전 수상 윈스턴 처칠의 일화 중 하나다.

국회 연설을 하기로 한 날, 그가 탄 차가 속도위반으로 교통경찰에게 잡혔다. 처칠의 운전기사가 경찰에게 말했다.

"수상이 타신 차인데 국회 연설 시간이 임박해서 과속을 했습니다. 이번엔 그냥 좀 넘어가 주시죠."

하지만 경찰은 들은 체도 하지 않고 위반 딱지를 내밀었다.

연설이 끝난 후 처칠은 경찰청장에게 찾아가 그 교통경찰의 용기와 정직한 직무 수행을 치하하면서 그를 특진시키라고 명령했다.

하지만 그 교통경찰은 그 제안을 거절했다.

"저는 제 할 일을 했을 뿐입니다. 규정에도 없는 특진 제안을 받아들일 수 없습니다."

먼 미래를 바라보면

내일 비록 세계 종말이 닥쳐온다 할지라도
나는 한 그루의 사과나무를 심으리라.
Even if the world comes to the end tomorrow,
I will plant an apple tree today.

_바뤼흐 드 스피노자 Baruch de Spinoza

한 노인이 뜰에 묘목을 심고 잘 자라 주기를 바라는 마음으로 매일 정성껏 돌봐 주었다. 지나가던 한 젊은이가 그 모습을 보고 노인에게 물었다.

"어르신. 어르신께서는 언제쯤 그 나무에 열매가 열릴 거라고 생각하십니까?"

"글쎄. 한 60년쯤 지나야 열리겠지."

"그런데 어르신께서는 그때까지 사실 수 있으시겠어요?"

젊은이의 질문이 무엇을 뜻하는지 꿰뚫어 본 노인이 대답했다.

"물론 나는 그때까지 살지 못하겠지. 하지만 내가 태어났을 때 우리 집 과수원에 열매가 주렁주렁 열려서 때가 되면 맛있는 과일을 원 없이 먹었다네. 그건 내가 태어나기 훨씬 이전에 나의 할아버지께서 나무를 심어 주셨기 때문에 가능했던 일일세. 나도 내 할아버지가 한 것과 똑같은 일을 하고 있을 뿐이야."

절망을 물리치는 희망의 연

누군가에게 깊이 사랑받고 있다는 사실은 우리에게 힘을 주고,
누군가를 깊이 사랑한다는 사실은 우리에게 용기를 준다.

Being deeply loved by someone gives you strength, while loving someone
deeply gives you courage.

_노자 Lao-tzu

중국의 문화혁명 시기에 한 남자가 아무 이유도 없이 끌려와 감옥에 갇혔다. 숱한 고문을 받은 많은 사람들이 죽어 나갔고, 자신의 앞날이 어떻게 될지 모르는 상황에서, 그도 삶의 의욕과 희망을 잃어버렸다. 인사도 나누지 못한 채 헤어진 부인과 아들이 어떻게 지내는지도 알 수 없었으며 산다는 것 자체가 그저 고통이었다.

많은 사람들이 스스로 목숨을 끊었고 그도 그 심정을 충분히 이해했다. 어느 날 그도 목숨을 끊을 생각으로 감옥 창문을 바라보았다. 그런데 그때 창 밖에 날고 있는 연이 보였는데 그것은 자신이 아들에게 만들어 준 바로 그 연이었다. 아들의 연은 매일 감옥 창 밖에서 하늘을 날고 있었다.

아들의 연을 본 그는 비로소 살아갈 희망을 얻었다. 다른 수감자들도 그의 아들이 날리는 연을 보며 가족 생각을 했다. 그 연은 모든 사람들에게 희망을 주었고 결국 그는 감옥을 나올 수 있게 되었다.

한 번에 한 사람씩

한 방울 한 방울이 모여 단지 하나를 가득 채운다.
Drop by drop is the water pot filled.

_붓다 Buddha

나는 결코 대중을 구원하려고 하지 않는다. 나는 다만 한 개인을 바라볼 뿐이다.

나는 한 번에 단지 한 사람만을 사랑할 수 있다. 한 번에 한 사람만을 껴안을 수 있다.

단지 한 사람, 한 사람씩 시작하는 것이다. 나는 그 한 사람을 붙잡는다.

만일 내가 그 사람을 붙잡지 않았다면 나는 4만 2천 명을 붙잡지 못했을 것이다.

모든 노력은 단지 바다에 붓는 한 방울 물과 같다.

하지만 만일 내가 그 한 방울의 물을 붓지 않았다면 바다는 그 한 방울만큼 줄어들었을 것이다.

당신에게도 마찬가지다. 당신의 가족에게도, 당신이 다니는 교회에서도 마찬가지다.

단지 시작하는 것이다. 한 번에 한 사람씩.

_마더 테레사

결코, 결코 포기하지 마라

아직 절망하지 마라.
종종 열쇠 꾸러미의 마지막 열쇠가 닫힌 자물쇠를 여는 법이다.
Don't despair yet. Often, the last one in a bunch of keys opens the lock.

_체스터필드 경 Lord Chesterfield

이탈리아 밀라노 베르디국립음악원에서 공부하고 세계적인 콩쿠르를 석권했던 성악가 배재철 씨. 유럽의 여러 대회에서 우승을 거머쥐었고 헝가리 미슈콜츠시립극장에서는 〈일 트로바토레〉의 주역으로 공연했다. 영국에서 〈라보엠〉을 성공리에 마쳤을 때에는 〈더 타임스〉가 '아시아에서 100년에 한 번 나올까 말까 한 목소리'라는 극찬을 아끼지 않을 정도였다.

그 후 아시아인에게는 좀처럼 문을 열어 주지 않던 독일 자르브뤼켄 극장과 전속 계약까지 맺으며 성공의 길을 걷고 있었던 그에게 돌연 갑상선암 선고가 내려졌다. 그는 적출 수술을 받던 중 성대 신경이 끊겼고 오른쪽 폐 기능을 상실했다. 목소리가 나오지 않는다는 것은 테너에게는 사형선고나 마찬가지였다. 하지만 그는 "결코 포기하지 마라. 너는 할 수 있다."는 위로와 격려의 목소리에 다시 힘을 내기 시작했다. 그리고 2011년, 〈더 페이스 콘서트 연주회〉를 성황리에 마쳤다.

삶의 마지막 순간에 떠오르는 것

우리에게 일어나는 일들 중 가장 좋은 것은 사랑이다.
그 누구도 당신의 사랑을 사소하다고 말하거나
가볍게 여기지 않도록 하라.
The most amazing thing that occurs to us is love.
Don't let anyone say that your love is trivial or treat your love lightly.

_존 스타인벡 John Steinbeck

"마리코, 릿케이, 치요코. 모두 싸우지 말고 사이좋게 지내거라. 뭐든 열심히 하고 항상 엄마를 도와주렴. 많이 슬프지만 아빠는 구조되지 못할 것 같아. 원인은 알 수 없지만 지금 5분이 지났단다. 이 비행기에서 내리고 싶어. 어제 모두 함께 식사한 것이 마지막이 되었네. 뭔가 터졌는지 기내에서 연기가 나고 점점 내려가고 있어. 어디에서 어떻게 될지 모르겠다. 릿케이, 잘할 수 있지? 모두를 부탁한다.

여보, 이렇게 되어서 미안해요. 잘 있어요. 아이들을 잘 부탁하겠소. 지금은 여섯 시 반. 비행기가 점점 내려가고 있소. 지금까지 나는 행복한 인생을 보냈어요. 고마워요."

1985년 8월, 일본 여객기가 추락하여 승객과 승무원 520명이 사망하는 대참사가 벌어졌을 때 가와쿠치라는 52세의 남성이 쓴 편지 한 장이 발견됐다. 가족을 사랑하는 아버지의 마음을 담은 편지는 일본 열도를 순식간에 숙연하게 했다.

살기 위해 발버둥 치는 개구리처럼

오노도후라는 일본 서예가가 있었다. 그는 열심히 글을 썼지만 원하는 만큼 실력이 늘지 않자 자신에게는 재능이 없다고 생각하고 자살을 결심했다. 비가 몹시 쏟아지던 어느 날, 그는 붓을 내려놓고 강가로 나갔다. 휘몰아치는 물살을 바라보던 그가 강물로 막 뛰어들려 하던 그때, 눈앞에 개구리 한 마리가 보였다.

개구리는 버드나무 줄기에 매달려 물살에 휩쓸리지 않으려고 발버둥을 치고 있었다. 오노도후는 그 개구리를 주시했다. 죽을힘을 다해 발버둥 치던 개구리는 물살을 헤치고 꿋꿋하게 버티며 조금씩 기어오르더니 마침내 강둑에 올라섰다. 그 모습을 보던 오노도후는 큰 충격에 빠졌다.

"개구리 한 마리도 살기 위해 애써서 결국 목숨을 보전했는데 나도 이대로 죽을 수는 없다. 다시 한 번 더 해 보자!" 결국 글쓰기에 정진한 오노도후는 일본 제일의 서예가가 되었다.

산을 깎아 내리는 굳센 의지

나에게는 간절한 소원 하나가 있다.
내가 이 세상에 태어난 목적을 밝히며
조금이라도 세상이 좋아지는 것을 볼 때까지 살고 싶다는 것이다.
I have an ardent hope. I want to state the purpose of my life and live until the
world becomes a better place to live in.

_에이브러햄 링컨 Abraham Lincoln

인도에 살고 있던 노부부가 있었다. 어느 날 산을 오르던 부인이 큰 부상을 당했다. 빨리 병원에 옮겨 치료를 받아야 했지만 길이 너무 멀어 제때 치료를 받지 못했고 결국 부인은 죽음에 이르고 말았다.

충격을 받은 할아버지는 결심했다.

"다른 사람들이 이런 비극적인 일을 겪게 할 수는 없어."

이때부터 할아버지는 정과 망치만을 가지고 매일 산을 깎았다. 오로지 길을 만들겠다는 신념 하나로 버틴 고단한 세월이었다. 사람들은 할아버지를 비웃었지만 그는 망치질을 멈추지 않았고 약 22년 만에 길이 만들어지는 기적이 일어났다.

사람들은 할아버지를 두고 '마운틴 맨'이라는 애칭을 붙여주었고, 할아버지가 사랑의 힘으로 만든 이 길 덕분에 많은 사람들이 큰 어려움 없이 산을 오르내릴 수 있게 되었다.

생명수를 뿌려 준 깨진 항아리

다른 이들의 삶에 햇살을 비춰 주는 사람은
그들에게 나오는 햇빛을 받으며 살 수밖에 없다.
Those who bring sunshine to the lives of others
cannot keep it from themselves.

_제임스 M. 배리 James M. Barrie

세월의 무게를 이기지 못하고 모서리에 약간 금이 간 못생긴 항아리가 있었다. 이제 자기는 곧 버려질 것이라고 생각했는데 주인은 그 항아리를 이용해 계속 물을 길었다. 금이 간 곳으로 계속 물이 새는 것이 너무 미안했던 항아리가 주인에게 물었다.

"어째서 저를 버리지 않고 계속 써 주시는 겁니까?"

주인은 별다른 말을 하지 않았다. 그리고 다음 날, 물을 길어 오면서 항아리에게 말했다.

"얘야, 우리가 걸어 온 길을 한번 보아라."

길가에는 예쁜 꽃들이 옹기종이 피어 있었다.

"이 아이들이 바로 너의 깨어진 틈으로 새어 나온 물을 먹고 자란 꽃들이란다."

말을 거르는 체

작은 불씨 하나가 얼마나 많은 사람의 목숨과 재산을 앗아 가는가.
사람의 입에서 나오는 말도 불처럼 무서운 것이다.

How many people's lives and riches are lost because of a small ember;
words slipped out of people's mouths are as fearful as fire.

_성경 The Bible

누군가 소크라테스를 다급히 불렀다.

"이보게 친구. 내가 지금 무슨 이야기를 듣고 왔는지 아나?"

그때 소크라테스가 말했다.

"잠깐만! 아직 말하지 말게나. 혹시 자네가 지금 나에게 급히 전해 주려는 그 소식을 체로 세 번 걸렀는가?"

흥분을 감추지 못했던 친구는 소크라테스의 말을 듣고 잠시 고개를 갸우뚱거렸다.

"말을 체로 걸렀느냐고? 그게 무슨 소린가?"

"첫 번째 체는 진실이라네. 지금 말하는 내용이 사실이라고 확신하는가? 그리고 두 번째 체는 선의라네. 자네가 하려는 말이 누군가를 돕는 말인가? 세 번째 체는 확신이라네. 자네를 그렇게 흥분하게 만든 소식이 정말 중요한 내용인가?"

그러자 친구는 우물쭈물하며 대답하지 못했다.

"그렇다면 나에게 말할 필요가 없네. 이런 말은 우리 마음만 어지럽힐 뿐이니까."

내 짐보다 더 가벼운 짐은 없다

불만에 속지 말라. 불만 때문에 자기 자신을 학대하지 않는다면
인생이 더욱 즐거워질 것이다.
Don't be fooled by discontent.
Life will be more pleasant if you don't mistreat yourself
because of discontent.

_버트런드 러셀 Bertrand Russell

모든 일에 불평불만을 늘어놓는 남자가 있었다. 그는 "나는 늘 재수가 없어."라는 말을 입에 달고 살았다. 하루는 온 마을 사람들이 힘을 합쳐 멀리 있는 이웃 마을에 짐을 옮겨 줘야 하는 일이 생겼다. 그 남자도 마찬가지로 짐을 하나 선택했다. 그런데 한참을 걷다 보니 자신이 들고 가는 짐이 다른 사람들의 것보다 훨씬 더 크고 무거워 보였다. "나는 역시 재수가 없어." 그는 불평을 쏟아 내며 한걸음 한걸음을 겨우 내딛었다.

먼 길이었기에 사람들은 중간 마을에서 하룻밤을 자고 가게 되었다. 남자는 이때다 싶어 모두가 잠든 밤에 몰래 일어나 짐을 쌓아 둔 곳으로 가서 가장 가벼운 짐 하나를 골랐다. 그리고 자기만 알아볼 수 있도록 표시를 해 두었다.

날이 밝자 그는 제일 먼저 일어나 자기가 표시해 둔 짐을 찾기 시작했다. 그런데 알고 보니 그것은 바로 자신이 어제 온종일 들고 온 그 짐이었다.

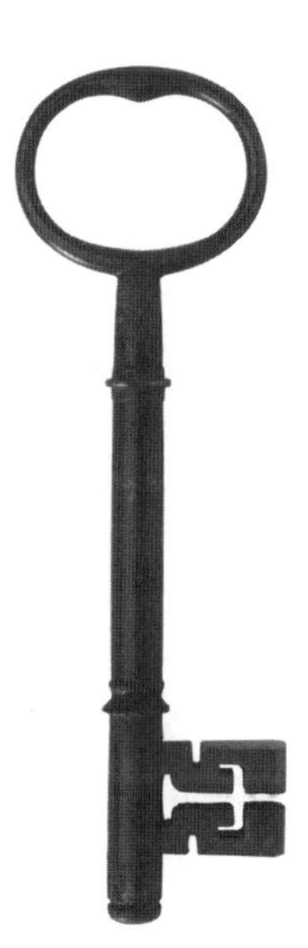

November

11월

인생은 마치 자전거 타기와 같다.
몸의 균형을 유지하려면
계속 움직여야 한다.

Life is like riding a bicycle.
To keep your balance
you must keep moving.

알베르트 아인슈타인
Albert Einstein

위대한 것은 작은 것에서 시작된다

한 걸음 한 걸음 단계를 밟아 나아가라. 내가 알기로는
그것이 당신이 원하는 것을 성취할 수 있는 유일한 방법이다.
Proceed step by step. As far as I know,
that is the only way to achieve what you want.

_마이클 조던 Michael Jordan

어느 부자가 미켈란젤로에게 그림을 그려 달라고 부탁했다. 부자는 종종 미켈란젤로의 작업실에 들러서 그림을 확인하고는 했는데 어느 날 그가 말했다.

"지난번에 들렀던 이후로 당신의 그림은 변한 게 없군요."

그러자 미켈란젤로가 말했다.

"오! 아닙니다. 많이 달라졌어요. 자세히 보세요. 이 부분을 수정하고 저 부분은 좀 더 다듬었죠. 그리고 여기 있는 선들은 조금 더 부드럽게 처리했구요."

"그렇네요. 하지만 모두 사소한 것들 아닌가요? 그림은 그대로라구요."

"그럴지도 모르지요. 하지만 사소한 것들이 모여서 완벽함을 만들고 그 완벽함은 결코 사소하지 않습니다."

위대한 것은 작은 것으로부터 시작한다. 우리가 하고 있는 일들은 절대 사소하지 않다.

생자필멸의 진리

생명을 얻은 누구나 죽음을 피할 수 없다.
피할 길 없는 일을 울며 탄식해서는 안 된다.
For certain is death for the born and certain is birth for the dead;
Therefore over the inevitable thou should not grieve.

_바가바드 기타 Bhagavad Gita

한 현인이 길을 걷고 있는데 어느 과부의 울음소리가 들려왔다. 외아들이 죽어서 너무나 처절하게 울고 있었던 것이다. 여인은 현인을 붙잡고 "제발 내 아들을 좀 살려 주세요."라고 애원했다.

현인은 여인을 측은히 여겨 "지금 곧 일어나서 마을로 가서, 아직까지 사람이 단 한 명도 죽지 않은 집을 찾으십시오. 그 집에서 쌀을 한 줌 얻어다가 죽을 끓여 아들에게 먹이면 곧 살아날 것입니다."라고 일러 주었다. 과부는 기뻐하며 마을을 향해 단숨에 달려갔다.

해가 저물어 갈 무렵, 그 젊은 과부는 힘없는 모습으로 다시 찾아와 한탄하듯 말했다. "하루 종일 찾아다녀도 사람이 죽은 일이 없는 집은 없습니다."

이때 현인이 나직한 목소리로 말했다. "생자필멸生者必滅이라는 말이 있듯 사람은 나면 반드시 죽는 것이니 너무 슬퍼하지 마십시오."

이웃의 배고픔을 잊지 마라

광야를 함께 걸어가는 길동무처럼, 가진 것 없는 중에도
서로 나누고 베푸는 사람은 멸하는 세상에서도 멸하는 법이 없다.

Like the companion who walks together in the wilderness, the one who
shares and confers benefits despite his poverty will not perish whilst the
world is collapsing.

_상응부경전 The Book of Kindred Sayings

어느 부자에게 친구가 찾아와 간곡한 부탁의 말을 건넸다.

"내가 아는 어느 힌두교 가정에 자식이 여덟 명이나 있다네. 그런데 모두들 제대로 먹지 못해 죽을 위기에 처했지 뭔가. 자네가 좀 도와줄 수 있겠나?"

마음씨 좋은 부자는 쌀을 챙겨서 친구가 말한 힌두교 가정에 찾아갔다. 정말로 아이들은 굶주림에 지친 표정으로 힘없이 앉아 있었다. 그런데 부자에게 쌀을 받은 아이들의 어머니가 쌀을 반이나 덜어 그릇에 담고는 곧장 밖으로 나가는 것이 아닌가. 그녀가 다시 집으로 돌아왔을 때 부자가 "무엇을 하고 오신 겁니까?"라고 묻자 그녀가 대답했다. "다른 사람들도 배가 고프답니다."

그녀는 자신의 가족 외에도 배가 고픈 이웃이 있다는 사실을 잘 알고 있었던 것이다.

나쁜 환경에 물들까 걱정하기 전에

보다 나은 인간이 되기 위해 노력하며 사는 것보다도
더 훌륭한 삶은 없고, 실제로 보다 나아지고 있음을
느끼는 것보다도 더 큰 만족감은 없다.

There is no greater life than trying to live to be a better man;
there is no greater satisfaction than feeling you are getting better.

_소크라테스 Socrates

살던 동네를 떠나 이사를 가는 사람이 있었다. 그는 식구들을 다 이끌고 다른 동네로 떠나가면서 "이 동네는 사람 살 곳이 못돼. 모두 무식하고 가난하고 예절도 모르고 욕심은 어찌나 그렇게 많은지 싸움질만 하고. 이 동네에 있다가는 나도 이렇게 될 것 같아서 안 되겠어."라고 말했다.

그날, 예전 사람들이 이사를 떠나 비어 있는 집으로 새로운 사람들이 들어왔다. 그들은 이렇게 말했다. "이 동네 사람들이 가난하고 무식하고 많이 앓기도 하면서 불행하게 산다는 이야기를 들었습니다. 그래서 그들의 이웃이 되어 볼까 해서 이 동네로 이사 오기로 결심했습니다. 우리 식구들과 함께 힘닿는 데까지 돕겠습니다."

사람을 바꿀 수 있는 것은 질책이 아니라 사랑뿐이다.

'나'는 남과 더불어 존재한다

아름다운 자세를 가지고 싶다면
네가 결코 혼자 걷지 않는다는 사실을 명심하며 걸어라.
For beautiful poise, walk with the knowledge that you are never alone.

_오드리 헵번 Audrey Hepburn

심리학자들이 사람의 심리를 점검할 때 즐겨 쓰는 방법 가운데 하나는 측정 대상자가 주어진 시간 동안 연설을 하거나 대화를 할 때, 또는 일정한 길이의 문장을 작성하였을 때 '나'라는 단어를 얼마나 자주 사용하는가를 살펴보는 것이다.

물론, '나'라는 단어를 자주, 그리고 많이 사용하는 사람일수록 그 사람의 심리상태는 건전하지 못하다는 결론을 낼 수 있다.

1940년 미국의 한 언어학자가 조사한 바에 의하면 히틀러는 53단어에 한 번씩 '나'라는 단어를 썼고 무솔리니는 83단어에 한 번씩 썼다. 성서 누가복음 12장에 나오는 어리석은 부자는 그에 대한 기사 6줄 중에서 나라는 말을 6번이나 사용했다.

'나'만 바라보는 사람은 '우리'를 보지 못하여 결국 혼자 외롭게 늙어 갈 뿐이다.

유혹을 만나거든 배수진을 쳐라

스스로를 완전히 정복해야만 다른 사람도 다스릴 수 있다.
Only after you conquer yourself completely, you can rule others.

_발타자르 그라시안 Baltasar Gracian

'배수진을 치다'라는 말이 있다. 한고조의 명장으로 이름을 날리던 한신이 전쟁을 할 때는 강물을 뒤로 해서 진을 쳤는데 이것은 전세가 불리해졌을 때 병사들이 도망갈 것을 대비한 그만의 전략이었다.

프랑스의 작가 빅토르 위고는 글을 쓸 때가 되면 하인에게 자신의 옷을 전부 벗어 준 뒤 해가 진 다음에 가져오라고 했다. 나가서 놀고 싶은 유혹을 미리 차단한 것이다. 우리나라의 이외수 작가도 역시 글을 쓸 때에는 방문에 철창을 설치해 밖에서 문을 잠그도록 부탁한 뒤 철저히 스스로를 고립시켰다고 한다.

유혹에서 벗어날 수 있는 스스로의 방법이 있는 사람은 배수의 진을 가진 사람이라고 할 수 있으며 이런 사람들은 성공의 문턱을 넘을 수 있다.

할머니 화가가 그리는 세상

자신이 좋아하는 일을 하면 성공은 자연히 따라온다.
If you follow your passion, success will follow you.

_워런 버핏 Warren Buffett

메리 로버트슨은 27세에 결혼하여 시골 농부의 아내이자 다섯 아이의 엄마로 살아왔다. 그녀는 남편이 먼저 세상을 떠나자 우울증을 달래기 위해 평소 관심이 있던 그림 그리기를 시작했고 자신이 자란 시골의 모습, 즐겁게 뛰노는 아이들, 추수감사절 마을의 분위기 등을 그렸다. 동네에서 약국을 하던 친구는 메리의 그림을 약국에 걸어 놓았는데 우연히 미술품 수집가 루이스 캘도어의 눈에 띄게 되었다.

농촌의 일상을 정교하게 표현한 메리의 그림에 매료된 캘도어는 그녀의 그림을 뉴욕 미술계에 소개하였고 세상이 그녀를 주목하게 되었으며 그녀는 78세의 할머니 화가로 등단하게 된다.

"삶은 우리 자신이 만드는 것입니다. 늘 그래 왔고, 앞으로도 그럴 거예요."라고 말하는 그녀는 오른손 관절염이 심해지자 왼손으로 그림을 그리며 100세까지 붓을 놓지 않았다.

봄이 와도 꽃을 볼 수 없습니다

친절이란 듣지 못하는 사람이
들을 수 있고 보지 못하는 사람이 볼 수 있는 언어다.
Kindness is a language which the deaf can hear, and the blind can read.

_마크 트웨인 Mark Twain

앞을 보지 못하는 사람이 길가에 앉아 구걸을 하고 있었다. 그의 목에는 '저는 태어날 때부터 장님입니다. 도와주세요.'라는 팻말이 걸려 있었다. 그는 사람들이 많이 다니는 길목에 앉아 있었으나 그를 눈여겨보는 사람은 아무도 없었고 그저 자신들 갈 길만 바쁘게 갈 뿐이었다.

아침 출근길마다 그가 구걸하는 것을 보았던 한 청년이 어느 날 그에게 다가왔다. 그리고는 팻말에 있던 글귀를 지우고 이렇게 써 놓았다.

'저는 봄이 와도 꽃을 볼 수 없습니다.'

그 다음부터 지나던 사람들의 행동이 달라졌다. 도움을 구하는 사람이 있는지 없는지도 모르고 지나치던 사람들이 발길을 멈추고 그를 바라보았고 빈 깡통에 동전을 넣기 시작했다. 글자 몇 개가 사람들의 닫힌 마음의 문을 열어 준 것이다.

죽음이 싫다면 목적 있게 살라

목적 있는 삶,
그것이 바로 인생의 목적이다.
A life with a purpose, that is the purpose of life.

_로버트 본 Robert Vaughn

　"만일 우리가 내일 죽게 된다면 마지막으로 무슨 말을 남기겠습니까? 한번 생각해 보십시오. 당장 내일이 아니더라도 언젠가는 반드시 그때가 옵니다. 우리가 하루하루 살아 있다는 것은 기적 같은 일입니다. 이런 기적 같은 삶을 헛되이 보낸다면 후회할 때가 반드시 옵니다.

　죽음을 어둡고 기분 나쁘게 생각하지 마십시오. 죽음은 삶의 한 모습이고 삶의 과정입니다. 죽음이 없다면 삶은 무의미해집니다. 죽음이 받쳐 주고 있기 때문에 삶이 빛날 수 있습니다. 그래도 죽음이 싫으면 살 줄 알아야 합니다. 죽음을 좋아하는 사람이 누가 있겠습니까? 사는 즐거움을 누릴 줄 알아야 합니다. 무엇 때문에 내가 사는지 삶의 목적이 있어야 합니다. 살아갈 이유를 가지고 있는 사람은 어떤 어려운 환경에서도 살아남습니다."

_법정 스님

인생에 폭풍우가 몰아쳐도

우리들의 행복을 완성하는 데 진정 도움이 되는 것은
외부가 아니라 내면인 마음에 있음을 알아야 한다.

What is really helpful in completing our happiness is inside,
not outside, our minds.

_아르투르 쇼펜하우어 Arthur Schopenhauer

이름난 화가 두 명이 일 년 뒤 세상에서 가장 아름다운 그림을 그린 후 다시 만나자고 약속했다. 그리고 일 년이 지나 두 사람은 서로의 그림을 마주하게 되었다.

"나는 평화로운 시골 마을을 배경으로 아름다운 저녁노을이 지는 장면을 그렸다네. 마을에는 아이들이 뛰놀고 농부들의 얼굴에는 추수의 기쁨이 담겨 있지. 그런데 자네의 그림은 전혀 뜻밖인데?"

"나도 처음에는 자네처럼 아름다운 풍경을 그리기 시작했지. 그런데 어느 날 비바람이 불고 폭풍우가 치던 캄캄한 저녁, 휩쓸릴 것 같은 바위에 굳건하게 서 있던 갈매기를 보고 마음을 바꿨지. 자네의 그림은 비바람이 불면 무너질 아름다움이지만, 가장 힘든 순간에도 평화를 찾은 갈매기의 모습은 너무나 아름다웠다네."

뻐꾸기의 한탄

남에게 베풀고자 하는 마음이 없으면
결국 홀로 삶을 살아가야 한다.
If you don't have a heart to confer benefits, you need to live alone.

_요셉 I. 밀러 Joseph I. Miller

　　뻐꾸기 한 마리가 슬피 울고 있었다. 그 모습을 본 비둘기가 물었다. "왜 그리 슬피 우십니까? 배가 고프신가요?" 뻐꾸기는 한숨을 토해 냈다. "내 아이들이 나를 알아보지 못한답니다. 자녀들에게 이런 대접을 받을 줄은 정말 몰랐어요. 노년이 너무 쓸쓸하군요."

　　비둘기가 다시 물었다. "당신이 언제 아기를 낳으셨나요? 둥지에 알을 품고 오랫동안 앉아있는 모습을 본 적이 없는데요."

　　뻐꾸기는 부끄러운 표정을 지으며 대답했다. "화창한 날씨에 컴컴한 집안에 틀어박혀 있을 수는 없잖아요. 그래서 알들을 모두 다른 새 집에 넣어놓고 이 산 저 산을 다니며 노래를 불렀답니다."

　　이 말을 들은 비둘기는 어이없다는 듯이 말했다. "당신은 참 욕심도 많군요. 심은 것도 없으면서 무엇을 바라세요?"

널리 베풀지 않으면

당신이 이웃을 위해 베풀기 전에는
욕심 속에 갇혀 나오지 못하게 될 것입니다.
Unless you express your charity, you are locked inside your greed.

_노아 벤샤 Noah benShea

어느 농부가 신문을 읽다가 새로운 옥수수 종자가 개발되었다는 기사를 읽게 되었다. 그는 당장 가게로 달려가 그 씨앗을 구입해 농사를 지었고 일 년 뒤 대풍작을 맞았다.

그것을 본 이웃 농부가 찾아와 새로운 옥수수 종자를 조금만 팔라고 사정했다. 하지만 경쟁력을 잃을까 염려한 농부는 그렇게 하지 않았다.

결국 이웃 농부는 기존의 종자로 농사를 지었고 1년이 지났다. 그런데 농부는 작년 같은 대풍작을 맛보지 못했고 그 다음 해에도 마찬가지였다.

동분서주한 농부가 결국 그 원인을 알아냈다. 새로운 옥수수 종자가 이웃에 있는 옥수수 밭에서 바람을 타고 날아온 기존 종자의 꽃가루와 결합하면서 본래의 열등한 종자로 바뀌었기 때문이었다. 그는 많은 것을 가지려던 욕심으로 인해 모든 것을 잃고 말았다.

아빠를 믿어요!

아버지의 마음은 자연이 완성한 걸작이다.
The heart of a father is the masterpiece of nature.

_장 프레보 Jean Prevost

어느 날 어린 아들이 오래 묵은 사과나무에 올라갔다. 아버지는 나무 아래에 서서 아들이 올라가는 모습을 지켜보고 있었는데 너무 오래된 그 나무는 아들의 몸무게를 이기지 못하고 휘어져 부러지기 시작했다. 너무 놀란 아들은 다른 사람들에게 비키라고 소리쳤고 사람들은 나무 곁에서 멀리 피했다. 그때 아버지는 곤경에 처한 아들을 향해 두 팔을 벌리며 소리쳤다.

"애야, 어서 뛰어내리렴. 아빠가 널 안전하게 받을 테니 걱정하지 말고 어서 뛰어내려라."

아들을 잠시 아래를 바라보더니 아버지를 향해 소리친 후 아버지의 두 팔로 뛰어내렸다.

"아빠, 아빠가 나를 지켜 줄 거죠? 나는 아빠를 믿어요!"

죽음 앞에 무력한 금은보화

오래 전 프랑스에 부유하지만 욕심 많은 귀족이 살고 있었다. 그는 많은 재산을 성의 한 구석, 아무도 모르는 밀실에 숨겨 두었다. 밀실로 가는 통로는 깊숙하고 협소하였으며 철문으로 된 입구는 저절로 닫히게 만들어졌다. 그는 이곳에 혼자 앉아 수많은 금은보화를 만지는 것을 세상 최고의 낙으로 알고 살았다.

어느 날, 소작료를 잔뜩 받아들고 밀실로 향한 그는 한참이나 그곳에 머물며 행복한 시간을 보냈다. 하지만 밀실을 나오려고 열쇠를 찾던 그는 열쇠를 바깥에 두고 온 것을 깨닫고 공포에 떨기 시작했다. 아무리 목소리를 높여 사람들을 불렀지만 그 목소리는 사람들에게까지 닿지 못했다. 결국 밀실에서 금은보화 세기를 즐기던 그는 아무리 불러도 대답이 없는 그곳에서 그가 제일 사랑하던 금은보화와 함께 마지막 시간을 보내야만 했다.

이기심이 고이면 악취를 풍긴다

마음을 올바로 가지고 욕심을 버리려고 노력하면
그 속에 저절로 낙을 느낄 수 있으며 봉변을 면하게 되리라.
You will be pleased and won't be humiliated
when you have the right mind set and try to get rid of greed.

_예기 Li-ji

인도 시골 마을에 한 농부가 있었다. 이 농부는 열심히 논을 개간하여 물을 끌어 모았고 그의 논은 다른 어느 농부의 논보다 기름지게 되었다. 그해 가을이 되어 그는 꽤 많은 양의 곡식을 거둘 수가 있었다.

다음 해가 되어 논을 돌보던 농부는 자신의 논에 있던 물이 다른 사람들의 논으로 흘러 들어가는 것을 보게 되었다. 물 한 방울도 아까웠던 그는 자기 논의 물이 어디로도 빠져나가지 못하도록 틀어막고 농사를 지었다. 작년보다 더욱 많은 곡식을 얻을 것이라고 생각한 농부는 기분이 좋아 콧노래까지 불러 댔다.

하지만 가을이 되기도 전에 농부의 논은 썩어 가는 벼로 가득 차 버렸다. 이웃을 생각하지 못하고 자기만 생각하느라 물이 흘러나가지 못하게 막는 바람에 곡식이 모두 물에 잠겨 버렸기 때문이다.

병아리가 된 독수리

자기가 가지고 있는 것이 무엇인지 모르는 사람은
결코 높이 올라가지 못한다.
No one rises so high as he who knows not what he has.

_올리버 크롬웰 Oliver Cromwell

어느 개구쟁이 꼬마가 산에 갔다가 독수리 알 하나를 주웠다. 꼬마는 그걸 집으로 가지고 와서 알을 품고 있는 암탉의 둥지 안에 넣어두었다.

며칠 뒤 병아리와 새끼 독수리가 부화되었다. 새끼 독수리는 자신의 모습이 다른 병아리와 조금 달라 보이기는 했지만 그저 엄마 닭만을 쫓으며 병아리들과 어울려 지냈다. 어느 날, 들쥐 떼가 닭장을 습격했다. 모두들 자기 몸을 피하느라 바빴고 새끼 독수리도 벌벌 떨기는 마찬가지였다.

시간이 흘러 새끼 독수리도 어른 독수리가 되었다. 마당에 앉아 하늘을 보던 독수리는 커다란 날개를 펼치고 맑은 하늘을 나는 한 마리 새를 보고 말했다. "와, 저렇게 멋진 새도 있구나!"

그러자 친구 닭이 말했다. "저건 새들의 왕인 독수리라는 새야. 들쥐한테도 쫓기는 너랑은 차원이 달라."

자신의 잠재력을 파악하라

자기 자신을 믿어야 한다.
우리는 스스로 생각하는 것보다 훨씬 더 많은 것을 가지고 있다.
Trust yourself. You know more than you think you do.

_벤저민 스포크 Benjamin Spock

한 가난한 사내가 대서양을 건너야 할 일이 생겼다. 잘 먹지도 못하고 쉬지도 못한 채 겨우 뱃삯을 마련한 그는 대서양을 횡단하는 배에 겨우 오를 수 있었다. 간신히 뱃삯만을 마련했던 그는 식대는 준비하지 못했다. 그래서 식사 시간이 되면 주린 배를 움켜쥐고 식사를 하러 가는 다른 승객들을 부러운 눈으로 바라봐야만 했다.

그렇게 며칠을 굶던 그는 더 이상 배고픔을 참지 못하고 식당에 찾아갔다. 허겁지겁 음식을 먹고 배를 채우고서야 겨우 정신이 든 그가 음식을 날라다 주던 종업원을 불러서 말했다. "죄송하지만 제게는 밥값을 지불할 만한 돈이 없습니다."

그러자 종업원이 의아해하며 대답했다. "손님, 무슨 말씀이신지요? 식대는 이미 뱃삯에 다 포함되어 있는데요."

이미 가지고 있는 것이 무엇인지도 알지 못한 채 망망대해를 떠도는 난파선과 같은 삶을 사는 사람이 너무나 많다.

어리석은 복수

어리석은 사람은 자기가 현명하다고 생각하지만
현명한 사람은 자신이 어리석음을 안다.
A fool thinks himself to be wise, but a wise man knows himself to be a fool.

_윌리엄 셰익스피어 William Shakespeare

오늘날 우리에게 잘 알려진 평양 음식에는 평양냉면이 있는데 그것은 메밀가루로 만든 국수를 찬 냉면 국물에 말아 고명으로 얹은 고기와 삶은 달걀, 그리고 아삭한 오이와 함께 먹는 음식이다.

옛날 평양의 어느 냉면집에 성질 고약한 점원이 하나 있었다. 사장에 대해 늘 불만이 가득했던 점원은 주인을 골탕 먹이고 냉면집을 망하게 할 속셈을 가지고 있었다. 그래서 그는 주인 몰래 고기를 두 점씩 썰어서 냉면 속에 집어넣기 시작했다. 재료비가 많이 들어서 냉면집이 망할 것이라고 생각한 것이다. 그런데 그 냉면을 먹어 본 손님들은 기막힌 그 맛을 잊지 못하고 계속 찾아왔고 결국 그 냉면집은 망하기는 커녕 큰 부자가 되었다.

어리석은 복수는 오히려 나 스스로를 무너뜨리는 결과를 가져온다. 복수 대신 위로와 포용의 마음을 베푸는 사람이야말로 진정한 승자라고 할 수 있을 것이다.

알 필요가 없는 것들

어리석은 물음에는 대꾸하지 않아도 된다.
You don't have to reply to a foolish question.

_프랑스 속담 French Proverb

어느 소년이 공자의 소문을 듣게 되었다. 그가 들은 소문 속 공자는 아는 것이 많고 참을성이 많으며 현명하다고까지 했다. 궁금한 것이 많았던 소년은 물어물어 공자를 찾아갔다.

공손히 인사를 한 뒤 소년이 공자에게 물었다.

"선생님, 하늘에는 별이 모두 몇 개나 되는 것입니까?"

그러자 공자가 말했다.

"하늘의 별들은 나와 너무 먼 곳에 있기 때문에 관심이 생기지 않는다. 그러하니 별의 개수도 알 수가 없다."

공자의 대답에 실망한 소년은 짓궂은 생각이 들어 다시 물었다.

"그렇다면 가장 가까이 있는 눈썹은 몇 개나 됩니까?"

공자가 다시 답했다.

"눈썹은 가까이 있기는 하지만 그런 것은 별로 알 필요가 없기 때문에 그것도 알 수가 없다."

파멸을 부른 당나귀의 교만

허영, 자만, 그리고 교만은 무지한 이의 특징이다.
The truest characters of ignorance are vanity, and pride and arrogance.

_새뮤얼 버틀러 Samuel Butler

어느 왕국에 임금이 있었다. 임금은 평소에도 백성들을 사랑하는 마음이 가득하여 화려한 마차나 보기 좋은 멋진 말이 아니라 당나귀를 타고 나라를 한 바퀴 순찰하고는 하였는데, 임금이 거리를 지날 때마다 백성들은 나와서 임금을 향해 환호를 하고 박수갈채를 보냈다.

여느 날과 같이 임금은 당나귀를 타고 백성들이 사는 거리 곳곳을 순찰하고 있었다. 그런데 임금을 등에 태우고 거리를 걷던 당나귀는 이런 생각이 들었다.

'사람들이 이렇게 좋아해 주는데 임금은 내 등에 올라타서 그걸 혼자 다 가져가고 있잖아? 이건 뭔가 불공평하다고!'

그러더니 당나귀는 갑자기 임금을 땅에 내동댕이쳤다. 백성들의 환호와 갈채를 혼자서 다 받기 위해서였다. 임금이 없으면 그 모든 환호와 갈채가 자기 것이라고 착각했던 당나귀는 그날 저녁 참수형에 처해졌다.

거센 홍수를 이겨 낸 이웃 사랑

하루의 행복을 원한다면 낚시를, 1년의 행복을 원한다면 결혼을 하라.
그러나 평생의 행복을 원한다면 다른 사람을 돕는 길을 걸어라.
If you want a day's happiness, go fishing; if you want a year's happiness, marry;
however, if you want your whole lifetime's happiness, help others.

_중국 속담 Chinese Proverb

1998년 여름, 경기도 북부에는 전에 없던 큰 비가 내려 많은 도시가 물에 잠기는 일이 있었다. 많은 주민들이 수해민이 되어 집을 떠나 생활해야 하는 형편이었다. 수해민들은 지대가 높은 곳에 위치한 관공서나 학교에 임시 기거하며 상처를 달래고 있었다. 모두들 더운 날씨와 열악한 환경으로 고통받고 있었지만 가장 고생인 것은 말도 못하는 아기들이었다. 아기들 기저귀는 물론이고 분유조차 살 수가 없으니 엄마들의 마음은 타들어만 갔다. 방송을 통해 이런 사연을 접한 부부가 있었다. 이들은 1988년에 결혼했지만 신혼여행도 다녀오지 못했던 것이 못내 속상해 10년 동안 매달 적금을 넣으며 해외여행 비용을 모아 왔다. 마침내 1,000만 원이 모였지만 집중호우로 폐허가 된 마을 모습이 텔레비전에 비치자 이들의 마음이 바뀌었다. 부부는 직접 구입한 분유 600만 원어치와 기저귀 400만 원어치를 트럭에 싣고 파주시 오지 마을을 돌며 아기를 가진 부모에게 전달했다.

연습은 대가를 만든다

매일같이 피아노 건반을 두드리는 건 아주 지루한 일이다.
그러나 이름 있는 피아니스트는 매일 시간이 날 때마다 연습한다.
It is very boring to bang on the piano keys everyday.
But famous pianists will practice playing the piano everyday
whenever he had the time.

_피터 드러커 Peter Drucker

스위스의 피아노 대가 지그문트 탈베르크는 연습 벌레로 유명하다. 어느 날 그에게 음악회 출연 요청이 들어왔다. 그런데 공연 날짜가 다음 달 1일이라는 이야기를 들은 그는 정중하게 거절했다. 그때까지는 신작 연습을 할 수 없다는 것이 이유였다.

관계자가 말했다. "많은 음악가들을 알고 있지만 연주회 한 번 하면서 4일 이상 연습하는 사람들은 없던데 선생님처럼 대가가 연습 날짜가 더 필요하신가요?"

지그문트 탈베르크는 그의 눈을 바라보며 말했다. "저는 적어도 1,500번의 연습을 거치지 않으면 신작 발표회에 출연하지 않는 것을 신념으로 삼고 있습니다. 하루에 50회씩 연습하면 1개월은 걸리겠지요. 그때까지 기다려 주신다면 출연하겠습니다. 연습할 시간이 없으면 절대 출연할 수 없습니다."

수탉 그림이 살아 움직이는 까닭

14시간씩 하루도 빠짐없이 37년간 바이올린 연습을 했더니,
비평가들은 나를 천재라고 부르기 시작했다.
For 37 years I've practiced 14 hours a day, and now they call me a genius.

_파블로 데 사라사테 Pablo de Sarasate

1800년대 일본 유명 화가였던 후쿠사이에게 어느 날 친구가 찾아와 수탉 그림을 그려 달라고 부탁했다. 그는 친구에게 1주일만 시간을 달라고 했다. 약속된 시간이 되어서 후쿠사이를 찾아갔지만 그는 한 달 뒤, 두 달 뒤, 일 년 뒤로 계속 약속을 미루는 게 아닌가!

결국 3년의 세월이 흘렀다. 더 이상 기다리기 힘들었던 친구가 후쿠사이에게 찾아가 화를 내며 따졌더니 그제야 그는 종이와 물감을 가지고 나와 앉은 자리에서 수탉을 그려 주었다. 그렇게 완성된 그림이 얼마나 생동감이 있던지 마치 그림 속의 수탉이 살아서 뛰어나올 것만 같았다.

이렇게 그림을 잘 그리면서 왜 3년이나 기다리게 했느냐고 따지는 친구에게 후쿠사이는 그동안 밤낮으로 연습하여 산더미처럼 쌓인 수탉 그림을 보여 주었다.

노력은 천재성의 밑거름

타고난 재능이란 인간들이 만들어 낸 꿈에 불과하다.
나는 슬럼프에 빠지면 평소보다 더 연습해서 정상을 되찾는다.

A natural talent is nothing less than a man-made dream.
I exercise more often than usual when I am in a slump;
this is how I get back on track.

_타이거 우즈 Tiger Woods

조선 정조·순조 때 활약한 판소리 8명창 중의 한 사람인 권삼득은 타고난 재능도 뛰어났지만 그것을 뛰어넘기 위해 끊임없이 노력하기로도 유명했던 사람이다. 그가 판소리를 잘 하기 위해서 얼마나 노력했는지 보여주는 일화가 하나 있다.

그는 전라도 남원 지리산 자락에 있는 구룡계곡으로 노래 연습을 하러 가면서 콩 서 말이 든 자루를 들고 갔다. 판소리를 한바탕 부르고 나면 콩알 하나를 꺼내어 폭포 속에 던졌고 그렇게 반복하다 보니 어느새 콩 자루가 다 비어 버렸다.

어느새 그는 득음得音의 경지에 올랐고 조선 8대 명창 중에서도 가장 으뜸인 대명창이 되었다. 지금도 그 폭포 앞에는 권삼득을 기리는 추모비가 서 있다.

소리를 듣지 못하는 음악인

매일 정신이 아득할 정도로 많은 시간을 연습에 쏟고 나면
날아오는 공이 수박만큼 크게 느껴질 것이다.
When you exercise for a long time to a mind-boggling degree everyday,
you can feel the ball like the size of a watermelon.

_행크 아론 Hank Aaron

애블린 글래니는 세계 최고의 타악기 연주자 중 하나로 손꼽힌다. 그런데 그녀는 음악인이면서 소리를 듣지 못하는 청각 장애인이다. 여덟 살 때 귀에 이상이 생긴 후 열두 살 때에 청력을 완전히 상실했다는 진단을 받았다.

그녀는 음악을 좋아했다. 음악인이 되고 싶었지만 오디션을 보는 곳곳에서 청력 문제로 인해서 오케스트라 단원이 될 수 없다는 소리를 들었다. 하지만 그녀는 포기하지 않았다. 소리의 진동과 뺨의 떨림으로 소리를 감지하는 연습을 했으며, 무대에서는 항상 맨발로 올라가 발끝에서 전해지는 진동으로 소리를 구별해 내기 시작했다. 이제는 대기의 변화로도 음악 높낮이를 읽어 낼 수 있는 경지에 이르렀고 갖가지 타악기로 작은 빗방울 소리부터 천둥소리까지 완벽히 소화해 낸다. 그녀는 말한다. "저는 청각장애인 음악인이 아니라 청각에 조금 문제가 생긴 음악가일 뿐이에요."라고.

얼굴이 빛날 수 있는 까지 조건

미소는 지친 사람에게는 안식이 되어 주고, 절망에 빠진 사람에게는 빛이 되어 주며, 슬퍼하는 사람에게는 태양이 되어 준다.

A smile comforts those who are exhausted, throws light for those who are in despair, and becomes the sun to those who feel sorrow.

_데일 카네기 Dale Carnegie

얼굴이 빛나는 사람

1. 희망이 있는 사람

2. 기분 좋은 일이 있는 사람

3. 사랑하는 사람과 데이트 약속이 있는 사람

4. 남몰래 선한 일을 한 사람

5. 자신감이 있는 사람

6. 기쁘고 감사한 마음으로 사는 사람

7. 세상을 환하게 하는 사람

악인과 성자

아름다운 것은 좋다. 결국 좋은 사람은 아름다워진다.
What is beautiful is good, and who is good will soon be beautiful.

_사포 Sappho

1896년, 영국의 작가 맥스 비어봄이 발표한《행복한 위선자》라는 장편 우화에 나오는 주인공 이름은 로드 조지 헬Hell이다.

그는 사람들에게 무례하게 굴었고 수많은 악을 행하면서 얼굴도 흉측하게 변해 갔다. 어느 날, 아름다운 아가씨를 보고 사랑에 빠진 그는 아름답고 순결한 처녀가 자기처럼 흉측한 얼굴을 한 사람과 결혼하지 않을 것이라고 생각해서 죄로 찌든 자신의 얼굴을 감추려고 성자의 가면을 썼다. 가면 덕분에 결혼에 성공한 그는 감사한 마음을 가지고 최선을 다해 아내를 사랑했다.

그런데 그의 과거에 대해 알고 있던 한 사람이 나타났다. 그 사람은 헬에게 가서 "이제 위선을 가면을 벗어 버려!"라고 외쳤다. 마침내 그의 가면이 벗겨졌고 모두가 그의 얼굴을 보게 되었다. 그런데 이미 그의 얼굴은 흉측한 죄인의 모습이 아닌 성자의 얼굴을 하고 있었다.

역경은 성공의 자극제

운명의 여신은 언제나 대담하고 과감하게
삶을 통제하려는 젊은이의 손을 들어 준다.
Fortune favors the youth who is bold and willing to control his own life.

_니콜로 마키아벨리 Nicolo Machiavelli

한국과학기술원 수학과 박사 학위 논문 심사를 통과한 김용수씨와 서울대 대학원 교육학 석사과정을 마친 그의 형 김양수씨. 두 형제는 공교롭게도 고등학생 때 시력을 완전히 잃었고 학교를 중퇴해야 했다.

"'안마사를 해야 하나?'라는 생각을 하는 순간 역경에 순응하려는 내 모습을 보았다. 그리고 우리에게는 아직 건강한 청각 신경이 남아 있다는 사실을 깨달았다. 세상을 떠날 때 최소한 안일한 삶을 살지는 않았다고 말할 정도는 돼야 하지 않겠는가. 후회 없는 삶을 살자고 서로를 격려하며 귀에 물집이 잡힐 정도로 녹음강의를 들었고 점자 서적 책장이 닳아 없어질 정도로 반복해서 읽었다."

운명은 나약한 정신을 가진 사람에게는 가혹하지만 강한 의지를 가진 사람에게는 성공의 자극제가 된다.

게으른 자의 특징

할 수 없는 것이 아니라 하지 않을 뿐이라는 안도감,
자신은 전혀 실패할 리 없다는 자만감을 조심하라.
이대로 가면 당신은 실패한 사람이 될 것이다.

Be careful on a sense of relief that you don't do,
not you can't, and a sense of conceit that you cannot fail make that situation.
If you do nothing about it, you will fail.

_빌 게이츠

게으른 사람들의 특징 5가지

1. 좋아하는 스포츠는 낚시

   : 움직이는 것을 싫어하기 때문에.

2. 좋아하는 미술품은 로댕의 〈생각하는 사람〉

   : 행동하지 못하고 생각만 합니다.

3. 좋아하는 노래는 〈Yesterday〉

   : 과거의 추억에만 매여 내일을 위한 시도를 하지 않는다.

4. 즐겨하는 말은 "하면 되잖아."

   : 안 하는 것이지 못 하는 것은 아니라고 생각한다.

5. 좋아하는 책은 주간지

   : 자극을 주고 비전을 주는 책보다는 가십이나

   소문을 들을 수 있는 책을 선호한다.

지식은 사랑에서 온다

세계의 역사는 결국 사랑으로 귀결되며
사랑은 우주를 인식하는 행위이다.
Love is the final end of the world's history,
the Amen of the universe.

_노발리스 Novalis

고대 그리스의 철학자 플라톤이 아테네의 한 젊은 철학도에게 참된 지식이 무엇인지 설명하고 있었다. 젊은 철학도가 말했다.

"저는 지금까지 진정으로 존경할 만한 스승을 만나보지 못했습니다. 하지만 선생님을 만나 정말 영광입니다."

젊은이의 이야기를 조용히 듣고 있던 플라톤이 이렇게 물었다.

"당신이 이제까지 섬겨 왔던 스승들을 진심을 다해 사랑했습니까?"

젊은 철학도는 그 질문에 대답할 수 없었다. 플라톤이 다시 말했다.

"당신에게 사람을 사랑하는 마음이 없다면 참된 지식을 얻을 수 없을 것입니다. 지식은 참된 사랑의 관계를 통해서만 얻을 수 있기 때문이지요."

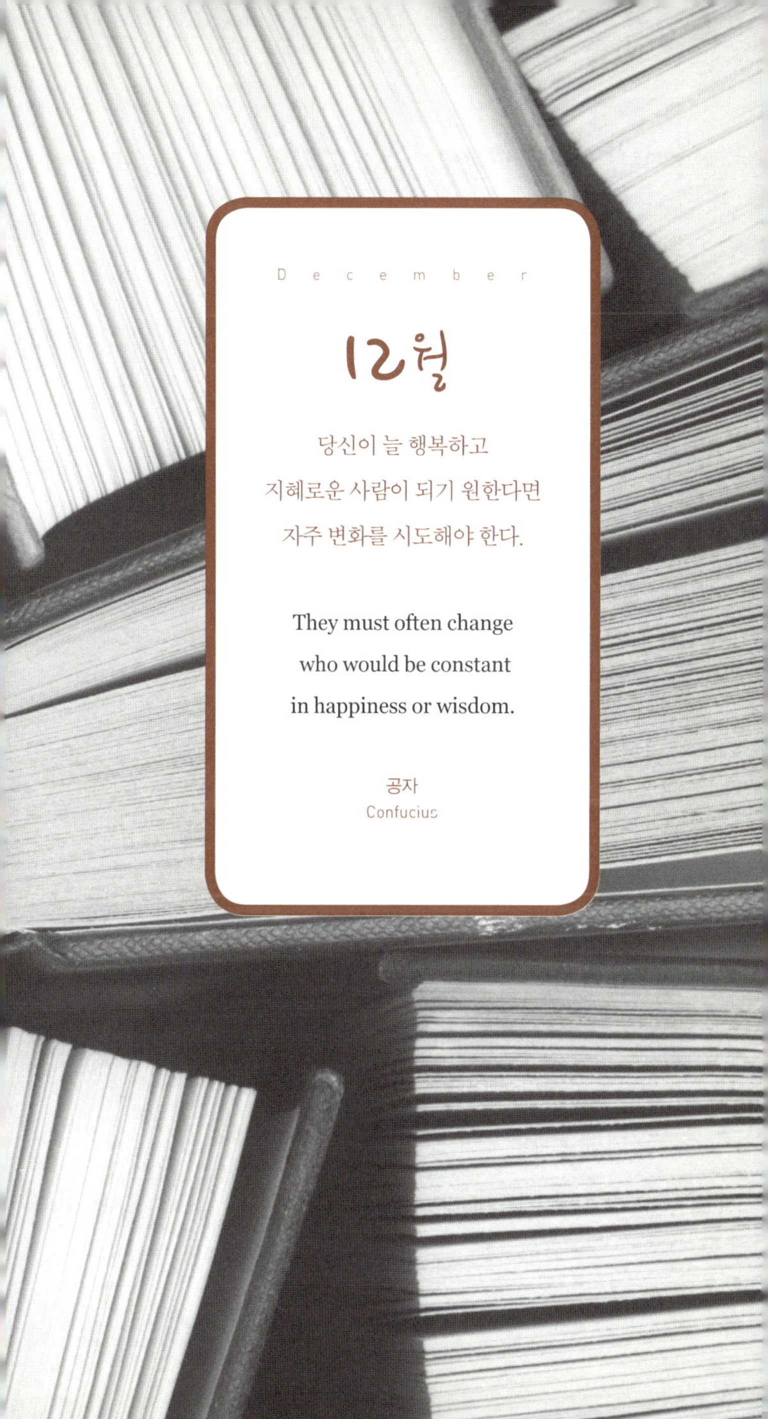

December

12월

당신이 늘 행복하고
지혜로운 사람이 되기 원한다면
자주 변화를 시도해야 한다.

They must often change
who would be constant
in happiness or wisdom.

공자
Confucius

붕어빵 아저씨의 계산법

남의 흉한 것은 가려 주고, 남의 선한 것은 즐거워하며,
남의 급한 것을 돌봐 주고, 남의 위태로움을 구제하라.
Hide other's weakness, be pleased at other's good deeds,
take care of other's urgency, and save other's risk.

_명심보감 A Handbook To Engrave On Your Mind

어느 동네에 붕어빵을 파는 사내가 있었다. 날씨가 쌀쌀해지면 포장마차를 차려 놓고 붕어빵을 구웠고 눈이 오고 바람이 불어도 항상 그 자리에서 묵묵히 장사를 했다.

그런데 그 붕어빵 포장마차에는 특이한 점이 있었다. 바로 가격표였다. 붕어빵 1개에 300원인데, 3개 사면 깎아 주는 것이 아니라 도리어 100원을 더 붙여서 1,000원을 받았다.

'3개 1,000원이면 개당 333원인데 한 개 사면 300원이라니……?'

참 희한한 계산법이라고 생각한 한 손님이 궁금증을 이기지 못하고 붕어빵 사내에게 물었다.

"아저씨, 가격이 이상한데요? 많이 사는 사람에게 싸게 줘야 하는 거 아닌가요?"

그러자 붕어빵 사내가 빙그레 웃으며 대답했다.

"붕어빵을 하나씩 사 먹는 사람이 더 가난합니다."

하나를 얻으면 둘을 원하는 탐욕

그대는 그저 욕망 하나를 얻기 위해 애쓰면서
얼마나 많은 것을 잃어버렸는가.
How many things have you lost just to satisfy your desire.

_레프 N. 톨스토이 Lev N. Tolstoy

어느 마을에 뜨거운 물과 차가운 물이 함께 솟아나는 신기한 장소가 발견됐다. 한쪽에서는 펄펄 끓는 온천이 솟아오르고 그 옆에는 한여름에도 얼음같이 차가운 냉천이 솟아올라 동네 사람들은 뜨거운 물과 차가운 물을 마음껏 이용하였다.

한쪽에서는 빨래를 삶고 한쪽에서는 건강을 위한 냉수마찰을 하는 등 온 동네 사람들이 온천과 냉천으로 인해 큰 혜택을 누리고 있었다.

어느 날 그 지방을 여행하던 관광객이 안내원에게 물었다.

"이 동네 사람들은 참 좋겠어요. 이렇게 찬물과 뜨거운 물을 마음대로 이용할 수 있으니까요. 모두들 감사가 끊이지 않겠군요."

그러자 안내원이 관광객을 비웃기라도 하듯이 말했다.

"천만에요. 여기 사람들은 불평이 더 많아요. 찬물과 뜨거운 물이 펑펑 솟아나는 것은 좋은데 비누까지 나오지 않는다고 말들이 많지요."

가장 아름다운 보물이 모여 있는 곳

단란한 모습의 가정은
지상에서 가장 빛나는 기쁨과 성스러운 즐거움을 준다.
A sweet home gives the most splendid worldly joy and holy pleasure.

_요한 페스탈로치 Johann Pestalozzi

젊은 화가가 있었다. 그는 세상에서 가장 아름다운 작품을 그리겠다며 손에서 붓을 놓지 않았다. 그가 여러 사람들에게 물었다. "세상에서 가장 아름다운 것이 무엇인가요?" 그러자 결혼을 앞둔 아리따운 신부가 대답했다. "사랑이지요. 사랑은 눈물도 달콤하게 만드니까요." 목사님은 말했다. "믿음이지요. 간절한 믿음이야말로 세상에서 비길 것이 없습니다." 그러자 군인이 말했다. "평화지요. 전쟁은 가장 추한 모습이지만 평화야말로 가장 아름다워요."

화가는 여러 사람의 대답을 듣고 집으로 돌아왔다. 그는 집에서 자신을 기다리던 아이들의 눈망울을 보며 아버지를 향한 믿음이, 저녁을 준비하는 아내의 젖은 손길에서 남편을 향한 사랑이, 부부의 낡은 침대와 따뜻한 이불을 보며 평화가 있다는 사실을 알았다.

마침내 그 젊은 화가는 세상에서 가장 아름다운 작품을 그릴 수 있었다.

어른은 아이들의 거울이다

미래학자이며 교수인 앨빈 토플러는 미래를 이끌어 가는 힘으로 교육의 중요성을 강조했다. 하지만 그가 말하는 교육에는 뭔가 특별한 것이 있다.

"청소년들에게 무엇이 되고 싶다면 그 열정만큼은 잊지 말라고 이야기해 주고 싶다. 뻔한 이야기일지 모르지만 미래에 대한 준비에 앞서, 사람은 자신이 좋아하는 일을 해야 한다고 생각한다. 진짜 하고 싶은 것이 있으면 남들이 뭐라고 하든지 해 보는 것이 중요하다. 좀 특이하고 비상식적인 사람들을 친구로 사귀어라. 다양한 친구를 가져야 사고가 넓어진다. 작은 일을 할 때도 큰 그림을 그리며 실행하라. 그래야 올바른 방향으로 갈 수 있다."

청소년들에게 올바른 가치관을 심어 주지 못한다면 우리의 미래는 희망이 없다고 할 수 있다. 그들에게 우리는 거울이기 때문에 우리 자신 스스로 그들에게 모범을 보여 주어야 한다.

알면서도 고치지 않는 사람

게으름보다 인간을 더 우울하게 만드는 것은 없다.
There is nothing more depressing than laziness.

_버튼 Burton

가장 무서운 사람은? - 나의 단점을 알고 있는 사람

가장 경계해야 할 사람은? - 두 마음을 품고 있는 사람

가장 간사한 사람은? - 필요할 때만 이용해 먹는 사람

가장 나쁜 친구는? - 잘못한 일에도 꾸짖지 않는 사람

가장 불쌍한 사람은? - 만족을 모르고 욕심만 부리는 사람

가장 가난한 사람은? - 많이 가지고도 만족하지 못하는 사람

가장 파렴치한 사기꾼은? - 아는 사람을 사기 치는 사람

가장 추잡한 사람은? - 양심을 팔아먹은 사람

가장 큰 배신자는? - 마음을 훔치는 사람

가장 나쁜 사람은? - 나쁜 일인 줄 알면서도 하는 사람

가장 게으른 사람은? - 이 모든 것을 알면서도

고치지 않는 사람

주변의 소리에 흔들리지 마라

자기 마음속에서 우러나오는 멜로디에 맞추어 춤을 추어라.
그것만이 조화음이고 나머지는 모두 불협화음일 뿐이다.
Dance to the melodies spun out by your own heart.
This is a symphony. All the rest are jingles.

_안나 퀸들렌 Anna Quindlen

미국 시카고의 한 백화점 소비자 불만 처리 창구에서 있었던 일이다. 불만을 가진 고객들이 창구 담당자인 젊은 여성에게 마구 항의를 하며 소리도 지르고 말도 안 되는 이야기를 하기도 했다. 그런데도 그 여직원은 싫은 기색 없이 고객들의 항의를 들어 주었다. 끝까지 미소를 지키며 불만 해결 방법을 제시해 주는 그녀의 모습에 사람들은 금새 화를 누그러뜨릴 수 있었다.

사실 그녀는 소리를 전혀 듣지 못하는 사람이었다. 백화점은 모든 항의를 다 들으면서 그 자리를 지킬 정도의 충분한 자제력을 갖춘 사람을 찾을 수 없었기 때문에 그 여직원을 고용했던 것이고 결과는 대성공이었다.

마음의 평정심을 잃는 순간 증오, 질투, 시기, 두려움, 원한 등의 파괴적인 감정에 휘말리게 되는 것이다. 주변의 수많은 소리에도 스스로를 자제할 수 있는 평정심을 유지할 수 있으면 어떤 이유로도 흔들리지 않을 수 있다.

지식을 행동으로

말만 하고 실천으로 옮기지 않는 사람은 잡초만 무성한 뜰과 같다.
A man of words and not of deeds is like a garden full of weeds.

_영국 전래 동요 English Nursery Rhyme

한 랍비가 제자를 초대해서 함께 저녁식탁에 앉았다. 정성껏 준비된 음식 앞에서 랍비가 제자에게 말했다.

"우선 기도문부터 외워라."

그러나 제자는 몇 줄밖에 외우지 못했다. 다른 기도문은 물론이고 이제까지 가르친 내용들마저도 거의 외우지를 못했고 랍비는 화가 나서 제자를 꾸짖었다.

며칠 뒤 랍비는 그 제자에 관한 소문 하나를 듣게 되었다. 기도문도 외우지 못했던 그 제자가 아픈 사람들을 돌보아 주고, 가난한 사람들을 위해서 많은 선행을 베풀고 있다는 이야기였다. 그 이야기를 들은 랍비는 부끄러운 생각이 들었다. 그날 저녁, 제자들을 전부 모아 놓은 랍비가 이렇게 말했다.

"마음속 생각은 행동으로 나타나게 되어 있다네. 하지만 몇 만 권의 책을 읽어서 많은 지식을 가지고 있다고 해도 마음을 경작하지 않는다면 단지 알고 있는 것에 불과할 뿐이라네."

젖소 17마리를 절반으로 나누기

교육의 목적은 비어 있는 머리를 열려 있는 머리로 바꾸는 것이다.
Education's purpose is to replace an empty mind with an open one.

_말콤 포브스 Malcolm Forbes

어떤 아버지가 세 명의 아들에게 젖소 17마리를 물려주면서 이렇게 말했다.

"큰 아들은 젖소의 절반을 가져가고 둘째 아들은 그 나머지의 3분의 2를 가져가라. 그리고 막내아들은 또 그 나머지 3분의 2를 가져가라. 그런데 젖소를 토막 내거나 새끼를 낳아서 나누거나 하는 방법을 쓰면 안 된다."

문제를 풀지 못해 쩔쩔 매던 세 아들이 현자를 찾아갔다. 세 아들의 얘기를 들은 현자는 "소 한 마리를 빌려 줄 테니 가지고 가서 다시 나누어 보시오."라고 말했다.

현자에게 빌린 소 한 마리 덕분에 소는 모두 18마리가 되었다. 그래서 큰 아들이 절반인 9마리를 가졌고 둘째 아들은 나머지 9마리의 3분의 2, 즉 6마리를 가졌으며 막내아들은 나머지, 즉 세 마리의 3분의 2인 두 마리를 가졌다. 그런 다음 한 마리를 현자에게 다시 돌려주었다.

행복 끌어안기

우리는 행복해서 웃는 것이 아니라, 웃어서 행복한 것이다.
We don't laugh because we're happy—we're happy because we laugh.

_윌리엄 제임스 William James

행복을 끌어당기는 10가지 방법

1. 아침에 일어나면 "오늘은 좋은 날!"이라고 외쳐라.

2. 거울을 보며 활짝 웃어라.

3. 가슴을 펴고 당당하게 걸어라.

4. 마음 밭에 사랑을 심어라.

5. 끊임없이 베풀어라.

6. 장난으로라도 남을 심판하지 말라.

7. 밝고 힘찬 노래를 불러라.

8. 오늘 일을 내일로 미루지 말라.

9. 자신을 먼저 사랑하라.

10. 모든 일에 감사하면 감사할 일이 생겨난다.

봉사로 충분한 삶

사람은 가족과 재산, 그리고 그동안 베푼 선행을 남기고 죽지만
선행보다 중요한 것은 어디에도 없다.
When a person dies, he leaves his family, wealth, and good deeds;
there is nothing more important than good deeds.

_탈무드 The Talmud

흑인 운동 지도자이며 1964년에 노벨 평화상을 받았던
마틴 루터 킹 목사는 그의 마지막 설교에서 이렇게 말했다.

"만일 여러분이 나의 마지막 날에 나와 함께 있게 된다면
장례식을 길게 하지 마세요. 내가 노벨상을 받았다는 이야기
따위는 할 필요가 없습니다.

다만 마틴 루터 킹 목사는 다른 사람들을 위해 봉사하는
일에 애썼다는 것 정도만 말해 주세요. 생명을 주려고, 먹을
것을 주려고, 입을 것을 주려고, 돌보아 주려고, 봉사하려고
노력했다고 말입니다. 그저 그것으로 충분합니다. 기쁩니다.
저는 그 이상 아무것도 바라는 것이 없습니다."

봉사는 거창한 것이 아니다. 그저 내가 가진 것을 나눌 수
있는 것이며, 그것은 타인을 위한 것이 아니라 오히려 자기
자신을 위한 것이다.

평범한 길에 함정이 있다

항상 잘못을 저지르고 나서야 고칠 수 있으니,
무릇 사람은 우환에 살고 안락에 죽는 법이니라.
As we can fix our wrongdoings only after we commit,
we humans live in pain and die in comfort.

_맹자 Mencius

한 여행가가 남아프리카 초원을 여행하고 있었다. 그날은 말로만 듣던 초원의 여우를 만나게 됐는데 신기한 마음에 여우를 쫓게 되었고 위급함을 느낀 여우는 도망가느라 정신이 없었다. 그렇게 달리던 여우 앞에 갈림길이 나타났다. 한쪽에는 함정이 설치되어 있었고 다른 한쪽에는 여행객을 도와주던 안내인이 길을 버티고 서 있었다.

여우는 갈림길 앞에서 잠시 고민하더니 안내인에게 달려들었고 그 길을 뚫고 도망쳤다. 사라지는 여우의 뒷모습을 보던 여행객이 안내인에게 물었다.

"참 희한한 일이네요. 왜 안전한 빈 길을 두고 사람이 있는 길로 도망을 가죠?"

그러자 안내인이 웃으면서 설명했다.

"여우들은 아주 영리하거든요. 평범해 보이는 길에는 반드시 함정이 있다는 사실을 잘 알고 있어요. 그래서 어려운 길을 뚫고 도망간 겁니다."

병을 물리치는 근면함

_새뮤얼 스마일스 Samuel Smiles

브람웰 부드는 각국을 돌며 설교한 이름 높은 종교가였다. 백발노인이 된 그가 말했다.

"어려서 나는 자주 앓았다. 내가 14세가 되었을 때 의사는 나에게 17세를 넘기지 못할 것이라고 했고 내가 17세가 되었을 때에는 21세까지는 살 것이라고 단정했다. 당시 나는 누구의 도움 없이는 2층을 오르는 계단도 걷지 못했다."

그런 그가 어떻게 73세까지 살면서 세계를 돌며 설교를 할 수 있었을까? 그가 건강이 좋아지기 위해 비싼 약을 먹고 유명한 의사의 치료를 받았던 것일까?

사람들의 궁금증에 그는 이렇게 대답했다.

"쉬지 않고 부지런히 일한 것이 나로 하여금 병을 이겨 내게 했다."

아픔이 없으면 위험을 모른다

신은 가끔 빵 대신 벽돌을 던져 주신다.
어떤 사람은 신을 원망할 따름이지만
어떤 사람은 그 벽돌을 주춧돌로 삼아 기막힌 집을 짓는다.
God sometimes throws bricks instead of breads. Some blame God,
but others build terrific houses with the bricks as the firm foundations.

_데이비드 브린클리 David Brinkley

미국 오하이오 주에 사는 비버리 스미스라는 여자 아이의 외모는 여느 10대 소녀와 다를 바 없지만, 이 아이에게는 특이한 점이 하나 있다. 비버리 스미스는 머리를 다쳐 피가 흘러도, 뜨거운 물에 화상을 입어도, 자전거를 타다 넘어져 다리가 부러져도 울지 않는다.

소녀가 눈물을 흘리지 않는 이유는 인내심을 발휘해 아픔을 잘 참아서가 아니라 아픔을 느끼지 못하는 희귀병을 가지고 있기 때문이다. 의사들은 그녀의 중추신경에 이상이 있는 것으로 추측할 뿐이고 이 병을 치료할 수 있는 치료약이나 방법도 없다.

아픔을 느끼지 못하기 때문에 위험을 자각하지도 못하는 소녀를 보면 인간에게 '아픔'이 있다는 것이 얼마나 고마운 일인지 알게 된다.

열악한 환경이 준 선물

흙은 수천 도 고온을 견디고 나서야 예쁜 도자기 그릇이 된다.
온실 속 화초보다 온갖 위험 속에 자란 야생초가 더 강인하고
생명력이 질긴 것과 같다.
Soil becomes a beautiful ceramic bowl after it endures the high temperature
above 1000 degrees, as wild grasses which survive all perils grow stronger
and tougher than grasses grown under glass.

_권근 Kwon Geun

이 세상에서 가장 오래 살아 있는 나무는 브리슬콘이라
는 소나무들이라고 한다. 슐만이라는 과학자가 1957년 미
국에서 브리슬콘 소나무 하나를 발견해 조사를 했더니 그 나
무는 거의 5,000년이나 된 것이었다. 이 과학자는 나무 이름
을 '므두셀라'라고 지었다. 성경 인물인 므두셀라가 969살
까지 산 것에 빗댄 것이다.

이집트 사람들이 피라미드를 지을 당시에도 이미 고목이
었던 이 나무들은 해발 3,000미터 높이의 산 정상에서 자란
다고 한다. 이들이 몇 천 년을 이어 생명을 이어온 비결이 바
로 혹한과 사나운 바람, 부족한 공기, 적은 강수량 등 가장 나
쁜 환경에 뿌리를 내린 데 있었다. 열악한 환경이 수천 년을
살게 한 것이다.

성공한 사람의 예시

언젠가 우리는 부의 척도가 아니라 나눔의 척도로,
표면적 위대함이 아니라 내면적 선함으로 평가받게 될 것이다.
Each of us will one day be judged by our measure of giving-not by our
measure of wealth; by our simple goodness-not by our seeming greatness.

_윌리엄 A. 워드 William A. Ward

누구나 성공하고 싶어 하고, 성공한 사람이 되기 위하여 밤낮으로 노력한다. 그렇다면 과연 어떤 사람이 성공한 사람일까? 영국의 작가 로버트 스티븐슨은 이렇게 말했다.

"자주 웃고 많이 사랑하는 사람은 성공한 사람이다. 사람들에게 존경을 받고 자녀들의 사랑을 받는 사람은 성공한 사람이다. 공적을 쌓아 자신에게 맡겨진 일을 마친 사람은 성공한 사람이다. 아름다운 시를 썼다든지 영혼을 구원의 길로 인도했다든지 해서 이전의 세상보다 더 나은 세상을 가꾼 사람은 성공한 사람이다. 다른 사람에게서 가능성을 발견하고 그것을 각자에게 깨우쳐 준 사람은 성공한 사람이다."

돈을 많이 벌고 위대한 명성을 쌓으며 세상의 권력을 쥐고 있는 사람이 행복할 것이라는 생각은 어쩌면 우리를 함정에 빠뜨리는 요인이 될 수도 있다. 진정한 행복이란 보이는 것이 아니라 우리 마음이 느끼고 반응하는 데에 있기 때문이다.

즐거운 우리 집

발버둥 치며 애쓰고, 수만 곳을 방황하던 우리의 희망은
피곤한 몸을 이끌고 결국 평온을 찾아 가정으로 되돌아온다.
Our weary hope comes back home to find peace after it struggles and
wanders about tens of thousands of places.

_올리버 골드스미스 Oliver Goldsmith

1863년 봄, 미국은 남북전쟁이 한창이었다. 스파트실바니아 지역에서는 남군과 북군이 살벌하게 대치해 있었는데, 양 진영은 전사들의 사기를 높이기 위해 힘차게 군가를 부르고는 했다.

어느 날, 잠시 후 벌어질 격전을 앞두고 팽팽한 긴장감이 전장을 휘감고 있었다. 그런데 갑자기 북군의 군악대가 〈즐거운 우리집 Home sweet home〉을 연주하기 시작하자 남군과 북군은 어느새 목소리를 합쳐 함께 노래를 부르게 되었다. 병사들은 전의를 잃었고 두고 온 가족 생각에 눈시울이 붉어지기도 했다. 결국 양군은 24시간 휴전을 선언하고 고향의 가족들에게 편지를 썼다.

가정은 건물이나 조직이 아니다. 행복한 가정만큼 인간에게 평화와 안식을 주는 곳은 없으며 가정을 구성하는 최상의 재료는 가족 간의 사랑이다.

이 화가만이 그릴 수 있는 것

앎은 곧 행동이다.
물을 바라보기만 해서는 바다를 건널 수 없다.
To know is to act.
You can't cross the sea merely by standing and staring at the water.

_라빈드라나드 타고르 Rabindranath Tagore

한 소녀가 아버지와 함께 미술관을 찾았다. 평소 그림 그리기를 좋아하는 딸을 위해 아버지가 마련한 선물이었다. 딸은 미술관 입구에서부터 흥분을 감추지 못했다. 그런데 추상화 쪽으로 갈수록 딸의 흥분은 가라앉기 시작하더니 현대미술 쪽으로 가니 별 반응이 없는 것이 아닌가.

의아해진 아버지가 딸에게 물었다.

"그림이 마음에 들지 않니?"

온통 보라색으로 칠해진 그림 앞에 선 딸이 말했다.

"아빠. 저런 건 아무나 그릴 수 있겠어요."

그러자 아버지가 대답했다.

"그럼, 누구나 할 수 있지. 하지만 직접 그림으로 그린 건 이 화가뿐이지 않니?"

내면의 가난함은 알아차리기 어렵다

진정한 부자는 만족함을 아는 자다.
하지만 탐욕스러운 자는 진실로 가난한 자다.
Truly rich people know satisfaction; greedy are truly poor people.

＿솔론 Solon

어느 현명한 랍비에게 두 남자가 상담을 받으러 왔다. 한 사람은 그 마을에서 제일가는 부자였고 다른 한 사람은 제일 가난한 사람이었다. 두 사람 중에 조금 더 일찍 왔던 부자가 먼저 랍비의 방으로 들어갔다. 그리고 한 시간이 지나서야 방에서 나왔다. 다음에는 가난한 사람이 랍비의 방에 들어갔다. 하지만 랍비는 5분도 채 되지 않아서 면담을 끝내 버렸다.

그가 언짢은 생각이 들어 랍비에게 말했다.

"아니, 부자와의 면담은 한 시간이나 하셨으면서 왜 저에게는 5분밖에 할애하지 않으시는 건가요? 너무 불공평하지 않습니까?"

그러자 랍비가 말했다.

"진정하세요. 당신은 자신의 가난함을 알고 있지만 부자는 자신의 마음이 가난하다는 사실을 알기까지 한 시간이나 걸렸답니다."

똬리를 틀고 우리를 기다리는 게으름

나태함은 실패자의 전매특허다.
부지런한 사람만이 실패를 피해 갈 수 있다.
Losers' specialty is idleness.
Only diligent people can avoid failure.

_루퍼트 머독 Rupert Murdoch

　사냥꾼 두 명이 깊은 숲 속으로 사냥을 떠났다가 집채만 한 곰을 만나게 됐다. 한 사람은 나무 위로 기어 올라갔고 다른 한 사람은 근처 동굴 속으로 뛰어들어갔으며 곰은 나무와 동굴 중간 지점에 자리를 잡고 앉았다. 그런데 동굴 안으로 숨었던 사람이 뛰어 나오다가 곰을 보고는 다시 동굴로 들어갔다. 그런데 또 뛰어 나오는 그를 보고 나무 위에 있던 사람이 소리쳤다.

　"아, 이 사람아! 지금 제정신인가? 곰이 갈 때까지 동굴 안에서 나오지 말고 숨어 있어야지!" 그러자 다른 사람이 소리쳤다. "굴… 굴… 동굴 안에는 곰보다 더 큰 구렁이가 똬리를 틀고 있다구!"

　곰은 '미룸'이요, 구렁이는 '게으름'을 나타낸다. 당장에 우리를 해칠 수는 없지만 결국 우리를 삼켜 버릴 것이다.

남을 존중하는 말은 존경으로 되돌아온다

누구에게나 친절을 베풀고
이해관계를 떠나서 항상 어진 마음으로 대하라.
그 마음 자체가 따스한 체온이 되기 때문이다.
Be kind to everyone and be gentle regardless of your interests,
as it is going to warm your heart.

_블레즈 파스칼 Blaise Pascal

일본 마쓰시타 전기의 창업자 마쓰시타 고노스케가 어느 날 아주 유명한 식당으로 지인들을 초대했다. 일행은 모두 여섯 명이었고 모두 스테이크를 주문했다.

식사를 다 마친 회장이 비서를 시켜서 스테이크를 요리한 주방장을 불렀다. 그 소리를 들은 주방장은 자신이 무슨 실수를 했나 싶어서 긴장하며 회장 앞으로 나갔다.

테이블 앞에 가 보니 회장의 접시에 있던 스테이크는 반 가까이 남아 있었다. 긴장한 표정의 주방장을 본 회장이 웃으며 말했다.

"오늘 당신의 음식은 정말 맛이 좋았소. 다만 내가 나이가 많아 입맛이 예전 같지 않고 소화 능력이 떨어져 예전만큼 많이 먹지 못한다오. 그래서 오늘 음식을 남긴 이유를 알려 주기 위해서 당신을 부른 것이오. 당신은 정말 훌륭한 요리사요."

상대를 배려하는 마음 씀씀이가 그를 더 위대한 사람으로 만들었다.

쓸모가 없어진 황소

게으른 자는 자기 손으로 일하기 싫어해 결국 자기를 죽이고 만다.
The desire of the lazy kill him; for his hands refuse to labor.

_성경 The Bible

어느 부잣집에 황소와 노새가 있었다. 둘은 먹는 것도, 쉬는 것도, 일하는 것도 늘 함께 했다. 그런데 황소가 가만히 보니 조금 억울한 생각이 들었다.

'아무래도 주인이 노새보다는 나에게 더 힘든 일을 시키는 것 같아. 게다가 일도 더 많이 하는 것 같고.'

화가 난 황소는 앞으로는 일을 하지 않기로 결심했다.

다음 날, 주인이 일을 가려고 황소를 끌어내려고 해도 황소는 외양간에서 꼼짝도 하지 않았다. 그러기를 며칠째, 황소는 궁금해졌다.

"노새야, 내가 일하지 않고 놀기만 하는 걸 보고 주인이 아무 말 안 하니?"

"응. 아무 말도 없었어. 그런데 오늘 집으로 돌아오는 길에 주인이 백정 아저씨하고 오랫동안 이야기를 나누더라."

가정의 행복을 누리고 싶다면

행복한 가정은 지상에서 누리는 천국이다.
A happy home is a earthly heaven.

_로버트 브라우닝 Robert Browning

행복한 가정을 위한 7가지 비결

1. 결혼 생활의 목표를 가져라.

2. 결혼 전에는 두 눈을 뜨고 후에는 한 눈을 감아라.

3. 화를 품은 채 잠들지 말아라.

4. 마주 보지 말고 같은 방향을 보아라.

5. 돈을 사용하는데 하나가 되어라.

6. 서로 격려하고 신바람 나게 하라.

7. 기도로 하루를 열고 기도로 하루를 닫으라.

정말 비참한 일

앞을 볼 수 있는 눈은 있지만 미래를 볼 수 있는 비전이 없다면
맹인으로 태어난 것보다 더 불행한 삶이다.
The only thing worse than being blind is having sight but no vision.

_헬렌 켈러 Helen Keller

런던의 부유한 공증인의 아들로 태어나 케임브리지 대학에서 공부한 존 밀턴은 셰익스피어에 버금가는 대시인으로 평가된다. 그는 52세 때 시력을 잃었고 반대 세력에 의해 재산을 전부 잃고 감금 생활을 해야 했다. 사람들은 그가 곧 죽을 것이라고 생각했지만 그는 절망 속에서도 희망을 찾아내 글을 쓰기 시작했다. 눈이 보이지 않으니 아내와 딸들에게 받아쓰게 하여 《실락원》이라는 불후의 명작을 저술한 것이다.

그는 말한다. "정말 비참한 일은 앞을 못 보게 되는 것이 아니라 앞을 못 보는 환경을 이겨 낼 수 없다고 말하며 주저앉는 것이다."

절망이나 포기, 그리고 원망은 패배자가 누릴 수 있는 특권이다. 하지만 희망은 그런 상황에서도 한 걸음 더 나아갈 수 있게 도와준다.

기적의 밤

크리스마스는 이 세상에 만능의 부채를 흔든다.
보라! 모든 것이 부드러워졌고, 모든 것이 아름다워졌다.
Christmas waves a magic wand over this world, and behold,
everything is softer and more beautiful.

_노먼 V. 필 Norman V. Peale

지금으로부터 190여 년 전 어느 크리스마스이브, 독일의 성 니콜라스 교회에 성탄 예배를 드리기 위하여 많은 사람들이 몰려들었다. 그런데, 경건한 음악이 흘러나와야 하는 그때 갑자기 교회 오르간이 고장이 나서 소리를 내지 못하게 된 것이다. 당황한 요셉 몰 목사는 오르가니스트 글뤼버에게 즉석으로 기타 반주곡을 작곡하게 했고, 그 노래에 자작시를 붙여 즉흥 연주회를 열었다. 계획하지 않았던 즉흥 연주회는 성황리에 치러졌고 많은 사람들이 크리스마스의 행복한 기분을 안고 집으로 돌아갈 수 있었다.

그날 기적처럼 새롭고도 감동적인 찬송가 하나가 탄생했는데 그것이 바로 우리에게 너무나 잘 알려진 〈고요한 밤 거룩한 밤〉이다.

추위를 녹인 사랑의 선율

우리는 말이나 혀로 사랑하지 말고,
행동과 진실함으로 사랑합시다.
Let us not love in word, neither in tongue; but in deed and in truth.

_성경 The Bible

뼛속까지 시린 어느 겨울날, 독일 베를린 뒷골목에서 한 소녀가 병들어 누워 계신 할아버지의 약값을 대기 위해 추위에 떨면서 바이올린을 켜며 모금을 하고 있었다. 하지만 누구 하나 소녀의 음악에 귀 기울이지 않았고 그저 바쁜 발걸음을 재촉할 뿐이었다.

배고픔과 무관심에 지친 소녀는 바이올린을 내려뜨리고 눈물을 뚝뚝 떨어뜨렸다. 그때 한 신사가 빙그레 웃으며 소녀의 바이올린을 받아들고 연주를 하기 시작했다. 신사의 훌륭한 연주에 모여든 구경꾼들은 박수를 치며 소녀 앞에 돈을 던졌다. 그렇게 신사는 연주를 마친 후 소녀에게 바이올린을 건네주고 말없이 가 버렸다.

구경하던 사람 중 하나가 소녀에게 말해 주었다.

"베를린 대학 교수 아인슈타일 박사란다."

참된 선행이야말로 참된 이웃이 되는 비결이다.

교만한 개구리의 최후

교만한 자는 패망의 선봉이요,
거만한 마음은 넘어짐의 앞잡이니라.
Pride goeth before destruction, and a haughty spirit before a fall.

_**성경** The Bible

어느 연못에 오리 두 마리와 개구리 한 마리가 살고 있었다. 어느 해 여름 심각한 가뭄이 들어 연못물이 말라 버리자 더 이상 그 연못에 살 수가 없었다. 결국 이들은 물이 있는 다른 곳으로 옮겨 가기로 결정했다. 그런데 개구리가 문제였다. 개구리는 날 수가 없었기 때문에 다른 지역으로 이동하려면 오리의 도움이 필요했던 것이다.

결국 두 마리의 오리가 막대기 양쪽 끝을 물고 개구리는 가운데를 입으로 물어 비행을 하기로 했다. 떠나기 전 이들은 누구든 절대 입을 열어서는 안 된다고 약속했다. 드디어 이사를 하는 날 아침, 오리 두 마리가 동시에 날아오르자 개구리의 몸도 공중으로 날아올랐다.

이 모습을 본 농부가 "누가 저런 생각을 했지?"라고 감탄하자 개구리가 우쭐대며 대꾸했다.

"바로 나지!"

새로 시작하기만 하면

삶을 바꾸지 않더라도 자신의 생각만 바꾸면
어느 누구보다 행복해질 수 있다.
You can be happier than anyone else when you change your mind,
if not change your life.

_리처드 칼슨 Richard Carlson

밤낮 없이 성실하게 일하는 사업가가 있었다. 그런데 잘 나가던 그의 사업이 어떤 이유로 인해 어려움을 겪게 되었다. 그가 목사를 찾아가서 말했다.

"목사님, 사업이 망했어요. 저는 모든 걸 다 잃었어요."

목사가 물었다.

"가족을 잃으셨나요?"

"아니요. 그들은 저를 위로하고 있어요."

"그러면 건강이나 사업 수완을 잃으셨나요?"

"아니요. 몸도 튼튼하고 열망도 있습니다."

그러자 목사가 미소를 지으며 말했다.

"그렇다면 당신은 아직 모든 걸 다 가지고 계시는군요. 새로 시작하기만 하면 됩니다."

고통 받는 이에게 해 줄 수 있는 것

_프리드리히 니체 Friedrich Nietzsche

미국 캘리포니아 주 엘카미노 크리크 초등학교에 다니는 트래비스 셀런카는 뇌종양으로 인해 방사선 치료를 받아야만 했다. 혹독한 치료 끝에 병은 많이 나아졌지만 방사선 치료의 부작용 때문에 소년의 머리카락은 하나도 남지 않고 다 빠져 버렸다.

입원 치료가 끝나고 집으로 돌아온 소년은 어떻게 학교에 가야 할지 고민이 되었다. 머리카락이 없이 세상에 나가는 것이 두려웠다. 다음 날, 부끄러움을 무릅쓰고 학교에 간 트래비스는 교실에 있는 친구들을 보고 깜짝 놀랐다. 친구들 모두가 자신처럼 머리카락이 하나도 없었기 때문이다.

친구들은 트래비스의 고통을 줄여 주고 학교에 잘 적응할 수 있도록 도울 수 있는 방법을 생각한 끝에 친구와 똑같은 머리가 되기로 결정했고 그렇게 학교에 온 것이었다.

가장 호감 가는 퍼스트레이디

낙천적인 사람은 도넛 자체를 보지만
부정적인 사람은 도넛에 뚫린 구멍만 본다.
The optimist sees the doughnut. But the pessimist sees the hole.

_M. 윌슨 M. Wilson

미국의 역대 퍼스트레이디들 중에서 '가장 호감 가는 여성'으로 손꼽히는 사람은 엘리너 루스벨트다. 그녀는 밝은 표정으로 주위 사람들을 즐겁게 해 주었는데 그녀가 열 살 때 고아가 되어 어려운 삶을 살았다는 것을 아는 사람은 거의 없다. 심지어 돈을 '땀과 눈물의 종잇조각'이라고 부를 정도였다.

그러나 이 소녀는 낙관적 인생관을 가지고 있었다. 여섯 자녀 중 한 아이가 사망했을 때도 "아직 내가 사랑할 수 있는 아이가 다섯이나 있는걸."이라고 말하며 눈물을 삼켰다.

인생의 말년에 남편 루스벨트가 관절염으로 '휠체어 인생'이 됐을 때 그가 엘리너에게 "불구인 나를 아직도 사랑하오?"라고 묻자 "내가 언제 당신의 다리만 사랑했나요?"라고 답한 그녀의 인생관이 그녀의 운명을 바꾼 것이다.

나이가 들수록 깊어지는 지혜

나이를 먹으면 사물을 제대로 볼 줄 아는 눈을 갖게 된다.
In age you will have the eye that sees things properly.

_마리 폰 에브너에셴바흐 Marie Von Ebner-Eschenbach

물건을 훔치는 데 재주가 뛰어나 많은 쥐들의 선망의 대상이었던 쥐가 있었다. 그러나 그 쥐도 늙어서 이제는 앞도 잘 보지 못하고 혼자 힘으로는 움직일 수 없는 상태가 되었다. 그러자 젊은 쥐들이 늙은 쥐를 비웃으며 "쓸모도 없는 늙은 쥐는 밥을 먹을 자격도 없어!"라며 비난을 퍼부었다.

어느 날 저녁, 시골 아낙네가 밥을 하고 돌로 솥뚜껑을 눌러 둔 채 집을 나갔다. 쥐들은 밥이 먹고 싶었지만 어떻게 해도 그 솥뚜껑을 들어낼 묘책을 찾을 수가 없었다. 결국 그 중 한 쥐가 늙은 쥐에게 조언을 구하러 갔다.

필요할 때만 자신을 찾는 젊은 쥐가 괘씸했지만 그래도 자신에게 매달리는 정성에 감복한 늙은 쥐가 방법을 알려주었다.

"솥단지 한쪽 다리 밑의 흙을 파 보게. 그러면 솥이 쓰러질 테니. 그때 안에 든 밥도 먹을 수 있을 것이네."

지금의 태도가 내일을 결정한다

날마다 오늘이 생의 마지막 날이라고 생각하라.
그리고 날마다 오늘이 생의 첫날이라고 생각하라.
Think everyday that this is the last day in your life;
think everyday that this is the first day in your life.

_탈무드 The Talmud

어느 나이 많은 목수가 은퇴할 때가 되어 자신의 고용주에게 이제 일을 그만두고 가족과 여생을 보내고 싶다고 말했다. 고용주는 훌륭한 일꾼을 잃게 되어 무척 유감이라고 말하고는 마지막으로 집을 한 채만 더 지어 줄 수 있는지 물었다.

목수는 당연히 그러겠다고 했지만 이미 그의 마음은 일에서 멀어져 있었다. 결국 그는 함께 일할 일꾼들을 제대로 검증도 하지 않은 채 일을 시작했고, 조잡한 원자재를 사용하여 억지로 집을 지었다. 그리고 남은 공사 대금은 자신이 가로채 사용하는 지경에까지 이르렀다.

집이 다 지어졌을 때 고용주가 집을 보러 왔다. 그리고 그는 늙은 목수에게 집 열쇠를 쥐어 주면서 말했다. "이것은 당신의 집입니다. 오랫동안 당신이 저를 위해 일해 준 보답입니다. 여생을 이곳에서 행복하게 사시길 바랍니다."

내일의 삶은 바로 지금의 태도와 선택의 결과로 나타난다.

하루 한 줄 마음산책
아침을 여는 감동명언 365

개정판   1쇄 발행 2016년 1월 10일

엮은이   고은정
펴낸이   한승수
펴낸곳   문예춘추사
편집   조예원
마케팅   안치환
디자인   김선영

등록번호   제300-1994-16
등록일자   1994년 1월 24일
주소   서울특별시 마포구 연남동 565-15 지남빌딩 309호
전화   02-338-0084
팩스   02-338-0087
E-mail   moonchusa@naver.com

ISBN   978-89-7604-288-0 14810
                    978-89-7604-287-3 (세트)